BRIGADA CRIMINAL
TOLERADA PARA MENORES
CICOSA
DIRECTOR IGNACIO F. IQUINO
PROTAGONISTAS: JOSE SUAREZ ALFONSO ESTELA MANUEL GAS B. BARRY
ASSUREZ-V
sur la Vie
contre l'Incendie
et les Acc
Le groupe "AIGLE" a payé à ce jour plus de 300 millions
... correspondencia ...
DETECTIVE PRIVADO
FUNCION LEGALMENTE RECONOCIDA
cursos CCC
ES MUY FACIL con la garantía del Centro de máximo prestigio
INGLES PRACTICO
INGLES SUPERIOR
INGLES PERFECCION.
FRANCES PRACTICO
FRANCES SUPERIOR
FRANCES PERFECCION.
CALCULO MERCANTIL
ADMINISTRADOR
REDACCION COMERCIAL
CORRESPONSAL
TAQUIGRAFIA
MECANOGRAFIA
SECRETARIADO
ORTOGRAFIA
CULTURA GENERAL
BACHILLERATO 1.°
BACHILLERATO 2.°
BACHILLERATO 3.°
BACHILLERATO 4.°
DIBUJO
RADIOTECNIA
TELEVISION
Urbana y Merca
DIRECTOR
Freixa y Martí
DESPACHO CENTRAL
PLAZA DE CATALUÑA 17
Barcelona
BILBAO · SEVILLA · VALENCIA · CORUÑA
de Marzo de 1906
erez dans cette déli
e manque de pratiq
que la rédaction d
et c'est ainsi
s éléments
rave erreure, car i
illible.
tique et de directio
alement amené a "voi
ermis de juger, de ve
a tel point que dan
le était entrevu. Le
us n'avons pas crai
bien des mission
dé que je pois
pouvoir
RNATIONALE DE DETECTIVE - EXPERT
RESPONDANCE
DIRECTION : MOUREAU
202.23
de Recherches
Section Enseignements :
Langue Française :
92, rue Maghin, 92
LIÈGE
Langue Flamande :
72, rue Royale Ste-Marie
BRUXELLES
Cours Oraux :
93, rue Charles-Quint,
BRUXELLES
20 Avril 1946.
Notre réf.
Votre réf.
LIÈGE, le
Cher Correspondant,
La profession de DETECTIVE
sans contredit, celle qui
et qui
COMPTOIR
DE
RENSEIGNEMENTS COMMERCIAUX
SUR LE MONDE ENTIER
CONTENTIEUX
Fondé en 1879
& ADMINISTRATION
LYON
LYONNAIS
Rue Neuve, 32
E. BOREL
Directeur
PRIÈRE DE LIRE ATTENTIVEMENT LE FONCTIONNEMENT DE NOS TROIS SERVICES

DE BAKER STREET AL PASEO DE LA CASTELLANA

ÓSCAR ROSA

DE BAKER STREET AL PASEO DE LA CASTELLANA

HISTORIA y SERVICIOS de los DETECTIVES PRIVADOS

Ariel

Primera edición: marzo de 2025

Iconografía: DAU, Grupo Planeta. © Ilustraciones de interior: © Collection KHARBINE-TAPABOR / Album, Colección Particular, © Fototeca Gilardi / Bridgeman Images / ACI, AESA, © Album, © BNE, © Archivo Personal del autor.

Diseño de guardas: Arte & Diseño.

El editor quiere agradecer las autorizaciones recibidas para reproducir los contenidos publicados en esta obra. Se han realizado todos los esfuerzos para contactar, identificar y recabar la autorización de los propietarios de los copyrights. Con todo, si no se ha conseguido la autorización o el crédito correcto, el editor ruega que le sea comunicado y se corregirá en ediciones posteriores.

Derechos exclusivos de edición en español:
© Editorial Planeta, S. A., 2025
Avda. Diagonal, 662-664, 08034 Barcelona
Editorial Ariel es un sello editorial de Planeta, S. A.
www.ariel.es
www.planetadelibros.com

ISBN: 978-84-344-3847-7
Depósito legal: B. 3.608-2025

Impreso en España

Índice

Prólogo

¡Eres detective privado!

Hace años, durante el primer día de colegio de mi hijo Óscar, la profesora preguntó a qué se dedicaban los padres y madres de los alumnos: carpintero, informático, empresaria fueron algunas de las respuestas. De repente, Óscar mencionó que su padre era detective, provocando así la curiosidad de sus compañeros. Uno de ellos incluso le preguntó: «¿Y tiene pistola?». Años después, mi hijo Mario, durante una escuela de verano de fútbol, cometió la misma *osadía*. «Mi padre es un torero conocido», le dijo un compañero. «Mi padre es detective», respondió Mario, a lo que su nuevo amigo contestó incrédulo: «¡Anda ya!». Estas anécdotas son el vivo ejemplo de las reacciones que me encuentro cuando revelo mi profesión por primera vez: curiosidad, asombro, preguntas muy similares y que demuestran el desconocimiento y mitificación que rodean nuestro oficio. Soy el mayor de cuatro hermanos: todos somos detectives, al igual que nuestro padre, y socios de una agencia con sede en Málaga y otra oficina en Madrid, situada en el Paseo de la Castellana, pero no tan fácil de encontrar. Reconozco que me apasiona lo que hago, por lo que busco difundir mis conocimientos a través de conferencias. Sin embargo, me encanta también indagar sobre los orígenes de la profesión y las biografías de los primeros detectives. Parte del resultado de esta documentación la divulgo en un pódcast titulado *Historias de detectives de verdad*.

Aunque más adelante derrocaré algunos estereotipos, es importante que sepas desde el principio que los detectives no tenemos una pistola escondida en el coche o en el despacho, no salimos de casa con una gabardina negra (yo solo me la pongo los días de lluvia, al igual que tú), no investigamos asesinatos (ya que no tenemos la autorización para hacerlo) y, a diferencia de lo que muestran las películas, lo común es que estemos involucrados en más de un caso a la vez. También es cierto que a menudo tenemos que decirle a algún cliente que no se puede hacer su encargo, al no cumplir una serie de requisitos previstos por la ley.

Es un hecho que en muchos países se valora y reconoce la labor realizada por sus primeros detectives autóctonos. Estos personajes son a menudo tratados como héroes o convertidos en leyendas, y varios de ellos han dejado un legado en forma de memorias escritas, mientras que otros aún hoy inspiran biografías. A nivel internacional, es fácil encontrar obras de no ficción y ensayos sobre el tema; ese vacío editorial en nuestro país fue uno de los motivos que me impulsó a escribir este texto. Sentí la necesidad de divulgar, rescatar y aportar las piezas que faltaban en el rompecabezas de la larga trayectoria de una profesión que en España emergió antes incluso que el primer libro publicado sobre Sherlock Holmes. Me parecía, pues, crucial (re)colocar, (re)organizar y (re)conocer una parte de nuestra historia, dándoles la relevancia merecida a los personajes reales que contribuyeron al desarrollo global de las investigaciones privadas.

Corría el año 1849 cuando el escocés Allan Pinkerton abrió la primera agencia de detectives del mundo en Chicago. Esto sucedió muchos años antes de que Sherlock Holmes instalara su famoso despacho en la calle Baker Street de Londres y marcara los tópicos literarios y los convencionalismos del imaginario colectivo para siempre. A pesar de tener cierto atractivo novelesco, Pinkerton existió realmente: nacido en Glasgow y tonelero de profesión, emigró a Estados Unidos, donde empezó a frecuentar una logia masónica en la que conoció al abogado Edward Rucker. Juntos fundaron la North-Western Police Agency, que pronto cambiaría su nombre por agencia Pinkerton; su mítico lema *We never sleep* («Nunca dormimos») acabaría siendo conocido en todo el país. Años más tarde, el presidente Abraham Lincoln sería cliente de sus servicios, ya que sus destinos se cruzaron, pues él también era masón. En España, no obstante, tenemos que remontarnos al año 1860 para encontrar la primera referencia a un «policía particular» que emprendió algunas investigaciones en privado, aunque poco se sabe sobre esta figura. Veinte años más tarde se inauguró en Barcelona la primera agencia. Sin embargo, históricamente hemos contado con excelentes novelas escritas por detectives privados reales que, a su vez, tienen a detectives privados como protagonistas.

Así que, para empezar, abordaré los perfiles de tipos y prototipos en la literatura, teatro, cine, radionovela y series de ficción que han impregnado nuestro imaginario colectivo. Los lectores, oyentes o espectadores a menudo admiran a los protagonistas, anhelan sus vidas, características, valores y métodos de investigación. Después expondré y analizaré los primeros símbolos e imágenes vinculados a la iconografía detectivesca, que antecedieron a la pipa curva, la gabardina o la lupa entre los que, por ejemplo, se encuentran el ojo, cuyo origen se remonta a la Pinkerton's Detective Agency, y la imagen del *homme à la clef* («el hombre con la llave»), legado del detective francés Eugène Villiod, encargado a un conocido diseñador de carteles publicitarios.

Asimismo, haré un recorrido por algunos de los detectives ficticios más conocidos del mundo, explorando sus rasgos y personalidades únicas en un fascinante carrusel de personajes. Pero ni siquiera en esos libros se revela algo de la verdadera naturaleza de un oficio que dispara como ningún otro la imaginación de propios y extraños. Por ello, te contaré una historia mínima y verdadera de la profesión. Verás, entre otras cosas, la relevancia de los informes comerciales,

Fig. 1. Tarjeta del detective E. Villiod
en el que figura el *homme à la clef.*

algo que *a priori* no tiene mucho glamur y sin embargo es un elemento clave en nuestra economía capitalista y una herramienta fundamental para los que se dedicaban, se dedican y dedicarán a la investigación privada.

Partiendo de sus orígenes en el siglo XIX hasta convertirse en una labor pionera con regulaciones específicas desde el año 1951, este trabajo ha experimentado una evolución en la que ha tenido que adaptarse a los cambios sociales, legislativos y tecnológicos para satisfacer las demandas de una sociedad en constante transformación. Durante este recorrido que transitamos juntos, indagaré en el modelo francés, británico y estadounidense desde mediados del siglo XIX a inicios del XX; descubrirás la importancia de la creatividad para generar impacto social en sus primeros anuncios publicitarios, dando a conocer sus servicios; y examinaremos su reglamentación e implicaciones a lo largo de los años, tanto para el investigador como para el solicitante y, por supuesto, el investigado. Sin duda alguna, te sorprenderá la formación necesaria para ser detective, un oficio que, desde 1981, exige un diploma que se obtiene tras tres años de estudios reglados; además, aprenderás sobre los colectivos de asociaciones y colegios que agrupan a los detectives en España, así como los principales a nivel mundial. Por último, descubrirás qué necesidades, qué tipo de encargos, son los que se solicitan y conocerás un buen puñado de casos reales que, junto con algunas noticias destacadas, te ayudarán a resolver las preguntas y las dudas más comunes.

Bienhallado a esta fascinante y auténtica historia de detectives.

INFORME PRELIMINAR

El enigma del detective privado, entre realidad y ficción

La profesión en sí misma, y todo lo que la rodea, siempre ha suscitado una fascinación particular, envuelta en un halo de romanticismo. Por la discreción con la que solemos trabajar y el anonimato que implica el resultado de nuestras investigaciones, suele resultar desconocida y misteriosa. Quizá sea ese el *hueco* que ha venido a llenar la literatura, el teatro, el cine, la radionovela y más recientemente las series de televisión, convirtiéndonos así en una de las figuras más reconocidas en nuestra cultura y, al mismo tiempo, una de las que en realidad menos se conoce. El ejemplo por excelencia es el detective más famoso de la historia, Sherlock Holmes, personaje inmortal e imperecedero creado por Arthur Conan Doyle en 1887. Su figura esbelta y delgada, su gorro tipo *deerstalker*, su abrigo *inverness* y su pipa curva lo hacen distinguible en cualquier parte del mundo, como ocurre con Coca-Cola o Mickey Mouse.

Además de formar parte de nuestra cultura popular, la profesión también está presente en nuestro vocabulario, con algunas frases que empleamos en el día a día sin ser conscientes de ello, al usar expresiones como «poner bajo la lupa» para referirnos a examinar con detalle y seguir los avances sobre algo o alguien, o «estar en la sombra», para transmitir que nos colocamos en segundo plano mientras permanecemos atentos. Cuando adoptamos una actitud de análisis para resolver un problema, nos referimos a ello como «ponerse el sombrero de detective»; cuando alguien resuelve un problema o misterio utilizando la lógica y la observación detallada, utilizamos «estar hecho un Sherlock Holmes». Además, al decir «seguir la pista» o «seguir el rastro», expresamos la acción de continuar la búsqueda de algo o alguien basándonos en las señales o indicios.

De niños jugamos a ser detectives, cómo no. No obstante, llegados a la edad adulta ni siquiera nos preguntamos qué hace realmente un detective. Algunas personas, influenciadas por el imaginario literario, declaran incluso tener una vocación para este oficio, pero ¿cuánto hay de verdad en lo que se conoce y extrae de libros o películas? No basta con ponerse un gorro y una gabardina y fumar una pipa para poder abrir un despacho y dedicarse a ello. (Cabe destacar que se trata de una de las profesiones a las que se asocian más objetos e iconos de vestimenta, como el sombrero fedora, la lupa, el gorro de cazador o las ya mencionadas gabardina y pipa. Pensemos en cualquier objeto, como un patito de goma: si le ponemos un sombrero fedora y una gabardina, ¡*voilà*!, lo convertimos en el patito detective.) En España, de hecho, hay que estudiar una carrera, pues la profesión está regulada por el Ministerio del Interior.

Cuando se leen entrevistas de los primeros detectives del siglo pasado, se observa que todas tienen un factor común: el periodista sitúa al lector al aclararle que quien tiene delante no es un personaje de ficción. Una muestra la encontramos en el detective Enrique Cazeneuve, quien, en la década de los años veinte, se dedicaba a desmitificar los clichés en sus charlas emitidas por Radio Barcelona. Estas disertaciones sirvieron de base para la escritura del primer libro de no ficción sobre este trabajo, *Detectivismo práctico* (1925).

Por todo lo mencionado, es inevitable que cuando pensamos en la figura del detective privado nuestra mente dibuje la imagen popularizada por la ficción. Esta representación colectiva ha contribuido a forjar uno de los estereotipos más recurrentes en las artes, convirtiendo a esta figura misteriosa, intrigante, enigmática e ingeniosa en una especie de mito. Incluso podríamos identificar algunas tipologías concretas de dicho personaje, creado y recreado a lo largo del tiempo:

El detective público. Uno de los arquetipos más comunes en la ficción, originado en Estados Unidos: es el detective que trabaja en el sector público, generalmente en un departamento de policía. Su labor incluye resolver casos de asesinatos, robos y delitos de drogas. Un excelente ejemplo de este tipo es el protagonista de *Colombo* (conocida como *Columbo* en Hispanoamérica), quien destaca por su astucia y enfoque no convencional en la resolución de crímenes. Los detectives públicos son habituales protagonistas de documentales y películas de *true crime*; otros ejemplos incluyen *True Detective*, cuyos personajes también representan esta categoría.

El detective retirado-tradicional. Otro cliché, también originario de Estados Unidos, es el del detective que pasa a la esfera privada después de haber estado varios años en el cuerpo policial, del que ha sido expulsado, jubilado o retirado. Aprovecha sus contactos de antiguos compañeros dentro del cuerpo de la Policía para obtener información que le ayude a resolver sus casos. Trabaja en solitario sin necesidad de dar explicaciones, aunque en ocasiones cuenta con una secretaria. Es intrusivo en lo que investiga, algo que a menudo genera rivalidades o conflictos de intereses con los agentes de la ley. Acepta cualquier encargo siempre y cuando implique facturar, lo hace sin un contrato definido y no queda clara la línea entre lo legal e ilegal. Trabaja en un único caso a lo largo de toda la historia, siendo común que se trate de un asesinato, robo, secuestro, desaparición o estafa. Viste con gabardina, es trasnochador, fumador empedernido, bebe alcohol habitualmente e incluso consume drogas; descuidado en cuanto a higiene, también suele tener problemas familiares o de pareja (atendiendo a todas estas características, no es extraño que Charles Bukowski se trasuntara en detective en su novela *Pulp*). Por lo general, lleva un arma escondida en el coche. En ocasiones, tiene una relación amorosa con el cliente que solicita el encargo y una facilidad pasmosa para aparcar su vehículo. Un ejemplo representativo es el personaje de Hércules Poirot, de Agatha Christie, y también los protagonistas de las series de televisión *Spenser, Cannon* o *Ironside*.

El detective corporativo. Otra diferencia significativa con la realidad es que las entidades bancarias, aseguradoras o grandes empresas no tienen detectives privados en su plantilla como personal, como sí vemos en el caso de la película *La maldición del escorpión de jade* (2001), donde el actor Woody Allen interpreta a C. W. Briggs, un investigador de fraudes que trabaja para una compañía de seguros, y en la película *Memento,* del año 2000, con el personaje de Leonard Shelby, interpretado por el actor Guy Pearce. En España, por nuestra regulación, esto no es posible: solo trabajamos de forma externa e independiente.

El detective duro. Se define por su fuerza y resistencia, tanto física como emocional. Es un lobo solitario, curtido por la vida y por su trabajo, que ha visto lo peor de la humanidad y no se deja impresionar fácilmente. Ejemplos notables de este arquetipo son Philip Marlowe, protagonista de *El sueño eterno,* y Sam Spade, de *El halcón maltés,* ambos creados por escritores emblemáticos de la novela negra.

El detective despistado. Mientras que a los detectives privados se les atribuyen habilidades de sagacidad y discreción, a menudo encontramos personajes que son su antítesis: torpes, olvidadizos y poco discretos, con un aire cómico. Ejemplos de este tipo de detectives son Antoine Doinel, de la película francesa *Besos robados* (1968), el personaje interpretado por el actor Carl Duering en la película alemana *La posesión* (1981) y Doc Sportello, de la película norteamericana *Puro vicio* (2014).

El detective no profesional. Se trata del personaje que, aunque no es detective profesional ni tiene formación policial, posee una habilidad natural para resolver misterios y descubrir la verdad. Un ejemplo es el de Jessica Fletcher en la serie *Se ha escrito un crimen*, y otro el de Ignacio Selva, el protagonista del libro *La gota de sangre* (1911) de Emilia Pardo Bazán, considerada una de las primeras novelas del género en España: Selva es un aficionado a leer novelas policíacas que se encuentra en la situación de resolver un crimen. En esta misma categoría incluimos a los niños que, con espíritu detectivesco, son protagonistas en la resolución de investigaciones. Un modelo representativo son los libros de *Los cinco*, escritos por la autora inglesa Enid Blyton.

Con estas premisas asentadas, nos adentraremos a continuación en las representaciones más emblemáticas que ha inspirado esta figura en las ficciones, para recorrer de manera concisa pero reveladora su evolución en el imaginario cultural.

Tipos y prototipos literarios

En la actualidad, el género policíaco, la novela negra y el *true crime*viven un notable auge y esplendor en el panorama universal. A menudo el lector se siente, como en ningún otro ámbito, protagonista del argumento, elaborando sus propias teorías y conclusiones. No pretendo profundizar en los diferentes subgéneros de la novela policíaca; basta con señalar que el estereotipo del detective privado ha sido abordado en todas las diferentes formas de narrativa. Más adelante profundizaré en los detalles del oficio y veremos cómo los rasgos psicológicos de los protagonistas, las tareas y, en general, las descripciones de personajes y casos suelen ser tópicos que se distancian de la realidad. Sin embargo, debemos reconocer que estas obras han contribuido a que el detective forme parte del imaginario colectivo y han ayudado a difundir su profesión.

Si analizamos la prensa escrita, descubriremos que desde mediados del siglo XIX existía en España una gran curiosidad por las crónicas de sucesos, lo que hoy llamamos crónica negra. Incluían desde historias de bandoleros hasta crímenes sin resolver y detenciones de delincuentes, donde se publicitaban los nombres de los inspectores de policía que se encargaban de los casos, acompañándolos de adjetivos que los magnificaban y elevaban a la categoría de leyendas. Las hazañas y, sobre todo, el reconocimiento de esos inspectores, quienes luego pasarían a la esfera privada como detectives, favoreció que se tradujeran y llegaran a España las memorias de algunos tan emblemáticos como Eugène Vidocq, Marie-François Goron, Eugène Villiod, Frederick Porter Wensley, Charles Arrow, Allan Pinkerton o William J. Burns, por mencionar algunos destacados. Podríamos decir que el público estaba predispuesto, aunque el género policial (asumiendo en esta categoría todos los subgéneros) en nuestro país tardó algo más en florecer respecto a lo que sucedía en el extranjero: mientras que aquí no despegó hasta las primeras décadas del siglo xx, en otros países ya gozaba de un notable éxito y número de obras en la segunda mitad del xix.

Inicios del género

Existen distintas hipótesis sobre la fecha y título de la primera novela policíaca en España, pero vamos a considerar el año 1853 y la novela *El clavo*, de Pedro Antonio de Alarcón (más conocido por su obra *El sombrero de tres picos*). Allí se narra la historia de un juez que, mientras investiga un asesinato lleno de desapariciones y sospechosos, descubre que la mujer que ama es la culpable y debe juzgarla y condenarla. Más tarde, en 1909, el periodista y humorista Joaquín Belda publica *¿Quién disparó?: Husmeos y pesquisas de Gapy Bermúdez*, una entretenida parodia del género policíaco con un detective superdotado, que se enfrenta al misterio de la muerte de un duque. Del mismo autor tenemos que añadir la curiosidad literaria de la publicación de *Tenorio contra Sherlock Holmes*, el 30 de abril de 1915, en el número 331 de la revista *Los Contemporáneos.* En el argumento el detective inglés pasa unas vacaciones en Sevilla, se produce el rapto de doña Inés por don Juan Tenorio, y Gonzalo de Ulloa le encarga el caso para encontrarla.

Dos años más tarde, en 1911, se publica *La gota de sangre* de Emilia Pardo Bazán. Como en el caso de Belda, esta no fue la única obra que la autora escribió sobre el género. En la novela, el protagonista Ignacio Selva es acusado injustamente de un crimen y se convierte en un detective aficionado para resolver el caso; la autora lo describe con la expresión «diletante de emociones», algo así como un aficionado o amante de las emociones fuertes.

Aparecen otras novelas entre las primeras del género en España, como el relato «El crimen del Kursaal», del periodista, crítico de arte y traductor José Francés, incluida en *El Cuento Semanal,* número 252, del 27 de octubre de 1911, transformado en novela con el título de *El misterio del Kursaal.* Le seguirán *Un crimen inverosímil,* del poeta y periodista Emilio Carrere, incluida en el número 324 de la colección La Novela Corta, del 25 de febrero de 1922. En el año 1931, *El vampiro rojo,* del periodista, dramaturgo, publicista y director de cine Adelardo Fernández Arias; aunque el título puede llevar a confusión con otro tipo de historia, trata de un delincuente llamado Gu Gu, muy similar a Fantomas, que ayuda a la Policía a resolver una serie de crímenes. También *El secreto del contador de gas,* de 1932, del periodista y marino mercante Julián Amich Bert, o *La misteriosa muerte del Dr. Cropp* de A. de Loma Osorio, incluida en la revista literaria popular *Letras,* número 7, de febrero de 1938.

Curiosamente, en la década de los años treinta algunos policías comenzaron a escribir ensayos y novelas, aprovechando su perspectiva única. Es el caso del inspector Luis Fernández Vior y su libro, de 1931, *Un crimen en barrios bajos: memorias novelescas de un policía madrileño.* Desde entonces son varios los policías que han decidido dejar su legado literario, como Juan Antonio Escobar Raggio y su *Historia de la*

Policía, del año 1947; Tomás Gil Llamas y su libro del año 1955 *Brigada Criminal: la actuación de la Brigada Criminal de Barcelona, desde 1944 a 1953, contada por su exjefe*, o Tomás Salvador, que fue inspector de la Brigada Político-Social en Barcelona y escribió más de cuarenta obras desde 1952. Le seguirían otros autores como Manuel Giménez, a quien se le otorgó el Premio Nadal en 2016, Marc Pastor, Eduard Pascual, Alejandro M. Gallo o Jorge Ávila.

Los títulos nacionales y también los originales de gran éxito importados, traducidos, adaptados o versionados al español se distribuían, además de en librerías, en colecciones específicas del género, novelas cortas incluidas en revistas literarias y folletines. Estos modos de distribución tuvieron su gran auge durante las primeras décadas del siglo XX y fueron los grandes impulsores para dar a conocer autores, obras y personajes que se hicieron emblemáticos, cuya repercusión provocó que se adaptaran muchas de estas narraciones al cine, al teatro e incluso a la radionovela.

Las colecciones de detectives

Una de las primeras colecciones significativas apareció entre 1910 y 1911: *Raff-Card, el intrépido detective*, creada por F. Spiezel y adaptada en España por Fernando Eguidazu. *Pick Will, el pequeño detective*, un personaje muy reconocido en Reino Unido y Estados Unidos, fue adaptado en nuestro país por la Editorial Félix Costa de Barcelona y en la última etapa por Milla y Piñol. *Memorias íntimas del Rey de los Detectives* se publicó en cuatro series distintas, que se ilustraban con la figura de la cara de un hombre, similar a la imagen de Sherlock Holmes, delgado, con nariz aguileña, entradas en la frente y una pipa humeante en su boca mientras volteaba su cara hacia el lado derecho. No podemos olvidar el folletín de las *Aventuras extraordinarias de Lord Jackson, rival de Sherlock Holmes*, editado en España por F. Granada y Compañía de Barcelona. Durante la segunda década del siglo XX, tuvo gran éxito la novela juvenil por entregas *Robertson, el as de los detectives*. Famosa por sus portadas, en la parte inferior se podía leer «La lucha contra los Gangsters», justo debajo de unas llamativas fotografías en blanco y negro. Fue publicada por Casa Editorial Vecchi de Barcelona, que imprimió más de cuarenta entregas.

Fig. 2. Robertson, ejemplo del detective «duro».

La Colección Detective, Novelas de Misterio y de Aventuras entra a formar parte del catálogo del editor M. Aguilar de Madrid a finales de la década de los años veinte, y se mantiene en el mismo hasta la década de los cuarenta. Otra colección importante fue Enigma, Novelas de Emoción y de Misterio, nacida en 1925 y editada por Saturnino Calleja, con, sobre todo, obras procedentes de Francia. Cada volumen contenía un episodio completo. En la contraportada, unos ojos dentro de unas gafas, unas cejas que las bordeaban y un gran signo de interrogación de cierre de color amarillo que en su parte inferior indicaba «Enigma». Superó las cien publicaciones. En 1928, la serie Grandes Éxitos Populares de Editorial Juventud incluía en su lista obras procedentes de autores de Estados Unidos. Un año después fue muy conocida la Biblioteca Popular Fama, de la misma editorial y especializada en el mismo país. También publicaría El Antifaz, Colección Moderna de Novelas de Aventuras de Gran Emoción. En el año 1929 comienzan a publicarse obras en El Club del Crimen, por Dédalo, editorial que en 1932 inició la colección Selección Policíaca. En los años treinta destaca la serie Novelas Emocionantes, de Prensa Moderna, y La Novela Aventura, Serie Detectivesca, editada por Hymsa desde 1933. En la década de los cuarenta es importante subrayar a la Editorial Maucci, de Barcelona, fundada por el librero italiano Emanuele Maucci Battistini. Publicó la serie Detective: Colección de Novelas Policíacas, de la que sacó una versión más económica, en grandes tiradas, conocida como la Colección Amarilla; un movimiento comercial audaz y que hoy se replica en casi todas las editoriales. Algunas de las colecciones nombradas nos acompañan hasta la segunda mitad del siglo, donde surgen otras nuevas como La Novela Moderna, de la Editorial Sopena.

Aunque los autores británicos eran los que dominaban el panorama general, una de las grandes curiosidades fue la del actor y cantante apodado «el Niño Ruiseñor», del que se publicó *Joselito detective*, de Alicia Romero en 1963, por Editorial Bruguera; en la misma línea, apareció en el mismo año *Marisol detective*, en la Editorial Felicidad de Bilbao, escrita por J. A. Igle. Ambas novelas seguían la estela de Saturnino Calleja, quien había adaptado al género a personajes famosos con *Mickey Detective* en 1934 y *Pinocho Detective* en 1935.

Auge del género

A partir de los años setenta se inicia un período de crecimiento del género en la literatura popular, con textos de mayor calidad que en los años anteriores. Esta línea se mantiene hasta nuestros días. El argumento de estas primeras obras seguía un modelo similar: la localización del suceso a investigar, que por lo general era un asesinato, se situaba en un país extranjero, y los detectives encargados de la investigación tampoco eran españoles, sino foráneos del país elegido, con rasgos imitados o adaptados de otros personajes ya conocidos de otras publicaciones de mucho éxito. Nuestros autores firmaban bajo seudónimos anglosajones, como José M.ª del Valle, con el seudónimo de Oscar Montgomery, o el periodista Adelardo Fernández Arias, que utilizó los seudónimos Jack Forbes o Gary Wells, y Luis Conde Vélez, que firmó como Lewis E. Welleth.

Otros escritores profesionales, sin ser detectives privados de profesión, han escrito y publicado novelas con agencias de detectives como protagonistas. Para la creación de personajes, se asesoran con detectives reales, lo cual hace que resulten más auténticos. Es el caso de Carlos Zanón en su obra *Problemas de identidad*, del año 2019, donde adapta el célebre personaje del detective Pepe Carvalho, creado por Manuel Vázquez Montalbán. Han hecho lo mismo Ángel Pérez en su saga de libros con el título *Detectives*; Roser Ribas en su trilogía sobre la ficticia agencia de Barcelona Hernández Detectives: *Un asunto demasiado familiar* (2019), *Los buenos hijos* (2021) y *Nuestros muertos* (2023); Jose Antonio Marina y su agencia Mermelada & Benji en la novela *Memorias de un investigador privado* (2003); o José Antonio Sau, que publicó en 2018 una novela protagonizada por la detective Lola Oporto.

Bajo los focos del teatro

A principios del siglo XX el teatro constituía una de las principales formas de entretenimiento, el cual convivía con otros tipos de ocio como los toros o el incipiente cinematógrafo.

Es por ello que el número de salas escénicas que había en las ciudades era superior a los que tenemos en la actualidad. La prensa, a diario, publicaba el repertorio de todas las funciones que se representaban y los periodistas analizaban los espectáculos y ejercían una implacable crítica teatral. Las funciones solían comenzar a las nueve o diez de la noche y asistir al teatro consistía en toda una ceremonia. Horas antes de la función principal, muchas compañías incluían, sobre las seis o siete de la tarde, la conocida como «sesión vermut», una función adicional que podía ser acompañada de esta bebida alcohólica aromatizada. El teatro ofrecía la posibilidad de experimentar la cercanía del escenario y la acción desarrollada en tiempo real: ningún otro género pone en juego el cuerpo como lo hace la dramaturgia, dándole un toque único a las sensaciones del espectador, quien se convierte en el caso de las obras detectivescas en cómplice involuntario del protagonista, pudiendo seguir sus pistas, crear sus propias teorías sobre los sospechosos, disfrutar y frustrarse por los giros inesperados que lo mantienen en vilo hasta su resolución.

La mayoría eran historias adaptadas, de la novela al escenario, un desafío extra para los dramaturgos, directores y actores, pues debían encontrar la manera de mantener la intriga y el suspense a lo largo de la obra, y al mismo tiempo ofrecer pistas y revelaciones de forma coherente y emocionante. Desde la presentación del crimen o del robo hasta el descubrimiento del culpable, cada detalle de la trama era importante. Los elementos visuales y escenográficos desempeñaban un papel fundamental en la creación de la atmósfera adecuada para sumergir al público en el misterio. El vestuario, la caracterización de los actores, el mobiliario, los objetos utilizados: todo contribuía a la inmersión del espectador. Se empleaban, pues, varios decorados para recrear escenas, donde se podían «vivir» actos violentos como peleas ficticias, disparos con armas de fogueo, desastres como la voladura de un puente, la explosión de una bomba o incluso un incendio. Los efectos de luces y sonido también resultaban, por ende, cruciales. El objetivo era que, al finalizar la obra, los asistentes hubieran disfrutado del llamado «teatro de emoción», lo que se lograba asimismo a través de la identificación con el actor protagonista. De esta forma, al igual que ocurrirá con el cine, si la palabra «detective» figuraba en el título o subtítulo de una obra de teatro, aseguraba parte del éxito de taquilla. Tres taquillazos sonados fueron *Sabater y Detective*, estrenada en 1916; *La banda de los zapatos o el detective Ulls de Mussol*, escrita en 1917 por Luis Juan Alcaraz; y, en los años cuarenta, *El detective Man-the-kon*, de Pedro Cuevas y Antonio J. Onieva.

Es lógico pensar que las primeras representaciones teatrales en España de este género contaran con los protagonistas más conocidos de las novelas ilustradas que eran éxitos de ventas en Francia, Bélgica, Inglaterra y Estados Unidos; a veces incluso se utilizaba la combinación de dos de sus nombres para llamar la atención del público, como en el caso de las obras *La aguja hueca: Lupin y Holmes* o *La captura de Raffles o el triunfo de Sherlock Holmes*. También hubo adaptaciones de historias que habían sido representadas con éxito en otros países o versiones de ediciones de libros o folletines que se publicaban por fascículos en los periódicos. Además, algunas compañías teatrales hicieron sus propias representaciones con obras que, aunque no incluían a personajes populares, estaban relacionadas con el género. (Como veremos más adelante, el cine también impulsó el conocimiento de dichos personajes, como es el caso de la película estadounidense de 1900, de poco más de treinta segundos de duración, *Sherlock Holmes Baffled*.) Tal fue el éxito de estas recreaciones en los escenarios que, a partir de 1918, se publicaron en la colección La Novela Policíaca obras teatrales ya estrenadas, de autores españoles, para ser leídas. Resulta curiosa la zarzuela *Baldomero Pachón*, que se estrenó el 16 de julio de 1913 en el Teatro Cómico de Madrid. En ella, un aficionado al detectivismo va a la búsqueda y captura de un bandido, cuando todas las circunstancias apuntan a que tiene secuestrada a una muchacha, que en realidad se ha fugado con el novio. Toda una caricatura del género. Otra parodia, esta vez de una obra original, se tituló *El detective Jeph-Roch Homs*, estrenada en el Teatro Principal de Barcelona el 1 de abril de 1909. Y, claro está, Holmes es un personaje que nunca nos abandona; de hecho, en mayo de 2021 se estrenó en el Teatro EDP Gran Vía de Madrid *¿Quién mató a Sherlock Holmes? El musical*.

Al final de la primera década del siglo XX, el éxito alcanzado por este género hizo que varias compañías dedicadas a representar obras clásicas o contemporáneas que reflejaban la sociedad de la época lo incluyeran en sus repertorios. Del mismo modo que en la actualidad sigue en pleno esplendor de lectores y espectadores de cine —y, sobre todo, series—, a partir de los años veinte y hasta la década de los cuarenta vivió una época grandiosa en los escenarios, representándose prácticamente a diario alguna de estas funciones. Como anécdota, varias compañías tradicionales transformaron sus nombres comerciales para hacer evidente su especialización en obras policíacas, de misterio o detectivescas, entre ellas la Compañía de Dramas Policíacos Norteamericanos y Obras de Espectáculo, del actor valenciano Francisco Comes; la Compañía de Dramas Policíacos Alcoriza, dirigida por Amalio Alcoriza; la Compañía de Dramas Policíacos Caralt, del actor, empresario y director Ramón Caralt Sanromá, y la Compañía Dramática de Obras Policíacas, Norteamericanas y de Gran Espectáculo de Enrique Rambal.

Los argumentos y tramas de estas obras teatrales solían centrarse en la resolución de un crimen o un robo, protagonizados por héroes de las novelas del siglo XIX y XX que trabajaban con la ley, como policías o detectives, entre los que destacaban Sherlock Holmes, Nick Carter o Arthur J. Raffles. Por otro lado, también se presentaban personajes que estaban en contra de la ley, como asesinos o ladrones, tales como Fantomas, Lupin o Zingomar. Estos últimos no

Fig. 3. Ramón Caralt en el cartel de *El Rey de los Detectives.*

fueron bien vistos por algunos periodistas especializados, quienes no consideraban adecuados los valores fomentados en esas funciones, ya que se invertían los roles del bien y del mal e, incluso, se ridiculizaba a la justicia. Sin embargo, el tiempo demostró que el público no se dejaba influenciar fácilmente por ese tipo de críticas. Todos estos icónicos personajes también fueron llevados a la gran pantalla en las primeras décadas del siglo XX.

Arthur J. Raffles, el ladrón elegante

Arthur J. Raffles es el protagonista de una de las primeras obras teatrales representadas con gran éxito. Se basó en el libro *Raffles el elegante,* escrito en 1893 por Ernest William Hornung, cuñado de Arthur Conan Doyle, al que le siguieron varias secuelas creadas tanto por Hornung como por otros autores que se apropiaron de la fama del personaje.

Raffles es un caballero elegante, ladrón de guante blanco, que se esconde entre la aristocracia y obtiene sus ingresos realizando robos ingeniosos. La primera adaptación al teatro corrió a cargo de Gil Parrado, seudónimo del periodista, poeta, escritor y dramaturgo Antonio Palomero. La obra, con el título *Raffles*, se estrenó en el Teatro de la Comedia de Madrid el 11 de febrero de 1908, por la compañía del mismo nombre, dirigida por Tirso Escudero. Alcanzó las sesenta representaciones (muchas para la época) y su repercusión fue tal que, dos semanas después del estreno, el entonces rey Alfonso XIII fue a verla. La obra se llevó a Barcelona, donde también fue muy bien recibida. La misma firma representó a este personaje con otros títulos distintos, pero también lo adoptaron en su repertorio otras compañías, como en el caso *La captura de Raffles o el triunfo de Sherlock Holmes* (1908). Al año siguiente llegaría la segunda parte con *Nadie más fuerte que Sherlock Holmes*, basada en *Arsène Lupin contra Herlock Sholmès*, de Maurice Leblanc. Posteriormente se estrenaron obras en la misma línea, aprovechando el éxito popular, como *Sherlock Holmes contra Raffles* o *El triunfo de Raffles*.

Nick Carter, el rey de los detectives

Otro de los personajes de los que debemos hablar es Nick Carter, un detective privado de Nueva York y director de la agencia Nick Carter's Detective Agency, que apareció por primera vez en *The Old Detective's Pupil Or The Mysterious Crime of Madison Square*, del periódico *New York Weekly*, en 1886. Como ocurrió en otros casos, varios escritores publicaron sus adaptaciones y versiones de las historias de Carter en formato folletín. También hubo versiones en película, la primera de ellas dirigida por Victorin Jasset en 1908, en Francia, bajo el título de *Nick Carter, le roi des detectives*, que constaba de seis cortometrajes y es considerada una de las pioneras del género; logró llegar a varios teatros españoles y a los primeros cines de la nación. Años más tarde en Estados Unidos se estrenaría en cines *Nick Carter, Master Detective* (1939) a la que siguieron varias secuelas. El personaje fue tan popular que incluso tuvo su propia radionovela en el país, con el mismo nombre que la película y emitida entre los años 1943 y 1946 en la cadena Mutual. Además, encabezó su propia revista durante años y formó parte de una larga serie de novelas desde 1964 a 1990. En España era conocido como el «rey de los detectives», aunque, como veremos, esa denominación fue también utilizada para otros personajes.

Varios fueron los títulos de obras teatrales en España que tuvieron a Nick Carter como protagonista en las primeras décadas del siglo XX. La primera de ellas, *Nick Carter*, adaptada al castellano por Enrique F. Gutiérrez Roig, se estrenó el 10 de abril de 1913 en el Teatro de la Comedia de Madrid por la compañía de Tirso Escudero. Más adelante, *La corte del rey Octavio: aventuras de Nick Carter, El secreto del doctor Hopsson: aventuras de Nick Carter contra «La mano negra», El Espía: célebres aventuras de Nick Carter, Nick Carter o El rey de los detectives, Los envenenadores o el corredor de la muerte: primera de la serie de aventuras de Nick Carter, La reina madre o el país de las bombas: aventuras regias de Nick Carter* y *El corredor de la muerte: célebres aventuras de Nick Carter*. Encontramos un dato interesante en la obra en cuatro actos *Zingomar contra Nick Carter*, que se estrenó el 3 de diciembre de 1917, pues —basada en una de las novelas protagonizadas por el detective, que además tuvo una adaptación cinematográfica con el mismo nombre— fue muy conocida en la época por representar un incendio al finalizar la obra. En su publicidad, la compañía indicaba: «Se advierte al respetable público que, a pesar de las proporciones que adquiere el incendio del cuarto acto, no hay peligro alguno de accidente». Zingomar, conocido como el «rey del crimen», se hizo muy popular en Europa a partir de los años veinte. Se trataba de un personaje de novela por entregas creado por el escritor argelino Léon Sazie, cuyas aventuras literarias comenzaron en 1909 en el diario francés *Le Matin*. Escondía su rostro bajo una capucha roja y era líder de la Banda Z, que operaba en París. Se publicaron más de seis novelas entre 1910 y 1939 y hasta catorce películas, todas ellas proyectadas en España con gran éxito.

Fantomas, el camaleón

Fantomas es otro de los personajes que más despuntó entre los lectores de novelas de este género, un personaje icónico de la literatura francesa creado por Pierre Souvestre y Marcel Allain en 1911, un verdadero maestro del crimen, dotado de una gran capacidad camaleónica para cambiar de identidad y evadir a las autoridades. Su figura, siniestra y enigmática, encarna el mal en su forma más astuta e implacable. Conocido por sus elaborados crímenes, su inteligencia maquiavélica y su capacidad para cambiar de identidad y llevar a cabo crímenes ingeniosos, convierte la persecución en un duelo de astucia entre él y los detectives que lo persiguen, especialmente el inspector Juve, quien a menudo trabaja con métodos propios de un detective privado: investigación independiente, infiltración y deducción.

Los autores Souvestre y Allain fueron increíblemente prolíficos, con más de treinta volúmenes publicados en poco tiempo, y llevaron a Fantomas a la fama, tanto en la literatura como en el cine, con numerosas adaptaciones. Varias fueron las películas proyectadas, como *Fantomas*, *La espiación de Fantomas*, *Fantomas o la casa misteriosa: últimos triunfos de Sherlock Holmes* o *Fantomas y Zingomar*. También se adaptaron versiones femeninas del personaje, como *Los buscadores de oro o la mujer Fantomas* o *La señorita Fantomas: ladrones de hoteles*. En España, Fantomas mantuvo su nombre original, aunque en algunas traducciones más antiguas también se le conoció como Fántomas (con tilde), pero sin cambiar demasiado su identidad. Al igual que en Francia, su impacto fue notable en los lectores de novelas de aventuras y misterio, y también fue adaptado en series de cine y televisión, consolidando su popularidad internacional.

Fig. 4. La primera representación de *Fantômas* en el original francés.

Arsène Lupin, el caballero ladrón

Creado por el escritor francés Maurice Leblanc, este maestro del disfraz protagoniza una serie de novelas y relatos de aventuras bajo el título *Las aventuras de Arsène Lupin.* Con su carisma, ingenio y encanto, se distingue por la habilidad para cometer robos meticulosamente planeados y escapar de situaciones peligrosas con astucia y audacia. Aunque no es un detective en el sentido clásico, comparte muchas de sus habilidades, se enfrenta a ellos y, en ciertos aspectos, encarna un «detective a la inversa», usando las mismas herramientas (la deducción, la observación minuciosa y el ingenio), pero para fines delictivos, lo que crea una relación simbiótica con el género detectivesco. En muchas de sus aventuras se enfrenta a detectives famosos, como el inspector Ganimard, e incluso a Sherlock Holmes (aunque con un nombre modificado por cuestiones legales). Estas interacciones destacan la conexión entre ambos mundos, donde Lupin es tanto el adversario como, en ocasiones, una versión alternativa del detective.

Además de sus numerosas adaptaciones cinematográficas y literarias, también dio el salto al teatro, donde se realizaron varias representaciones de sus hazañas en España. Una de las primeras tuvo lugar en febrero de 1909 en el Teatro Principal de Barcelona, *Arseni Lupin*. Esta adaptación teatral marcó el inicio de un ciclo de montajes en diferentes teatros del país, donde la figura de Lupin atrajo a las audiencias con la misma fascinación que en sus relatos originales, consolidando su popularidad en el escenario español.

Sherlock Holmes, el más famoso

El personaje por excelencia, el más representado, en el teatro especialmente, ha sido Sherlock Holmes. Símbolo de ingenio, meticulosidad y brillante análisis lógico, inseparable de su atuendo icónico (capa y pipa) y de su compañero, el doctor Watson, es probablemente el mayor referente universal en la ficción detectivesca. Además de las adaptaciones de las novelas consideradas como canon por su autor, se han representado centenares de versiones independientes, con adaptaciones cómicas, infantiles, dramáticas e incluso zarzuelas. Arthur Conan Doyle, fallecido en 1930, escribió su última novela, *El archivo de Sherlock Holmes*, que contiene doce cuentos narrados por el doctor Watson, en 1927. El periodista Leandro Blanco, en el periódico *La Mañana* del 13 de enero de 1918, indicaba que «el que escribe se encuentra vis a vis con unos catálogos de librerías en los que hay inscritos, sobre poco más o menos, unos mil quinientos episodios de los que es protagonista el popularísimo detective Sherlock Holmes». Desde 1904 varios periódicos publicaban a modo de folletín las aventuras del detective, dedicándole un cuarto de página. Entre ellos se encontraban *El Diario de Burgos, El Diluvio* o *La Correspondencia de España.* La primera adaptación teatral, *Sherlock Holmes,* fue del estadounidense William Gillette en 1899, basada en un resumen de los libros *Escándalo en Bohemia, El problema final* y *Estudio en escarlata.* Resulta imprescindible destacar la increíble aportación de Gillette al personaje, ya que incorporó los elementos visuales a la indumentaria y una caracterización que no aparecía en los libros y que influenció a los que le prosiguieron, convirtiéndolo en el icono que conocemos hoy. También se le atribuye a Gillette la película *Sherlock Holmes,* estrenada el 15 de mayo de 1916 y dirigida por Arthur Berthelet, en blanco y negro, muda y protagonizada por el propio Gillette, Edward Fielding como el doctor Watson y Ernest Maupain como el profesor Moriarty. Sobre el original de Gillette se realizó en 1907 una reelaboración al francés por Pierre Decourcelle, que difiere significativamente de la versión en inglés: algunos personajes cambian de nombre, la obra se divide en cinco actos y ofrece un final diferente.

Esta versión fue traducida al catalán por el autor Salvador Vilaregut y fue representada por primera vez en la península ibérica el 21 de abril de 1908 por la compañía del Teatro Principal de Barcelona. Titulada *El detective Sherlock Holmes* y dividida en cinco actos y seis cuadros, venía precedida del gran éxito de la original en París, Roma, Londres, Bruselas y Nueva York. Las estadísticas, según el periódico *La Correspondencia* del 30 de noviembre de 1908, indicaban que la obra ya se había representado más de 12.000 veces en todo el mundo. El actor que representó el papel de Sherlock Holmes fue Enrique Giménez, que también era el director de la obra, y el papel de Moriarty lo hizo Augusto Barbosa. La obra fue traducida al castellano en julio de 1908 por Manuel Melgarejo, para que la compañía del empresario Tirso García Escudero la representara en el Teatro de la Comedia de Madrid el 3 de diciembre de 1908. Holmes fue interpretado por José Santiago, un conocido comediante que demostró grandes dotes de actuación; Pedro Zorrilla, otro actor de comedia, hizo el papel de Moriarty. Podemos intuir que la evolución de la obra estrenada en inglés hasta la versión en castellano fue enorme.

Hubo destacados artistas teatrales asociados al personaje de Sherlock Holmes durante años. Entre ellos, Ramón Caralt, empresario y director; el barcelonés Enric Giménez, productor y escenógrafo; Eliseo San Juan, también empresario; Enrique Grimau de Mauro, inspector de policía y dramaturgo; Enrique Rambal Saciá, productor valenciano; Francisco Comes, director y empresario también valenciano; y Federico García Parreño, reconocido director. En el cine, actores como Jeremy Brett, Peter Cushing y Basil Rathbone se consolidaron como icónicos intérpretes del detective, inmortalizando al personaje en la gran pantalla.

No quisiera aburrir al lector con un listado de títulos, así que solo mencionaré algunas obras destacadas que se representaron hasta la década de los años cuarenta del siglo XX. Además de las ya citadas anteriormente nos encontramos con *La sombra trágica de Sherlock Holmes*, *Un caso de identidad*, *La tragedia de los Baskerville*, *El perro fantasma*, *El vendedor de cadáveres*, *Nadie más fuerte que Sherlock Holmes*, *El secreto del submarino*, *La tragedia del decapitado o el muerto vivo*, *El suplicio de Max Vert*, *La muerte resucitada: célebres aventuras de Sherlock Holmes* y un largo etcétera.

Pepe Carvalho, el antihéroe que ama la gastronomía

Es imprescindible dedicar unas líneas al periodista, novelista, poeta, ensayista y crítico gastronómico barcelonés Manuel Vázquez Montalbán, creador del personaje del detective gallego con residencia en Barcelona Pepe Carvalho. Su arquetipo es el de un exagente de la CIA norteamericana y excomunista conocido por su visión cínica del mundo, su intelecto afilado y su gusto por la buena comida. A diferencia de otros detectives clásicos, es un personaje humano, lleno de contradicciones: por un lado, es un hombre duro y desencantado con el sistema, mientras que, por el otro, es un amante de la gastronomía y la cultura. Además, cuenta con un ayudante que se llama Biscuter. Otra de sus singulares características es su hábito de quemar libros en la chimenea, una especie de declaración de su desilusión con la idea del valor de la cultura para cambiar el mundo. Este rasgo le convierte en un personaje único, marcado por un profundo desencanto social y político, pues Carvalho fue un medio para que el autor narrara una crónica sociopolítica, histórica y cultural de la época.

Sus historias, ambientadas en una Barcelona que oscila entre lo cosmopolita y lo marginal, conforman una de las series del género negro más exitosas y productivas de la literatura española. En total, la componen cerca de veinte novelas y diez cuentos. En todas las obras hay alguna referencia gastronómica, incluyendo recetas, que funcionan como una de las señas de identidad de su autor. La combinación del tono introspectivo y literario del personaje con la narrativa visual ha permitido que sus historias se presten bien tanto al cine como al teatro, mostrando su desencanto, ironía y amor por la gastronomía de una manera cercana al espectador. Una de las adaptaciones más destacadas fue la obra *Carvalho,* llevada a los escenarios en 2004, que combinaba elementos de varias de las novelas de la serie. Esta adaptación estuvo a cargo del dramaturgo y director José Luis García Sánchez, quien también había trabajado en el guion de películas basadas en el personaje. Además, algunas adaptaciones cinematográficas y televisivas de Carvalho también han tenido un enfoque casi teatral en su realización.

En este punto deberíamos hacer una pequeña regresión. Estamos sentados en el asiento del conductor, tenemos una libreta a mano, la cafeína mantiene alerta nuestros sentidos..., pero la verdad es que no va a pasar gran cosa. Nos encontramos tan solo al principio de una larga vigilancia, a mediados del siglo pasado, y la radio es nuestra única compañera, como también en los largos desplazamientos por carretera o en las noches de insomnio en que no paramos de dar vueltas a un caso a medio resolver.

Además de informativos, entrevistas, concursos o música, en la década de los años treinta y cuarenta aparecen las primeras radionovelas, también llamadas seriales radiofónicos o simplemente seriales. Sin embargo, mi forma favorita para definirlas es «radioteatro». Como dato de interés, la emisión era local, es decir, un programa no se escuchaba a nivel nacional, al menos no al mismo tiempo, de modo que los favoritos, a petición de algunas emisoras, eran grabados en cintas y enviadas a otras provincias para su emisión.

El referente en este tipo de programas era Estados Unidos y la gran mayoría coincidía en caretas de entrada fáciles de recordar y que los oyentes se aprendían de memoria, así como en guiones ingeniosos, creativos y elaborados, efectos de sonido sencillos y diferentes voces que intervenían. Todo esto hacía que el radioescucha imaginara y se metiera en situación, lo que le confería la capacidad de esperar con auténtica pasión y paciencia el momento de emisión de su programa favorito. En muchos hogares, de hecho, se convirtió en una suerte de ritual, haciéndose común que la familia se sentara alrededor del aparato, incluso que apagara las luces de la casa para crear, digamos, más tensión. Se decía que la familia que oía la radio junta permanecía unida.

Las grandes cadenas estadounidenses competían por atrapar al mayor número de oyentes, para lo que contaban con locutores reconocidos y carismáticos, las voces de los mejores actores, efectos sonoros innovadores, guiones elaborados y argumentos cautivadores, personajes carismáticos y patrocinadores con ingeniosos anuncios publicitarios que hacían concursos para involucrar más al público. Se cuentan más de trescientos programas en las primeras décadas, que se clasifican en la categoría denominada «Old Time Radio Show Detectives». Uno de los más emblemáticos era *Barrie Craig, investigador confidencial*, que se emitió entre 1951 y 1955 en la NBC Radio: el argumento se basaba en las historias de un detective que tenía su oficina en Madison Avenue, cuyo lema rezaba «Tu hombre cuando no puedes ir a la policía». El locutor fue Don Pardo, que entre 1975 y 2014 sería la voz del famoso programa de televisión *Saturday Night Live*. El papel del protagonista, el detective Barrie, fue interpretado por el actor William Gargan. Su idoneidad para hacer este personaje queda fuera de toda discusión, ya que, antes de ser actor, había trabajado en una agencia de detectives de Nueva York, al igual que su padre había ejercido en otra agencia.

Desde 1943 a 1954 se emitieron, en la NBC y en Mutual, setenta episodios de la radionovela *The Falcon*, apodo del protagonista Michael Waring, un investigador independiente, solucionador de problemas. La serie fue la consecuencia del éxito previo de una película y tres novelas con el mismo personaje. El programa de radio estaba protagonizado por Les Tremayne en la primera etapa; después fue Les Damon, quien también protagonizó el papel de investigador privado en el radioteatro *Los misterios de Abbott* y participó en varias películas con el mismo papel.

De 1945 a 1953 se emitió en la emisora CBS *Las aventuras de Maisie*, protagonizada por Ann Sothern en el papel de Maisie Ravier, una detective que, en cada capítulo, repetía la frase «Igualmente, estoy segura».

Si salimos de Estados Unidos y viajamos a Argentina, la primera en emitirse fue en 1933 y en Radio Stentor, *Las aventuras de Carlos Norton: el misterio del ojo de vidrio*, de Jacinto Amenábar. Tuvo tanto éxito que publicaron su propia revista en papel. Se mantuvo durante siete años en el aire, hasta 1940. La sintonía afirmaba: «Las aventuras de Carlos Norton, tanto por la variedad de su acción como por el acompañamiento de ruidos, con una precisión difícil de superar, así como por el poder de su intriga, ha sido y sigue siendo uno de los números que cuenta con mayor número de oyentes». Otra de las más populares en los años treinta fue *Ronda policial*, que se emitió desde Radio Porteña e incorporaba unos modernos efectos sonoros. Estaba protagonizada por Julio Bianquet, Carlos Gordillo y Nelly Láinez, con libretos del comisario Ramón Cortés Conde y el escritor Rafael García Ibáñez. La curiosidad de la serie es que sus orígenes fueron unas conferencias profesionales donde el comisario compartía con el público los métodos utilizados por los delincuentes para cometer sus fechorías.

Si viajamos a Chile, sin duda hay que destacar *La tercera oreja*, que se emitió desde el año 1963 a 1971 en Radio Agricultura-Chile, una de las radionovelas con más éxito y que más se recuerda a día de hoy, consistente en adaptaciones de cuentos o historias policiales originales que sucedían en Estados Unidos. El programa estaba dirigido y adaptado por Joaquín Amichatis y Telmo Meléndez, y también tuvo su propia revista homónima en papel.

En México dos fueron los grandes referentes. Por una parte, la radionovela *El detective Peter Pérez*, basada en las novelas de José Martínez de la Vega, que sería llevada al cine en 1952 como *El genial detective Peter Pérez* y en los años setenta a la televisión. Por otra parte, la serie de los años cuarenta *Carlos Lacroix*, interpretado por el actor Arturo de Córdoba y más adelante Tomás Perrin. Cada episodio era un caso para el detective, que combatía el crimen asistido por su ayudante Margot, interpretada por Velia Vegar. Comenzaba siempre con la misma introducción: gritaba Margot llena de alarma «¡Cuidado, Carlos!», y respondía el detective con voz alterada «¡Dispare, Margot, dispare!». El programa contaba además con una excelente orquesta que tocaba música en vivo.

En Cuba se estrenó en 1934 *Chan Li Po*, protagonizada por Aníbal de Mar, que finalizó su emisión en 1941, en sus inicios emitida por la regional de Santiago de Cuba CMKD y luego en la nacional CMQ. Se trataba de un detective chino, inspirado en la comunidad migrante en Cuba, que investigaba y resolvía los casos mejor que otros oficiales de policía. Trabajaba en La Habana resolviendo misteriosos crímenes, siempre con un toque de humor. La introducción del programa era una canción del Trío Matamoros muy pegadiza y con un estribillo popular. La serie fue adaptada en Colombia en 1938 como *Yong-Fu*, escrita por Emilio Franco. En este mismo país, otra serie que fue todo un éxito, esta vez entre los sesenta y setenta en Radio Todelar, fue *La ley contra el hampa*, donde se contaban historias detectivescas que ocurrían en la sociedad colombiana. Los capítulos se basaban en casos judiciales y al final de cada uno se daba una enseñanza moralizante.

Pero hablemos ahora de las principales radionovelas en España y de sus protagonistas.

Inspector Nichols, el británico

El pionero de la radionovela de tema policial y detectivesco en la radio española fue *En busca del culpable*. El programa se empezó a emitir a partir de 1943 en Radio España de Barcelona, con argumento y guion de Jorge Carranza. Además, fue también pionero al hacer que los oyentes participaran en la resolución del enigma. Por exigencia de la censura, el crimen debía producirse siempre fuera del país y con un castigo ejemplar para los criminales: nos narraba las investigaciones del inspector Nichols, interpretado por Fernando Forga. Su careta de entrada, entre sonidos de sirenas de policía, decía: «*En busca del culpable*, la emisión policíaca más antigua de España, bajo argumento y guion escrito por Jorge Carranza Gesa». Nichols, como otros detectives ficticios, encarnaba las cualidades clásicas de los investigadores de la época: metódico, perspicaz y con un fuerte sentido de la justicia. Las tramas de la radionovela solían girar en torno a casos de asesinato, robo o conspiración, en los que el detective usaba su ingenio y habilidades deductivas para atrapar a los culpables. Aunque no alcanzó la misma fama internacional que personajes como Sherlock Holmes o Hércules Poirot, el inspector Nichols fue un favorito entre los oyentes españoles, quienes lo seguían en sus investigaciones a través de la radio, un formato que tenía un gran alcance en aquella época. La radionovela fue uno de las primeras manifestaciones en España de este tipo de ficciones.

Taxi Key, o el taxista Nicolás

El 2 de octubre de 1948, también en Radio Barcelona, se emitió el primer episodio de una serie radiofónica que se convertiría en un referente del género de misterio y aventuras. Su título era *¿Es usted un buen detective?*, programada para los sábados a las nueve de la noche con una duración de treinta minutos. Fue creada por el guionista radiofónico nacido en Bélgica, Luis Gossé de Blain. El protagonista era un joven abogado, taxista de profesión y con vocación de detective llamado Taxi Key. Cada episodio planteaba un caso, tras el que se ofrecían varias pruebas y se revelaban pistas sobre quién podía ser el asesino, proponiendo al público competir con el protagonista en la resolución. Cuando el misterio quedaba a punto de ser resuelto, empezaban a intervenir los oyentes desde sus casas, tratando de resolverlo mediante llamadas telefónicas. En la parte final, se abría un debate con el público asistente al estudio radiofónico para concretar las pistas y la culpabilidad o inocencia de los sospechosos.

Fig. 5. Cartel de la película que se hizo basada en la radionovela.

Tal fue la popularidad de la serie que se emitió durante dieciocho años, hasta 1962; el nombre de su protagonista tenía tanto gancho que la serie acabó llamándose como él. Llegó al cine en 1959 como *Las aventuras de Taxi Key*, englobando tres cortometrajes. La película contó con el mismo guionista que en la radio y con el mismo actor que ponía voz al personaje, Ricardo Palmerola. En la última etapa del programa, el papel protagonista fue interpretado por Isidro Sola Llop, rol que le valió un Premio Ondas al mejor actor radiofónico de Barcelona en 1954. La popularidad y el éxito de Taxi Key promovieron campañas publicitarias patrocinadas, así como su versión gráfica en formato de cómic publicada dentro de la revista *El Coyote* con dibujos de Vicente Roso, y también su propia revista gráfica, publicada por el Grupo Varela.

El Inspector, detective anónimo

En 1954, en Radio Madrid, se emitió otra popular radionovela, *El criminal nunca gana,* que se mantuvo en antena durante nueve años. La careta de entrada rezaba: «Por muy hábil que sea un criminal, por mucho que intente borrar sus huellas, tarde o temprano será descubierto y caerá sobre él todo el peso de la ley». Años más tarde sería Radio Barcelona la que lo emitiría en conexión con las emisoras filiales de la Cadena SER. Dirigida por el inolvidable Teófilo Martínez, contaba con Manolo Bermúdez como el Inspector y Agustín Ochoa como narrador. En sustitución de este último debutó como narrador en septiembre de 1956 el joven actor salmantino Carlos Revilla, que tenía entonces veintitrés años. Los protagonistas de aquella emisión, que seguía generando en el público una inquebrantable fidelidad, continúan en mi memoria, sus voces aún presentes e imborrables. Como otros detectives de la época, el Inspector era un personaje metódico, con un agudo sentido de la justicia y gran capacidad deductiva, características que lo convirtieron en un héroe dentro del género. El formato de la serie seguía el esquema clásico de una investigación policial, comenzando con la presentación del crimen y continuando con la búsqueda de pistas y la confrontación final con el culpable. El Inspector se enfrentaba a situaciones de alta tensión, y las tramas solían tener giros inesperados que mantenían a los oyentes intrigados hasta el final de cada episodio. Aunque no alcanzó el nivel de iconicidad de otros detectives de la literatura o el cine, fue muy influyente en la cultura radiofónica española, consolidando el gusto del público por el género de crimen y misterio a través de las ondas.

Entre los años 1966 y 1972, y de martes a sábado, a las nueve y media de la mañana se emitía *Paco Ruiz detective privado.* Como careta de inicio, el sonido de un timbre telefónico, seguido de una voz que decía: «Paco Ruiz al aparato»; después sonaba la canción «Baby Elephant Walk», del compositor Henry Mancini, la cual formaba parte de la banda sonora de película *Hatari,* estrenada en 1962 en España. La serie narraba las andanzas de un detective privado, en la voz del actor Eduardo Lacueva, junto a su secretaria María Luisa, a la que daba voz Ángela María Romero Banet. Esta serie, al igual que otras del género, giraba en torno a las investigaciones de un detective privado español llamado Paco Ruiz, un personaje astuto y audaz que se enfrentaba a misterios complejos y peligrosos. Eso sí, a diferencia de otros detectives extranjeros de la época, Paco ofrecía una representación

Fig. 6. Adaptación a cómic de *Paco Ruiz.*

más local y cercana al público español, con tramas ambientadas en escenarios familiares para la audiencia. La radionovela era conocida por sus emocionantes giros argumentales y por las características propias de las historias de detectives: crimen, suspense y resolución ingeniosa de casos. Aunque no alcanzó la misma fama que personajes como Taxi Key o el Inspector, Paco Ruiz logró cautivar a una amplia audiencia gracias a su enfoque nacional y su estilo detectivesco más cercano, lo que lo convirtió en una figura destacada dentro del género policíaco de las radionovelas españolas.

Las huellas de las mujeres

En las primeras décadas del siglo XX no era tan común relacionar a la mujer con el papel de investigadora privada, porque lo habitual era encontrarla como cliente o parte del equipo del detective. Sus papeles no daban título a obras de teatro, folletines o novelas, aunque siempre se la encontraba en los elencos de actores de diversas producciones. Gracias a eso, lograron alcanzar cierta popularidad, y hay varios ejemplos que lo evidencian.

En abril de 1916, se estrenó en el Salón Royalti de Madrid la obra de teatro *El club de las señoritas detective*. Otro ejemplo es la opereta cómica *Las de los ojos en blanco*, estrenada el 31 de octubre de 1934 en el Teatro Martín de Madrid. En una escena de esta última, unas señoritas detectives entonan la canción:

> *DETECTIVE 1.ª*
> *Si sospecha una casada*
> *que el marido le es infiel,*
> *me suplica despechada*
> *que descubra yo el pastel.*
> *Que le cele y que le siga,*
> *le vigile y que le diga,*

si es que tiene alguna amiga
de postín...
Y yo entonces día y noche
le persigo a pie o en coche,
y al fin veo el trapicheo
del pillín.

TODAS
Señoritas detectives
que descubren la traición,
con nosotras se ha caído
el marido pirendón.

DETECTIVE 1 [a]
Y sabemos ir detrás
y la pista no perder,
y advertirle al que se escurre
lo que puede suceder.
Tenga usted cuidado,
que se empieza a murmurar,
y se va a saber
y le va a pesar...

TODAS
Tenga usted cuidado
no se entere su mujer,
que ahora hay detectives
que le pueden ver.
Tenga usted cuidado,
que se empieza a murmurar...

También encontramos en nuestro acervo cultural, esta vez en papel, algunos libros que constituyeron éxitos del momento, como, por ejemplo, *Simona y María o la mujer detective* (1900), escrito por Xavier de Montépin, o el cómic *Aventuras de Barton n.º 4: La mujer detective* (1944), de Editorial Valenciana. Otra curiosidad con este contexto es el libro

Candy: de modelo a detective (1978) de editorial Bruguera. En cines se estrenó la película *Detective con faldas* (1961) del director Ricardo Núñez, con Mary Santpere como la investigadora privada.

Por lo general, en cuanto a la representación de las mujeres en la ficción detectivesca, podemos agruparlas en cuatro categorías:

- *Girl detectives*: Jóvenes que asumen el papel de detectives, resolviendo misterios y crímenes, comúnmente en literatura juvenil.
- *Gun molls*: Mujeres asociadas con criminales, a menudo como parejas o compañeras, pero que a veces participan activamente en actividades delictivas.
- *Female sleuths*: Un término más general para mujeres detectives en la ficción, que destaca su ingenio y habilidad para resolver crímenes.
- *Lady detectives o señoritas detectives*: Mujeres que ejercen como detectives, subrayando su participación en el ámbito de la investigación y la resolución de fechorías.

Detenernos en algunas representaciones artísticas puede resultar intrigante.

The girl detective, un hito en el cine mudo

Dirigida por James W. Horne, esta es la primera película con una mujer detective como protagonista. Estrenada en 1915, la actriz principal era Ruth Roland, originaria de San Francisco. La famosa del cine mudo también interpretó papeles en películas de misterio y detectives, como *The Red Circle* (1915), en la que encarnó a una joven en busca de justicia, y *Ruth of the Rockies* (1920), donde su personaje se enfrentaba a una serie de aventuras que incluían elementos detectivescos, como la búsqueda de criminales y la resolución de misterios. Entre 1909 y 1927, Roland apareció en más de doscientas películas.

Anna Katherine Green, pionera de la novela de detectives

Amelia Butterworth y Violet Strange son dos ingeniosas investigadoras privadas no profesionales creadas por Anna Katherine Green, conocida como la madre de la novela de detectives. Green era hija de un abogado penalista muy conocido en Nueva York, quien se reunía en su casa con otros abogados, comisarios de policía y profesionales del ámbito legal. Desde niña, se empapaba de todo lo que se decía en esas reuniones, lo que alimentó su imaginación. Fue pionera al dar importancia al escenario del crimen y dar protagonismo a la mujer como protagonista.

Su primer libro, *El caso Leavenworth,* fue publicado en 1878 y se convirtió en un auténtico superventas, vendiendo más de 500.000 ejemplares. La obra fue adaptada al cine en 1913, 1923 y 1936. La protagonista es Amelia Butterworth, una mujer madura y una detective aficionada, conocida por su curiosidad y agudeza mental, lo que le permite resolver misterios. Está considerada como una precursora de Miss Marple, el famoso personaje de Agatha Christie.

El otro personaje a tener en cuenta de la autora es Violet Strange, una joven detective *amateur,* descrita como ingeniosa, audaz y encantadora. Es la protagonista de una serie de relatos más cortos del año 1910: *La pantufla dorada, La casa de los pinos susurrantes, La hija del médico, La carta misteriosa, El 30 de febrero* y *El caso de las cartas crípticas.*

Nancy Drew, la joven independiente

Sin duda uno de los personajes más conocidos de la literatura detectivesca juvenil desde la década de los años treinta del siglo pasado. Creada por Edward Stratemeyer y escrita bajo el seudónimo de Carolyn Keene —aunque las primeras historias fueron redactadas por la escritora Mildred Wirt Benson—, Nancy Drew es una joven detective aficionada que apareció por primera vez en 1930 con el libro *El secreto del viejo reloj*, a lo largo del cual se convierte en investigadora privada principalmente por su curiosidad innata y su deseo de resolver misterios. Vive con su padre, Carson Drew, un abogado, del que ella aprendió desde joven al compartir con él situaciones legales y misteriosas. Su madre falleció cuando ella era muy pequeña.

Nancy tiene una personalidad intrépida, además de poseer inteligencia, valentía y habilidades excepcionales de observación. Era conocida por estas características, que la convirtieron en un ícono literario juvenil. A lo largo de los años, la protagonista fue evolucionando con las tendencias culturales de cada época, llegando a protagonizar más de 175 libros, apareciendo en cinco películas y en dos programas de televisión e inspirando videojuegos.

En España, Nancy Drew también fue muy popular en la década de los años treinta, cuando destacó gracias a la película dirigida en 1938 por William Clemens, *Nancy Drew: Detective*, con la actriz neoyorquina Bonita Granville en el papel protagonista y el actor inglés John Loder. El papel de Nancy fue interpretado por Granville en tres ocasiones más: *Nancy Drew: Reportera* (1939), *Nancy Drew: Solucionadora de problemas* (1939) y *Nancy Drew y la escalera oculta* (1939).

Miss Marple, la astuta detective diletante

Jane Marple, más conocida como Miss Marple, es la protagonista de más de trece novelas, así como de varios relatos cortos, escritos por la inglesa Agatha Christie, autora además de varios libros de misterio y creadora de personajes como Hércules Poirot. Con el paso de las décadas, Marple se ha convertido en uno de los personajes más icónicos de la literatura detectivesca. La conocemos por primera vez en *Muerte en la Vicaría* de 1930, novela que trata de una anciana soltera que vive en un ficticio e idílico pueblo del sur de Inglaterra, St. Mary Mead. A pesar de su apariencia inocente, posee una mente aguda y una perspicacia notable que le permiten resolver los crímenes más intrincados.

El personaje ha sido adaptado al menos en cinco ocasiones para el cine, las cuatro primeras dirigidas por George Pollock entre 1961 y 1964. Una de las últimas, titulada *El espejo roto*, fue dirigida por Guy Hamilton en 1980, con la actriz Angela Lansbury en el papel de Miss Jane Marple. Una curiosidad es que, años más tarde, la actriz sería protagonista de la exitosa serie de televisión *Se ha escrito un crimen*, que tuvo doce temporadas entre 1984 y 1996, interpretando el papel de Jessica Fletcher, quien no es detective profesional, sino autora de novelas de misterio de gran éxito y profesora de inglés y de criminología. Otra de las actrices más vinculadas al personaje es Margaret Rutherford, quien interpretó a Miss Marple en la década de los sesenta. Desde 1961, Miss Marple ha sido protagonista de más de diez series adaptadas para la televisión y el teatro.

La herencia del cine y las series de ficción

El cine y las series de televisión han sido los grandes impulsores de la figura del detective, si bien, como ocurre con el teatro y la literatura, nos encontramos con la dificultad de separar aquellas en las que su protagonista es un investigador privado que trabaja para clientes particulares o un policía que pertenece a un departamento concreto; también puede tratarse de un escritor. En cualquier caso, suele seguirse siempre la misma estructura: estén donde estén, incluso relajándose en un momento de ocio, se acaba cometiendo un asesinato; a partir de ahí, se dedican a investigar, a interrogar a los testigos, a examinar las pruebas y a visitar los lugares del suceso.

Son los casos de series como la ya comentada *Colombo,* protagonizada por Peter Falk. Aunque no se trataba de un detective privado, era admirable su capacidad para hacer preguntas aparentemente inocentes, realizar visitas inoportunas, su capacidad de observación y su inteligencia deductiva. Esta serie, que tuvo más de doce temporadas y más de setenta episodios, se emitió desde el año 1973 en España.

Los casos de Rockford fue una serie estadounidense emitida por la NBC entre 1974 y 1980, durante seis temporadas y con un total de 122 episodios. Tenía como protagonista a Jim Rockford, interpretado por el actor James Garner. Después de cumplir una condena de cinco años por un crimen que no había cometido, un antiguo estafador decide convertirse en detective privado, utilizando una caravana instalada en Malibú como su centro de operaciones e investigaciones.

Una de las series de mayor éxito fue la de *Mannix,* con ocho temporadas y 194 episodios, protagonizada por el actor Mike Connors en el papel del detective de Los Ángeles, Joe Mannix. En España se emitió desde 1968 hasta 1975 y se convirtió, los viernes por la noche, en todo un *hit,* además de en una de las más longevas, con siete años en antena. Uno de los autores de su cabecera musical era Lalo Schifrin, también autor de la banda sonora de *Misión imposible.*

Remington Steele fue una serie estadounidense de la NBC protagonizada por Laura Holt, interpretada por la actriz Stephanie Zimbalist, una detective dueña de su propia agencia de investigaciones. Laura sabe que casi nadie contratará los servicios de una agencia dirigida por una mujer, por lo que se inventa un jefe ficticio, Remington Steele. La agencia cosechará éxito, y acabará apareciendo un hombre que se hará pasar por ese tal Remington, un papel que interpretó Pierce Brosnan. La serie tuvo cinco temporadas y noventa y cuatro episodios, y se emitió entre 1981 y 1987.

Spenser, detective privado fue una serie de televisión que constó de tres temporadas y sesenta y seis episodios, adaptación de las novelas de Robert B. Parker. Emitida por la ABC desde 1985 hasta 1988, su protagonista, Spenser (Robert Urich), es un exboxeador y expolicía de Boston que se gana la vida como detective privado. Vive con su novia Susan (Barbara Stock), y para resolver los casos cuenta con la ayuda de uno de sus mejores amigos, Hawk, un hombre afroamericano (Avery Brooks) que vive al margen de la ley. Como hemos podido comprobar, el juego entre lo legal y lo ilegal, los límites y el hasta dónde se puede llegar para resolver un asesinato son parte del atractivo que encuentran los espectadores en el género.

A finales de la década de los años sesenta encontramos *Ironside*, sobre un jefe de detectives de San Francisco que es tiroteado por un desconocido mientras disfruta de unas vacaciones (de nuevo, el crimen acecha el ocio, una estrategia climática de los guiones). Consigue salvar la vida, pero al quedar en silla de ruedas en un acto de servicio se convierte en asesor externo de la policía. Se emitió en España hasta 1972.

La serie *Luz de luna*, de la ABC, emitida entre 1985 y 1989, estuvo protagonizada por Bruce Willis y Cybill Shepherd en el papel de detectives privados. Era una mezcla de drama, comedia y romance.

Germán Areta, el Piojo

¿Y quién no conoce al detective privado que se desenvuelve en la Madrid de los años ochenta? Inspirado en los detectives clásicos del género *noir*, como Sam Spade o Philip Marlowe, Germán Areta fue creado por el cineasta José Luis Garci y protagonizó la trilogía de películas *El crack* (1981), *El crack II* (1983) y *El crack cero* (2019), una precuela. Muy apreciada por los aficionados al género del cine negro, es una saga conocida por su atmósfera, ritmo, narrativa y música; además, realiza varias referencias culturales a la sociedad estadounidense. Areta, apodado «el Piojo» , es un jubilado de la policía que se pasa a la actividad privada con su propio despacho, Investigaciones Areta, en las cercanías de la calle Gran Vía. Es un hombre de carácter duro, sobrio y cínico, marcado por una visión desencantada del mundo. Su experiencia como policía le ha dejado secuelas,tanto físicas como emocionales. Es un personaje que lucha contra la corrupción, los bajos fondos y el lado oscuro de la sociedad, y sus casos suelen estar vinculados a temas de gran complejidad moral. A diferencia de otros detectives literarios o cinematográficos, Areta es un hombre solitario y lacónico, que se enfrenta a sus casos con determinación, pero con un fuerte sentido ético. Las películas en las que aparece están impregnadas de un tono sombrío y nostálgico, reflejando tanto la decadencia personal del protagonista como la de la sociedad que lo rodea.

En este sentido, el cine español ha abordado la figura del detective privado desde una perspectiva más realista y cercana a la vida cotidiana, a menudo alejándose de los estereotipos glamurosos del género *noir*anglosajón. Las producciones nacionales han tendido a explorar no solo las investigaciones, sino también las implicaciones personales y sociales del trabajo detectivesco, reflejando la complejidad de la profesión en el contexto real. Un ejemplo emblemático de este enfoque es *Mataharis* (2007), dirigida por Icíar Bollaín. Sus protagonistas son tres mujeres detectives que trabajan en la agencia Valbuena, en Madrid: Carmen, Inés y Eva. Carmen, interpretada por Nuria González, la más experimentada de las tres, se encarga de una investigación sobre una infidelidad. Inés, interpretada por María Vázquez, debe infiltrarse entre los empleados de una multinacional para descubrir un conflicto laboral. Por su parte, Eva, interpretada por Najwa Nimri, acaba de reincorporarse a la agencia tras una baja maternal y trata de equilibrar su vida familiar con las exigencias del trabajo. En 2009, durante la cena de gala del Congreso de Detectives celebrado en Benidorm, en colaboración con la Asociación Profesional de Detectives Privados de España y los colegios profesionales de Cataluña, Valencia y Galicia, a Icíar Bollaín se le otorgó el premio Vélez Troya por la difusión de la profesión a través de esta película. La distinción fue recogida por la guionista de la película, Tatiana Rodríguez, y por la hermana de la directora, que interpretó a una detective en la cinta. Otra película a tener en cuenta es *Los renglones torcidos de Dios* (2022), dirigida por Oriol Paulo y protagonizada, entre otros, por Bárbara Lennie y Eduard Fernández. La trama se centra en Alice, una investigadora privada que se hace pasar por una paciente paranoica al ingresar en un hospital psiquiátrico, con el objetivo de recabar pruebas en un caso relacionado con la muerte sospechosa de un interno. Esta película es una adaptación de la novela homónima de Torcuato Luca de Tena, publicada en 1979.

A lo largo de este recorrido por la ficción detectivesca, hemos visto cómo la figura del detective ha sido moldeada y engrandecida por la literatura, el cine y el teatro, creando un imaginario colectivo que ha perdurado a lo largo del tiempo. Sin embargo, la representación de los detectives en la vida real también ha dejado su huella, no solo en la práctica profesional, sino en la forma en que estos se han proyectado a través de iconografía y el *branding*. Desde los primeros logotipos de las agencias de detectives hasta los símbolos más reconocibles, como el emblemático ojo vigilante o la figura del hombre enmascarado, veremos a continuación cómo la profesión ha sido cuidadosamente representada en marcas y diseños visuales que refuerzan su identidad y misión.

El siglo XIX fue la época del despegue de las primeras agencias publicitarias, y en la que, por ende, empezaron a diseñarse los primeros logotipos con vocación comercial. Todo tipo de marcas comenzaron entonces a usar este tipo de distintivos para ser reconocidas, y las agencias de investigación no iban a ser menos. Entre ellas, la de Allan Pinkerton, pionera en tantas otras cosas, diseñó un logo que ha resistido el paso del tiempo. Se trata de una imagen que nos mira, vigilante, rodeada por el nombre de la empresa, Pinkerton's National Detective Agency, dos palabras arriba y dos abajo, ampliando el contorno del ojo. Y, por si quedaba alguna duda, el lema *We never sleep*, que comentamos al principio.

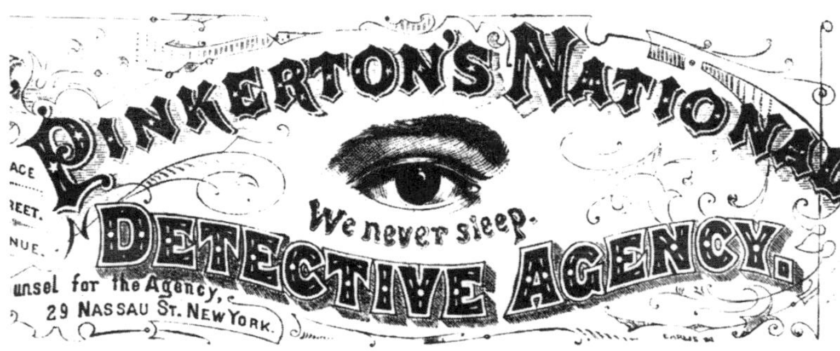

Fig. 7. El ojo original de la historia de los detectives privados.

La elección de un ojo como imagen no es casual, como tampoco es una simple coincidencia su gran parecido con el ojo de Horus, símbolo en el Antiguo Egipto de protección y poder. Si comparamos ambas imágenes, comprobamos rápidamente su similitud: son dos ojos izquierdos, estilizados, rasgados, con marcados trazos que dibujan los párpados y las cejas. Esto se debe a que el ojo ha formado parte de la iconografía que ha acompañado a creencias y religiones a lo largo de la historia.

Sin ir más lejos, en el cristianismo, el ojo que todo lo ve representa a Dios y suele situarse dentro o en la parte superior de un triángulo. El símbolo de la mano de Dios —Hamsa o mano de Miriam en el judaísmo, mano de Fátima para los musulmanes— suele representarse con un ojo en su interior. También contamos con el ojo de Shiva en el hinduismo y el ojo de Buda en el budismo En la Antigüedad, el ojo de los sumerios lo adoptaron los fenicios para sus embarcaciones, y hoy podemos verlo en las barcas de jábega, que todavía quedan en ciertos puntos del Mediterráneo, como amuleto de protección en el mar (de nuevo, la protección).

Fig. 8. Cabecera de la publicación francesa *L'Oeil de la police.*

El ojo luce en los billetes de dólar, en la parte superior de la pirámide, y forma parte de la iconografía que acompaña a la masonería, sociedad a la que pertenecía el propio Allan Pinkerton y su primer socio, el abogado de Chicago Edward Rucker, con quien fundó la North-Western Police Agency, que más tarde sería la Pinkerton Agency. También formó parte de la masonería Abraham Lincoln, con el que Pinkerton tuvo una estrecha relación, ya que el presidente le encomendó su seguridad personal.

El sector de la seguridad, desde sus primeras representaciones gráficas, ha hecho del ojo una imagen metafórica de los valores y sensaciones que quería transmitir como propios. Fue utilizado para simbolizar la observación, el orden y la protección por revistas policíacas francesas como *L'Oeil de la police* (1908-1914) y *Le Crapouillot. Les mystères de la Police secrète* (1936). También aparece en revistas españolas como *El Detective de Cataluña* (1915). En nuestro país, de hecho, uno de los investigadores que usó el logotipo del ojo fue Ramón Julibert, en su agencia barcelonesa L'Humanité, en la década de 1910; los documentos corporativos lo incluían en la parte superior, junto al nombre de la agencia. La metáfora se plasma en el lenguaje, con la denominación en países anglosajones de «Private Eye» para referirse a los investigadores privados.

Fig. 9. Una de las versiones españolas del «ojo que todo lo ve».

Eugène Villiod dirigió una de las grandes agencias europeas de detectives privados, un hito inmenso que fue simbolizado en su famoso cartel: un personaje vestido con capa larga y que lleva una gran llave —metáfora de las puertas que un detective abre con su información— cubre su rostro con un antifaz, el cual simboliza la discreción necesaria, y usa guantes, por la sutileza propia del oficio. Fue el segundo símbolo en importancia de los detectives privados de todo el mundo. El diseño, sin duda, guarda cierto parecido con el personaje Fantomas.

La imagen del hombre con la llave sería utilizada por Villiod en todos sus anuncios publicitarios durante más de una década. Además, otros detectives franceses, como Cabinet Victor, y la revista *Le Canard Enchaîné* usaron también personajes enmascarados en sus marcas. Se trataba de una imagen tan icónica en Francia que fue utilizada para ilustrar la portada del libro anónimo *Mémoires de Villiod, détective privé* (1921) y las obras *Raffles et l'homme à la clef* (1945) de Barry Perow; *Oeuvres complètes de Léo Malet: Tome 3, Dernières enquêtes de Nestor Burma*, escritas por Léo Malet y publicadas en 1987, e *Historie des détectives privés en France (1832-1942)*, una completa historia de los detectives privados galos escrita por Dominique Kalifa en 2007. Sirvió también como base para la portada del libro *Detectivismo práctico* (1925), de Enrique Cazeneuve, cuya ilustración fue realizada por Gregorio Vicente.

Años antes del enmascarado de Villiod, habían surgido otros símbolos ligados, en principio, a la figura de Sherlock Holmes: la pipa curva, el sombrero *deerstalker* o gorra de cazador y el abrigo Ulster. Algunos de estos iconos ni siquiera formaron parte del retrato inicial escrito por Arthur Conan Doyle, sino que los fue adquiriendo con el tiempo. El *deerstalker*, por ejemplo, vistió la cabeza del detective por primera vez en 1891, gracias a la aportación de Sidney Paget, que ilustró las historias de Holmes para la revista *The Strand Magazine*.

Curiosamente, la creatividad de Paget imaginó la pipa de Sherlock como un elemento más bien discreto, de forma recta, que sobresalía perpendicularmente de su boca. Entonces, ¿cuál fue el origen de la pipa curva que tenemos en mente cuando pensamos en él? A finales del siglo XIX y principios del XX, las historias de Sherlock Holmes eran tan populares que se llevaron a escena en montajes teatrales a ambas orillas del Atlántico. Uno de los primeros actores en encarnar al detective fue William Gillette, de quien se escribe que interpretó el papel en más de mil ocasiones. Gillette basó su caracterización, precisamente, en las ilustraciones de Paget. En sus primeras actuaciones, el artista utilizaba una pipa con una cánula horizontal; sin embargo, pronto se dio cuenta de que, cada vez que fumaba, sus manos tapaban su propia cara, por lo que el público no podía ver con claridad sus gestos. Gillette dio con una solución sencilla: en lugar de utilizar una pipa horizontal, acorde con la imaginería del ilustrador, la sustituyó por una cuya cánula se curvaba, lo que le permitía sostenerla por debajo del mentón.

Sin embargo, como mencioné anteriormente, esta imagen dista mucho de la realidad. La percepción que la mayoría tiene sobre la profesión se encuentra profundamente influenciada por la larga tradición de ficción detectivesca que he tratado de resumir en las páginas precedentes. Mientras que muchos de los inspectores privados más célebres en la ficción operan en los márgenes de la ley, en el mundo real los detectives son profesionales cuyo trabajo está estrictamente regulado por la legislación. Lejos del glamur y las intrigas que envuelven a sus contrapartes ficticias, la vida de los detectives de carne y hueso es mucho más sobria, dedicada a tareas más mundanas, pero igualmente importantes.

Historia mínima (y verdadera) de la profesión

Empecemos desde el principio: ¿qué es un detective privado? Es un profesional cuya labor está regulada por leyes. En España contamos desde 1951 con un reglamento propio que regula nuestra profesión, la cual consiste en llevar a cabo investigaciones por encargo de un cliente, cuyos resultados se plasman en un informe. Para que podamos realizar una investigación, el cliente debe cumplir ciertos requisitos. Primero, debe existir un vínculo con la persona o empresa objeto de la investigación, a la que llamamos «investigado». Este vínculo puede ser contractual, familiar o sentimental, aunque este último se evalúa en conjunto, lo que quiere decir que no todos los casos sentimentales son válidos para su aceptabilidad. Por ejemplo, si eres padre o madre puedes solicitar un informe para conocer los hábitos y rutinas de tus hijos, pero en el caso de un primo o un tío, el investigador tendrá que hacer siempre una evaluación de la situación, de los motivos e incluso de eventuales familiares implicados. Además, el cliente debe tener una razón lógica y justificada para demandar el servicio, y la investigación debe realizarse dentro de los límites legales y morales. Asimismo, los medios utilizados en las pesquisas deben cumplir con el «triple juicio de proporcionalidad»: deben ser necesarios, idóneos y proporcionales para alcanzar los resultados deseados. En ocasiones, debemos informar a los solicitantes de que no es posible realizar la investigación que solicitan debido al incumplimiento de alguno de estos criterios.

Podemos relatar el caso de un propietario que tiene problemas con su inquilino, quien no ha pagado el alquiler en los últimos meses, y que solicita una investigación, pues sospecha que está trabajando de forma ilegal en un taller sin declarar sus ingresos, con el objetivo de, si era así, presionarlo para que abandonara la vivienda y poder alquilarla a un precio más alto. Sin embargo, este tipo de investigación no se ajusta a los criterios legales que debemos seguir: si bien el caso podría ser investigado bajo otras circunstancias, por ejemplo, si la solicitud viniera de la Seguridad Social para verificar el empleo no declarado o de la madre de sus hijos en un caso de impago de pensión alimenticia, en esta situación no es posible actuar bajo los términos que plantea el propietario. Esto se debe a que el objetivo del cliente no era resolver el impago de forma legítima, sino obtener información para presionar al inquilino a dejar la vivienda, con el fin de alquilarla a otros inquilinos por un precio más alto.

Atendemos a una variedad muy amplia de clientes, desde ciudadanos hasta empresas, despachos de abogados, entidades bancarias, aseguradoras e, incluso, la Administración Pública. Las investigaciones que nos encargan son diversas y cubren diferentes necesidades, como el recaudamiento de pruebas para tomar decisiones y utilizarlas en juicios. De hecho, como parte de nuestro trabajo, si se precisa, acudimos a los juzgados para confirmar nuestros informes ante una de las partes. Para ser detective es necesario estar habilitado por el Ministerio del Interior y mantener una relación respetuosa y colaborativa con la Policía. En todo el mundo hay detectives privados, aunque no todos los países cuentan con leyes que regulen esta profesión, como sí sucede en España.

Ahora bien, ¿qué habilidades y virtudes debe tener un detective? En primer lugar, destaca la intuición, una especie de radar interno que nos alerta cuando un cliente muestra interés en contratarnos y percibimos algo que nos genera inquietud. Esa intuición también nos sirve como punto de partida, ofreciendo una primera visión del posible resultado de la investigación. La paciencia es igualmente esencial, ya sea por las largas horas de vigilancia o por la necesidad de recopilar información desde el ordenador. La autoconfianza y valentía son asimismo fundamentales para enfrentarse a situaciones inesperadas, establecer contacto con personas vinculadas al caso o llamar a una puerta sin saber qué te espera al otro lado. Es importante poseer buena memoria fotográfica, y se requiere la habilidad de obtener información mediante preguntas, sin que la otra persona sea consciente, en muchas ocasiones, de lo que estamos haciendo. La persistencia es clave, ya que implica no rendirse fácilmente en la búsqueda de datos o en la resolución de un caso. Estas habilidades pueden ser innatas o adquiridas a lo largo de la trayectoria profesional. Por último, hay que tener ciertas dotes de redacción para elaborar el informe que se entregará al cliente, el cual va más allá de una mera transcripción de conocimiento: es un arte comparable a la escritura creativa, donde cada palabra o frase es cuidadosamente elegida. Al igual que un poema bien escrito puede transmitir emociones profundas, un informe bien redactado puede elevar la calidad del trabajo realizado.

Cubrir de modo privado las necesidades privadas

Las primeras agencias de detectives aparecieron a mediados del siglo XIX, coincidiendo con un fenómeno de crecimiento urbano: en estas ciudades expandidas empezaron a demandarse servicios de seguridad, protección y vigilancia privada. En varios países coincidieron cambios legislativos en sus códigos civiles y leyes de divorcio, que también generaron la necesidad de investigaciones para aportar pruebas sobre infidelidades, ya que en los tribunales era necesario presentar evidencias de adulterio. Además, ocurría en ocasiones que la consecuencia de esos *deslices* solía ser el chantaje por parte de personas del entorno de los amantes, como vecinos, personal doméstico, camareros o empleados de hotel. En estos casos, era también común recurrir a los servicios de detectives para ayudar a identificar al chantajista.

El desarrollo económico favoreció el crecimiento industrial y comercial y, por lo tanto, empresas cada vez más grandes y bancos empezaron a requerir detectives para servicios de investigación discretos, con el fin de realizar informes comerciales y conocer mejor a los nuevos clientes con los que deseaban establecer relaciones mercantiles. También se solicitaban informes para evaluar y conocer la solvencia de clientes deudores, incluyendo la localización de direcciones, así como los encargos sobre empleados deshonestos. Además, la mejora de las infraestructuras y medios de transporte favorecieron el establecimiento de delegaciones a nivel nacional y multinacionales: surgieron así necesidades de información sobre empleados, directivos, clientes y proveedores, del mismo modo que se llevaron a cabo investigaciones sobre propiedad o espionaje industrial.

Es curioso cómo podemos hacer una lectura de los cambios sociales que llegaron con el liberalismo a través de las demandas de los clientes de los detectives privados. Se ampliaron conceptos como el de la burguesía, y se produjeron cambios ideológicos en la percepción de la propiedad privada, la seguridad y la protección de la familia. A nivel social, surgió la necesidad de solicitar informes de moralidad. Estos informes eran muy útiles en la contratación de personal, a la hora de realizar o desvelar chantajes, para forjar alianzas comerciales o para conocer qué clase de persona estaba detrás de una empresa. Aparecieron también los muy demandados informes prematrimoniales, que eran harto efectivos, por ejemplo, para que los padres conocieran realmente con quién se relacionaban sus hijos.

Toda esa reserva y resultados eran parte del lema publicitario de un detective de aquella época. Imaginemos un hogar donde existe la sospecha del robo de un objeto de valor o dinero por parte del personal del servicio doméstico; para los dueños de la casa siempre era preferible confiar la resolución en manos privadas, en lugar de públicas, para evitar un posible escándalo. Aquellas primeras agencias también se vieron beneficiadas por el avance tecnológico, por ejemplo, la invención del alumbrado de gas. La noche se iluminó y, por tanto, se extendieron las horas de actividad económica y aumentaron los eventos nocturnos y de entretenimiento. Esto hacía más probable que la población saliera de noche, ya fuera para beber, drogarse o cometer adulterio. También acrecentaba el riesgo de robos. De nuevo, ahí estaban los investigadores privados para realizar seguimientos y vigilancias y garantizar protección.

Dado que los clientes priorizaban la discreción, la experiencia y la efectividad, inicialmente se contrataba a comisarios de policía jubilados o retirados: esos primeros detectives ofrecían garantías avalados por su bagaje profesional. Este patrón se repitió en todo el mundo, aunque también hubo emprendedores que, atraídos por el potencial de la profesión, optaron por convertirse en detectives. Ya fuera en Francia, Alemania, Estados Unidos o Inglaterra, era habitual que miembros retirados de las Fuerzas de Seguridad del Estado crearan sus propios despachos de, lo que llamaban entonces, «policía privada». Eugène Villiod en Francia, Wilhelm Stieber en Alemania, Frederick Porter Wensley en Inglaterra, William J. Burns o Allan Pinkerton en Estados Unidos, Evaristo Meneses en Argentina, Valente Quintana en México o Daniel Freixa y Antoni Tresols en España fueron algunos de estos pioneros. De Tresols podemos destacar que, antes de irse al sector privado, realizó docenas de detenciones que fueron noticia de primera plana, muchas de ellas vinculadas al terrorismo anarquista, así como participó en el esclarecimiento de atentados que forman parte de nuestra historia nacional. Fue, por ejemplo, el que puso a la policía madrileña tras la pista de quien lanzó una bomba contra el rey Alfonso XIII y Victoria Eugenia de Battenberg el día de su boda, el 31 de mayo de 1906, la cual mató a veintitrés personas. Está claro que solo su nombre ya ofrecía ciertas garantías en los resultados.

El hecho de que se autodenominaran «policías particulares» o «policías privados» podía generar controversia; es más, en países como Francia, esta denominación fue prohibida a partir de 1940, y en otros países de Europa dejó de utilizarse para evitar confusiones con la policía oficial. Por establecer una breve línea temporal, el primer detective aparece en Francia en 1832, en Estados Unidos en 1850 y en España en 1888.

Fig. 10. Cartel del famoso «hombre de la llave».

Era habitual, como ocurre en tantas profesiones, que empleados de una agencia de detectives acabaran independizándose y creando las suyas propias. Hay centenares de casos de este tipo. El empleado adquiría experiencia suficiente en las técnicas de investigación, formas de expresarse en la redacción de sus informes y trato con los clientes y traspasaba dicha metodología a sus nuevos subalternos, quienes a su vez la compartían con las siguientes generaciones de detectives, construyendo un legado experiencial que llega hasta nuestros días.

El producto estrella: los informes comerciales

Las primeras agencias de detectives estaban estrechamente vinculadas a la oferta de servicios de investigación económica, mercantil y de solvencia, lo que convirtió al informe comercial en un elemento central dentro de la práctica detectivesca. Era una herramienta valiosa tanto para adquirir conocimiento como para prevenir riesgos y tomar decisiones. Los reportes comerciales eran ofrecidos también por agencias especializadas que no contaban con investigadores privados, las conocidas como agencias de informes comerciales, que sirven de hilo conductor para narrar la historia sobre el nacimiento de esta profesión.

¿Cómo podemos definir estos informes comerciales? Son documentos en los que se recopilan datos sobre la situación financiera de una empresa o particular, además de su comportamiento al hacer frente a los compromisos de pago y su actitud general, eso que llamaban «moralidad», tanto en el campo personal como en el comercial y empresarial. Es necesario que el lector se contextualice para entender que, a finales del siglo XIX y principios del XX, estos informes adquirieran tanta notoriedad. Hoy es fácil teclear en un buscador de internet o indagar en redes sociales para obtener información acerca de una persona o un negocio. En aquellos tiempos, particulares, comerciantes y empresas tenían fuentes limitadas para conocer bien a sus potenciales clientes, proveedores, socios, empleados o personas con las que tenían algún tipo de vínculo familiar o laboral. Los informes ayudaban, por ejemplo, a detectar de manera preventiva a estafadores y malos pagadores intencionados, proporcionando así al cliente suficiente información para tomar una decisión fundada. Por supuesto, a finales del siglo XIX existían impagados, estafas, fraudes y todo un catálogo de timos.

El caso Larra

Uno de los casos más sonados de fraude financiero fue el de Baldomera Larra, hija del escritor Mariano José de Larra y conocida como «la Patillas» . A finales de la década de 1870 llevó a cabo una de las primeras estafas piramidales, creando la Caja de Imposiciones, donde sus clientes recibían un 30 por ciento de interés mensual, procedente del dinero que daban los nuevos impositores. La trama se destapó en 1876.

Los informes de solvencia

Se trataba de un tipo de informe comercial que ofrecía la oportunidad de evaluar si era viable llevar a un cliente deudor a juicio. En algunos casos, el posible acusado se encontraba en paradero desconocido y era crucial obtener su dirección, mientras que en otros no disponía de propiedades, lo que podría convertir un juicio en una pérdida de tiempo y de recursos financieros. Cuando unos padres solicitaban una investigación prematrimonial sobre su futuro yerno o nuera, también requerían un informe de solvencia. Este informe no solo evaluaba la situación económica, sino que también ayudaba a determinar si la información proporcionada era precisa o si la persona había mentido.

Para acaecimientos como una sospecha de fraude por parte de una aseguradora tras un incendio en las oficinas de uno de sus asegurados, un robo en sus instalaciones o un accidente automovilístico intencionado también se necesitaba este tipo de informes, y era muy útil. Si la persona o empresa involucrada tenía una situación financiera débil o incumplía habitualmente con sus compromisos de pago, esto constituía una señal de alerta importante, ya que podía sugerir que se estaba cometiendo fraude para obtener ingresos adicionales. Estas investigaciones eran realizadas o complementadas con visitas, entrevistas, seguimientos y vigilancias por parte de los detectives.

La finalidad de solicitar un informe comercial o, en concreto, de solvencia, no siempre tenía un objetivo transparente. Era muy difícil comprobar que el solicitante realmente tuviera una justificación honesta y no quisiera encargar el trabajo para, por ejemplo, chantajear o llevar a cabo una negociación al borde de lo fraudulento. En el caso de las agencias de informes comerciales, tan solo era necesario rellenar una solicitud sin dar más explicaciones. Sin embargo, cuando el encargo era requerido a un despacho de detectives, en muchas ocasiones las explicaciones dadas por el cliente no ofrecían garantías de confianza, lo que resultaba en una negativa a su demanda. En otras ocasiones, el detective confiaba en su intuición, la cual, como en todo, no siempre resulta infalible.

En los inicios, la legalidad y los principios éticos para aceptar los encargos a menudo estaban relacionados directamente con la personalidad del director de la agencia o incluso con la regulación del país. En la actualidad, para aceptar un caso, los detectives privados se basan en un código deontológico que garantiza independencia, honestidad y dignidad en su trabajo. La reserva de la información es clave, protegiendo siempre la confidencialidad del cliente. La veracidad en las investigaciones es fundamental, así como su función social y la colaboración con la justicia y las fuerzas de seguridad. Además, tienen la libertad de aceptar o rechazar casos según lo estimen oportuno, siempre respetando la legalidad y los principios éticos de la profesión.

Métodos ilícitos

No todo vale en una investigación. Lo que sucedió en el año 1916 en Nueva York, cuando el prestigioso detective William J. Burns fue contratado por el empresario y banquero John Pierpont Morgan para obtener pruebas de un posible robo de secretos comerciales, es prueba de ello. El objetivo era el despacho de abogados Symor & Symor, una firma que, al igual que la de Morgan, manejaba la venta de municiones a Francia y Gran Bretaña, países que pronto se convertirían en aliados de Estados Unidos en la Primera Guerra Mundial. Los investigadores de Burns entraron a medianoche en los despachos de los abogados, instalaron un detectófono (un dispositivo de escucha primitivo y antepasado de los dispositivos modernos) en las oficinas y, con la ayuda de la policía, lograron intervenir los teléfonos de la empresa. El operativo salió a la luz cuando un exempleado descontento con Burns Detective Agency lo reveló a las autoridades. Este incidente fue noticia de portada en algunos periódicos y la agencia fue multada.

Los informes sobre particulares

En el pasado, los datos que contenían estaban vinculados a la identificación del objetivo, como edad, profesión, calle, pueblo y provincia, pero también su trayectoria, carácter o solvencia. Además, se concedía una especial importancia a la moralidad, para saber si se trataba de una persona formal, honesta, seria y cumplidora, también a través de sus relaciones personales. Es importante valorar la necesidad de reunir este tipo de información con una mirada contextualizada. En el siglo XIX, palabras como «honor» y «reputación» tenían un gran valor, y se les daba mucha importancia en los informes. No se trataba tanto de saber si el investigado había sido un mal pagador en el pasado como de estudiar sus intenciones últimas y evaluar las entrevistas y referencias que dieran sobre él sus proveedores, clientes, allegados y vecinos. Las buenas y las malas referencias eran las que abrían y cerraban las puertas de relaciones comerciales o personales.

El informe se asemejaba a un cuestionario que el detective debía completar y verificar. Este es un ejemplo de finales del siglo XIX e inicios del XX.

Investigado (preguntado), estado civil, edad, profesión, calle, pueblo y provincia.
Moralidad [la respuesta se obtenía por referencias].
¿Cuál es su profesión? ....
¿Qué actividad ejerce? ....
¿Dónde ha trabajado antes? ....
¿Cuál ha sido su trayectoria? ....
¿Tiene alguna propiedad? ....
¿Es/son de su pertenencia, de la de su esposa o hijos? ....
¿Posee bienes inmuebles? ....
¿Hipotecas? ....
¿Es buena persona, sí o no? ...
Manera de trabajar, prudente o arriesgada. ....
¿Es inteligente en el negocio? ....
Amigo de cuestiones. ....
Prospera o declina. ....
¿Paga puntualmente? ....

Los informes comerciales sobre empresas

En el caso de un negocio o una empresa, los datos que contenía el informe se basaban, además de en las personas que la dirigían, en un análisis sobre la actividad, instalaciones, trayectoria empresarial, empleados y solvencia, entre otros puntos. Había que conocer la experiencia y referencias de los proveedores de la compañía en cuanto a su forma de pagar y los compromisos con sus responsabilidades en esos pagos. Estos informes se componían de las respuestas a unas preguntas estandarizadas a las que se añadían los resultados de las investigaciones, más las búsquedas y las verificaciones que se hubieran realizado. El cuestionario esencial en este caso era:

Investigado (preguntado), edad, profesión, calle, pueblo y provincia.
¿Tiene otras delegaciones, fábricas o almacenes? ....
Nombre de los asociados, si los tiene. ....
Antecedentes. ....
Moralidad y reputación mercantil. ....
Manera de trabajar, prudente o arriesgada. ....
¿Es persona seria? ....
¿Es activo? ....
¿Está bien relacionado? ....
¿Es inteligente en el negocio? ....
Amigo de cuestiones. ....
Fecha del establecimiento. ....
¿Es sucesor de alguien? ....
¿Desde cuándo? ....
Extensión e importancia del negocio. ....
Al por mayor, detalle o fabricación. ....
Prospera o declina. ....
Conexiones comerciales. ....
¿Ha hecho alguna vez suspensión de pagos? ....
¿Posee bienes inmuebles? ....
¿Son de su pertenencia, de la de su esposa o hijos? ....
Capital evaluado. ....
¿Paga puntualmente? ....
¿Ha quebrado alguna vez? ....
¿Qué arreglo hizo? ....
¿Lo cumplió? ....
¿Tiene otras delegaciones, fábricas o almacenes? ....

Las agencias de informes comerciales contra las agencias de detectives privados

Las agencias de informes comerciales generaban cierto malestar y quejas por parte de las agencias de detectives, ya que el informe comercial constituía uno de los servicios principales también de estas últimas. En varios países, la falta de regulación clara no diferenciaba las actividades que podían ofrecer unas y otras, por lo que durante décadas la línea que separaba sus funciones era muy sutil. Mientras que las agencias de informes comerciales se dedicaban exclusivamente a esa actividad, los detectives privados, dependiendo del país, estaban sujetos a clasificaciones, tenían que pagar tasas o, simplemente, se diferenciaban en que se anunciaban como detectives. Esta situación se prolongó en España hasta dos momentos clave: en 1992, con la creación de la Agencia Española de Protección de Datos (AEPD), organismo que se encarga de velar por el cumplimiento de la Ley Orgánica de Protección de Datos de Carácter Personal (LOPD) y, definitivamente, en el año 2008, en el que la sentencia del Tribunal Supremo diferenció las funciones que podían realizar las empresas de información comercial de las que correspondían a los investigadores privados. Según dictaron los magistrados, los detectives son los únicos profesionales que pueden investigar a personas físicas.

Por otra parte, era común que el personal que antes trabajaba en agencias de informes comerciales, al dejarlas, se incorporase a despachos de detectives ya establecidos o fundase su propia compañía de investigación privada. Tal es mi caso: antes de ser detective privado, en el año 1996, trabajé en las oficinas de Barcelona de Interpres Cataluña, época de la que guardo muy gratos recuerdos. Uno de mis referentes profesionales fue su gerente, Carlos Melendo. Carlos había sido investigador en Catalana d'Informes i Registres y tenía mucha experiencia en el sector de los informes comerciales. Mi lugar estaba en el Departamento de Investigación, junto con otros seis profesionales más. Éramos los encargados de llevar a cabo cualquier tipo de pesquisa sobre una empresa, utilizando el teléfono como herramienta principal. La metodología para obtener información, así como todas las frases que aprendí y memoricé y que aún recuerdo, me ayudaba a vincular los diferentes datos para incluirlos en los diversos apartados que componían el informe. En los años siguientes, transmití esa metodología y frases a los distintos equipos de investigadores que fui formando, y estos, a su vez, las transmitieron a otras personas.

Pese a las desavenencias de los orígenes, las agencias de informes comerciales eran tan relevantes que, en las primeras décadas del siglo pasado, era común que los propios detectives les solicitaran informes comerciales para utilizarlos como punto de partida en sus investigaciones, cual fuente de información. Más aún en la actualidad, los detectives privados de todo el mundo cuentan con estas agencias como proveedores habituales y las utilizan como una herramienta fundamental en su trabajo diario.

Como ocurre con los nuevos conceptos especializados, los de la información comercial acabaron incorporándose al lenguaje común. En Alemania aparecieron los *treuhandgesellschaftenen*; en Francia, el *agent de liaison*; los *reporters* en Estados Unidos. En España se asimiló el anglicismo *reporter* o reportero, pero también se usó informador comercial o, simplemente, informador.

Un poco de historia sobre las agencias de informes comerciales

No fue hasta principios de la década de 1870 que comenzaron a surgir las primeras agencias de informes comerciales en España, con origen y desarrollo inicial en Barcelona. Era lógico que fuera así, puesto que se trataba del principal centro económico y comercial del país, con un puerto muy activo de entrada y salida a Europa. Por sus características socioeconómicas, y por su personalidad, fue la cuna de empresas que crearon escuela. Mi padre, un veterano de la profesión, me dijo en una ocasión que solo en Barcelona, en los años noventa, se solicitaba el mismo número de informes comerciales que en todo el resto de España.

Es importante destacar el esfuerzo de estas agencias, las cuales competían en un mercado caracterizado por una feroz competencia en términos de precio, calidad y rapidez en la entrega de informes. Junto con los detectives, convivieron en un mercado con una amplia demanda que daba lugar, cada año, a nuevas agencias y *freelancers* dedicados a la información comercial.

En Estados Unidos, las agencias de informes comerciales están muy bien consideradas, ya que su labor ayudó al crecimiento económico y demográfico del país desde mediados del siglo XIX, cribando y cerrando las puertas a las empresas mal pagadoras, evitando estafas y fraudes. Las principales agencias fueron RG Dun & Company, fundada en Nueva York en 1841, y The Bradstreet Company, establecida en 1849 en Cincinnati. En 1936 se fusionaron para convertirse en Dun & Bradstreet,[1] que se erigió en líder como proveedora de información mundial durante décadas. La prestigiosa agencia forma parte de la historia, de la sociedad y del auge económico de Estados Unidos.

En Europa el gran referente fue la alemana Institut W. Schimmelpfeng, establecida en 1872 en Fráncfort, y la francesa Contentieux Lyonnais, fundada en 1879 en Lyon.

En España, la agencia norteamericana RG Dun, que era conocida como «la Dun» o «la casa Dun», actuó directamente con más de una docena de delegaciones regionales, mientras que Bradstreet lo hizo a través del Institut W. Schimmelpfeng, con quien tenía un acuerdo de representación en Europa. De entre las grandes compañías continentales que no abrieron oficinas propias en la península destaca la francesa Contentieux Lyonnais, que, sin embargo, mostró un interés preferente por nuestro país, puesto que realizó varias campañas de captación de clientes usando material redactado en castellano.

Además de proporcionar informes comerciales y de solvencia, varias de estas agencias se ocupaban también del cobro de deudas y de gestiones administrativas, como registros de patentes y marcas. Un ejemplo de esta interrelación entre actividades se encuentra en uno de los primeros directorios mundiales de detectives: *Regency International Directory of Private Investigators, Private Detectives, Security Guards, Security Equipment Suppliers, Security Services, Debt Collecting Agencies*, donde en un mismo volumen aparecen empresas de investigación privada, de seguridad y de gestión de deudas.

Cómo hacer un informe comercial

Para la elaboración del informe comercial se llevaba a cabo una búsqueda en fuentes abiertas (anuarios, prensa, libros eclesiásticos,[2] censos de población, boletines y registros civiles, de la propiedad industrial, y de propiedad de bienes y mercantiles), lo que se complementaba con una visita presencial del reportero para actualizar la información. Además, se buscaban referencias de personas o empresas cercanas al objetivo, como allegados, clientes, proveedores y competidores, para obtener una visión más completa del mismo; estas referencias se obtenían mediante correo o visitas presenciales.

El *Manual* de RG Dun & Co., de 1897, destacó la importancia de las «fuentes de información» en la elaboración de un informe comercial dedicándoles un apartado específico: «Reveling Sources of Information». Aun así, aconsejaba a los redactores omitir los nombres, incluso las simples iniciales, de las autoridades consultadas —en el sentido de personas o entidades que pudieran ofrecer referencias del negocio investigado— para evitar posibles represalias en caso de que no fuesen satisfactorias para aquel. Del mismo modo, exigía a los reporteros un especial cuidado para no hacerse eco de rumores malintencionados. Este es un ejemplo de una petición de referencias por correspondencia:

> Muy señor nuestro:
>
> Estamos actualmente revisando nuestros archivos de crédito sobre el señor [...], de San Lorenzo.
>
> Si su firma le es conocida, le agradeceremos mucho nos favorezca con su opinión sobre su responsabilidad financiera y reputación en general. Necesitamos conocer el resultado de los negocios de esta firma durante el pasado año, así como la opinión de que goza en el comercio. La respuesta con que nos favorezca usted la consideraremos estrictamente confidencial, y tendremos mucho gusto en reciprocar su cortesía en cualquier oportunidad.

Igual que los abogados y los médicos, por poner dos ejemplos reconocibles, se utiliza una jerga con palabras específicas y frases hechas, transmitidas de generación en generación. Las expresiones utilizadas por aquellos pioneros fueron pasando a los siguientes informadores comerciales, y se expandieron a nivel nacional. Además, en el origen de la terminología relacionada con el modo de obtener la información y con la redacción de los informes comerciales tuvo un gran peso la tradición oral y escrita de las comisarías de policía, las redacciones de los periódicos y los departamentos de informes comerciales de la banca.

Respecto al sector bancario, ha sido fuente de un buen número de frases adoptadas para la confección del informe comercial, ya que muchas de estas agencias fueron creadas por antiguos trabajadores del sector. Era habitual que, tras jubilarse, empleados y directores de departamentos de información comercial de entidades bancarias buscaran ingresos extra y, de paso, quisieran satisfacer la «adicción» que les producía la obtención de información. Para ello, o bien se integraban en los departamentos de investigación de las agencias, o bien se establecían como reporteros o corresponsales. De esta manera, transmitían a los investigadores más jóvenes que los rodeaban su experiencia y su forma específica de expresar conceptos en la redacción de los informes.

El resto de la terminología utilizada tuvo su doble origen en la prensa y en la policía. Hubo no pocas agencias creadas por periodistas, que trasladaron su lenguaje especializado en asuntos económicos a la redacción de los informes. También comisarios e inspectores jubilados, o cesados, se pasaron al sector de la investigación privada, como ya vimos, llevando consigo expresiones frecuentes en la redacción de los expedientes policiales. Es difícil no rastrear esa mezcla lingüística en textos como este:

> Causa alta como empleado el día [...] en la firma situada en [...] ocupando el cargo de [...] en el departamento de [...] percibiendo unos ingresos mensuales de [...] pesetas.
>
> De estado civil [...], su esposa doña [...], nació en [...] con fecha [...].
>
> Su esposa explota un negocio de [...] desde el año [...], herencia de sus padres, que tienen prestigio en la plaza por llevar treinta años funcionando.
>
> El local del establecimiento es de su propiedad, habiéndolo adquirido con fecha [...], otorgando las escrituras el notario D. [...] por el precio de [...] pesetas, inscrita en el Registro de la Propiedad número [...].

Un año clave en la trayectoria de los informes comerciales en España fue 1992. La aparición, en febrero, del BORME, el Boletín Oficial del Registro Mercantil, permitió que empresas como Informa, Infotel o Interpres comenzaran a grabar los datos de esos boletines para almacenar dicha información. Posteriormente, desde sus páginas web, facilitaban a sus clientes informes comerciales de forma instantánea.

Hasta entonces, el cliente estaba acostumbrado a esperar varios días para recibir un informe estático y no siempre actualizado antes de tomar una decisión importante. Con el nuevo informe *online* interactivo tenía más posibilidades de enlazar y vincular información sobre administradores, y a un precio más económico. El 95 por ciento de las agencias de información comercial tradicional desaparecieron a mediados de los noventa, al no adaptarse a los cambios introducidos con el uso de internet. Fue en aquel momento cuando empezó el auge de los informes comerciales realizados por detectives privados, que hicieron suyo aquel valor añadido.

Resultado de la investigación: denuncias, polémicas y sentencias emblemáticas

El resultado de un informe era tan importante a inicios del siglo XX que, si era positivo, es decir, si transmitía que se trataba de una empresa o un particular «formal», se convertía en una garantía de seguridad. Algunas personas, por ejemplo, utilizaban aquellos informes positivos como un aval de confianza a la hora de buscar un empleo: «Me ofrezco como cuidadora de personas mayores, solicitar informes comerciales [a tal agencia]». En caso de que se tratase de un negocio, este informe le abría las puertas del mercado, de clientes y de proveedores. Del mismo modo, el consumidor que recibía el informe tomaba las decisiones con mayor tranquilidad.

Sin embargo, si la información sobre un negocio era desfavorable, motivaba la desconfianza y tanto clientes como proveedores no querían comprar sus productos o servicios o suministrarle material. En el caso de un particular, las referencias negativas eran motivo suficiente para que no fuera contratado o no se hicieran negocios con él. Una primera reacción típica era denunciar a la agencia informante por injurias: se trataba de crear una cortina de humo judicial que le permitiera al afectado ocultar o atenuar los resultados negativos de aquel informe. A esta práctica le puso fin el Tribunal Supremo el 11 de octubre de 1898, cuando señaló que «los conceptos desfavorables que contengan [los informes] no pueden castigarse como constitutivos de [delito de] injurias, porque falta en su autor la voluntad e intención de ofender».

Esta conocida sentencia fue el resultado de una querella a una agencia de informes comerciales a la que un comerciante solicitó, en abril de 1896, un informe sobre un nuevo cliente que le hizo un pedido. La agencia solicitó referencias a otros proveedores que habían trabajado con él y, una semana después, el comerciante recibió por correo el resultado y decidió no suministrar sus productos, ya que el informe recomendaba no tener relaciones comerciales con el susodicho, además de definirlo, literalmente, como «un pájaro de cuidado», al que no debían «mandarle ni una peseta, porque la perderían», y añadir además que le comprendía toda mala fe, que había «pegado mangas»,[3] que se proponía engañarles y que no tenía capital, ni crédito ni moralidad. Cuando el afectado supo de los motivos por los que no le suministraron el producto, inició un procedimiento criminal por injurias contra la agencia, que fue absuelta. Aun así, el afectado recurrió el resultado al Tribunal Supremo, que declaró no haber lugar al recurso, en la referida sentencia:

> Considerado que, como repetidamente tiene declarado este Tribunal, las injurias se caracterizan y determinan no solo por la significación material y gramatical de las palabras, sino que también debe tenerse en cuenta para calificarlas la tendencia con que fueron proferidas y si la intención del agente era o no lastimar la honra o crédito de la persona contra la cual iban dirigidas.

Es cierto que la persona que redactó el informe comercial quizá fue desafortunada en las expresiones elegidas en su redacción, pero se demostró que en esencia era verdad todo lo que había dicho.

Otro caso, referido en un periódico, es una de las escasas manchas en la trayectoria de Detectives Sun, aunque, según parece desprenderse de la lectura de la noticia, pudo tratarse de un incidente con trasfondo político en plena dictadura de Primo de Rivera. Seguramente se originó por el descontento de algunas empresas con informes comerciales desfavorables, de forma que sus directivos movieron sus influencias. Lo leemos en el periódico *La Libertad*, del 15 de febrero de 1925:

> Han sido puestos a disposición del capitán general Alfonso Veciana Oliver y Alfredo Burgos Ontenient, empleados en una conocida agencia de informaciones mercantiles e industriales, por hacer propagandas tendenciosas, desacreditando a distintas casas de banca y de comercio, que se distinguen por su españolismo.

Nótese que el redactor no destacó la solvencia de esas empresas, en contraposición a los informes negativos, sino su «españolismo». Sea como fuere, supuso un golpe al prestigio de la agencia, que no pudo mantener su actividad mucho más allá de aquel año.

Querellas y estafas

Una variante distinta a la práctica de la denuncia por injurias era la de acusar al *reporter* de chantaje, de exigir dinero a cambio de no divulgar un presunto informe negativo falso. Este tipo de querellas apenas tenían recorrido judicial, puesto que la parte demandante rara vez presentaba pruebas de la supuesta extorsión. En la mayoría de los casos, los «perjudicados» solo buscaban crear una publicidad negativa de la agencia para mitigar las posibles consecuencias del informe entre sus clientes y proveedores.

Podemos encontrarnos también con denuncias a agencias de detectives por estafa. Lo habitual era que se cobrara una parte del presupuesto de la investigación por adelantado, como provisión de fondos; de esta forma, algunos clientes insatisfechos iniciaban una querella bajo la acusación de que el encargo no había sido completado. Este tipo de denuncias tampoco solían prosperar, pues era fácil acreditar que el trabajo sí se había realizado, pero dañaban la reputación del detective, ya que la prensa publicaba en sus artículos el nombre completo que había sido denunciado. Sin embargo, es asimismo cierto que, una vez todo quedaba aclarado en vía judicial, también se publicaba el resultado favorable para la agencia de detectives.

El caso Inchausti

En la primavera de 1917, la Audiencia de Barcelona dictó sentencia sobre el caso Inchausti, muy célebre aquellos días en la ciudad, que posee varias curiosidades para la profesión de detective e incluso una resolución que es un respaldo legal a la profesión. La primera es que, en la sentencia, los tres magistrados del tribunal absolvieron a un detective, Ramón Julibert, de los delitos de estafa y uso público de nombre supuesto durante la investigación de aquel caso. La segunda curiosidad es que, al clasificar su profesión, los magistrados lo denominaron detective privado; era la primera vez que esto ocurría. La tercera es que por primera vez se menciona el nombre de dos mujeres detectives, en este caso que colaboraban con Julibert en su agencia durante la investigación. Sin embargo, lo curioso es que, al indicar la profesión de las dos colaboradoras, se las clasifica como «sin profesión conocida». Se trataba de Adela Moreno y María Álvarez.

Todo comenzó dos años antes, en mayo de 1915, cuando el detective fue contratado por un cliente, José Rafael de Inchausti Rico, un hombre adinerado. El motivo de la contratación era protegerse tanto a sí mismo como a los bienes de su madre, Consolación Rico, una viuda filipina, y de su esposa, Isabel Hervás. Además, el cliente le pidió al detective que demostrara que había sido víctima de una conspiración urdida por su esposa, Isabel Hervás, incluso con la ayuda involuntaria de su madre. Según parece, Isabel había convencido a Consolación de que la salud mental de José Rafael se estaba gravemente deteriorada. Usando la declaración de un psiquiatra al que pudo sobornar, logró que un tribunal filipino lo inhabilitara y le concediera la tutela a su madre. Al mismo tiempo, amparándose en esta sentencia de inhabilitación, Isabel intentó frenar la petición de divorcio que su marido Inchausti había presentado contra ella por infidelidad. Tal y como había planeado Isabel, José Rafael fue ingresado en un manicomio de Manila, pero con lo que ella no contaba era que el director del centro iba a aconsejar a Consolación Rico que se trasladara con su hijo a Barcelona, donde había mejores especialistas. A principios de febrero de 1915, madre e hijo viajaron a España en el vapor *Fernando Poo*, mientras que Isabel Hervás permaneció en Manila. Pendiente de la resolución de la demanda de divorcio y hospedado en el Barcelonés Hotel Oriente, Inchausti leyó un anuncio en el periódico de la agencia Humanité y contrató a Ramón Julibert para que demostrara que era víctima de un complot ideado por su esposa. Una de las vías de investigación fue que el detective había alquilado un piso para que su cliente fuera examinado con toda discreción por prestigiosos psiquiatras barceloneses, y también había iniciado la búsqueda de testigos en Filipinas y en cualquier lugar que pudieran declarar a su favor, entre ellos el médico del vapor *Fernando Poo*. En abril, Isabel llegó a Barcelona y se alojó con su marido en el Hotel Oriente, donde también estaba hospedada Consolación Rico. Es aquí donde comenzó otra de las vías de investigación, el objetivo de Julibert y de su colega María Álvarez era instalarse en una habitación contigua y recopilar la mayor cantidad de información sobre las conversaciones. Para ello, también reservaron una mesa cercana en el restaurante para intentar obtener pruebas de las malas intenciones de los investigados. Los detectives, haciéndose pasar por un matrimonio francés, se ganaron la confianza del matrimonio. Julibert se presentó como Bert, mientras que su colega Adela adoptó el nombre de Ester Valero. Todo se complicó cuando suegra y nuera descubrieron la táctica de Ramón y los detectives y acusaron a la agencia y a su director de estafa por haber cobrado un anticipo por la investigación y por el uso de identidades falsas. La Brigada de Investigación Criminal irrumpió en la habitación del Hotel Oriente de Barcelona, que ocupaban los detectives, y ambos fueron detenidos y puestos a disposición judicial. Al mismo tiempo, otra agente de la Humanité, Adela Moreno, fue arrestada en su casa. La policía registró las oficinas de la agencia, donde encontró una autorización firmada por Inchausti para el pago de 17.000 pesetas en concepto de honorarios y gastos para investigar a su esposa, Isabel Hervás. El juez ordenó la operación a partir de la denuncia presentada por Consolación Rico, quien afirmaba que el detective había estafado a su hijo José Rafael Inchausti: «La denuncia de una serie de engaños y le han obligado a firmar en su perjuicio varios documentos y obligaciones». Todo comenzó cuando la mujer de Inchausti, quien sospechaba de aquella extraña pareja francesa, descubrió las intenciones de su marido al revisar los movimientos de sus cuentas bancarias y comprobar el pago a la agencia de detectives. Asustada, presionó a su suegra para que presentara la demanda contra él antes de que todo estallara. Julibert fue arrestado y pasó varios días entre rejas. Sin embargo, gracias al arduo trabajo de sus abogados, finalmente fue liberado. En la sentencia, los magistrados no consideraron delito el uso de un nombre falso por parte de un detective durante una investigación. Tampoco encontraron delito de estafa en el cobro por adelantado de honorarios por trabajos de información no completados por motivos de peso (como era el caso, ya que el encargo había sido interrumpido) o cuyos resultados no se pudieran garantizar. Las pruebas recabadas por Humanité eran tan sólidas que, a principios de junio, los dos detectives encarcelados fueron puestos en libertad sin fianza. Inchausti, representado legalmente, presentó una demanda en el juzgado para ser declarado con plena capacidad mental y recuperar así sus bienes. Después de un proceso judicial, el 27 de julio de 1915, el juzgado dictó una sentencia que reconocía la plena capacidad intelectual de Inchausti, desmintiendo las acusaciones de su mujer e inicialmente también de su madre. Esto fue respaldado por informes médicos que confirmaron que no había alteraciones en su salud mental. La sentencia también revocó la tutela que su madre ejercía sobre él, debido a que argumentó que había actuado bajo malas influencias, creyendo erróneamente que estaba protegiéndolo. Finalmente, el fallo restableció el control de Inchausti sobre sus bienes y su capacidad para actuar, corrigiendo la imagen pública que se había formado a su alrededor. La resolución fue publicada de forma oficial, asegurando que Inchausti podía administrar su vida y patrimonio sin restricciones. Como curiosidad, en 1944, Inchausti seguía domiciliado en Barcelona y solicitó registrar la marca Biposcao para distinguir un producto dietético, aunque dos años más tarde la petición fue denegada por la Oficina de Patentes y Marcas.

También como dato curioso que refleja el carácter fuerte de Isabel Hervás: el 21 de marzo de 1910 se manifestó frente al Gobierno Civil junto a varias mujeres para protestar por el acuerdo del Ayuntamiento que permitía la circulación de vehículos los jueves y viernes santos. La prensa estimó que más de mil mujeres sentían que se habían herido sus sentimientos religiosos.

En cuanto a José Rafael, no podemos saber a ciencia cierta si tenía razón o no. ¿Acaso, en un auténtico *plot twist*, resultó ser un tirano del que deseaban liberarse aquellas dos mujeres, o era una víctima de una conspiración de dos avaras sin escrúpulos?

Otros personajes con informes con resultados negativos sobre su persona o negocio optaron, al sentirse agraviados, por la vía violenta. Revisando la prensa de la época descubrimos palizas y agresiones a reporteros. Hubo quien llegó más allá: Bernardo Armengol, director de una agencia barcelonesa, fue tiroteado a la salida de una taberna en la calle San Carlos de la Ciudad Condal. Murió a consecuencia de las heridas en el Hospital Clínico. Otro ejemplo de más concupiscible final sucedió en 1891, cuando un exiliado carlista español en Francia, de apellido Molina, le pegó cuatro tiros —literalmente, cuatro— al director de una agencia que había realizado un informe negativo sobre su actividad como corredor de vinos; la víctima, monsieur Daujoz, sobrevivió. El 17 de enero de ese año se podía leer en el periódico *La Época*:

Con fecha de ayer, dicen de París que los concurrentes a uno de los cafés populares de Limoges se vieron anteanoche sorprendidos por una escena trágica. Cuando el café estaba más lleno de gente, sonaron cuatro detonaciones seguidas de revólver, y un hombre cayó al suelo, mortalmente herido, dando gritos espantosos. El tumulto fue terrible, pero el autor de los tiros pudo ser preso. Es un español llamado Molina, natural de Pliego, que sirvió de oficial en el ejército carlista durante la última guerra civil. Terminada la guerra, tuvo que emigrar y vino a establecerse a Limoges, donde ejercía la profesión de corredor de vinos. La víctima se llama M. Daujoz. La venganza ha sido el móvil del crimen. M. Daujoz es director de una agencia de informes comerciales, y recientemente los había dado malos del señor Molina a un corresponsal suyo. En vano reclamó el exoficial carlista, hasta que, viendo que no se le daba reparación, buscó a M. Daujoz y en pleno café le disparó cuatro tiros de revólver. M. Daujoz no ha muerto. Los médicos han logrado extraerle las cuatro balas. El señor Molina está en la cárcel de Limoges.

Anuncios de detectives: innovación y estrategias

Hasta la mitad del siglo XIX había una demanda excesiva de casi cualquier producto que hubiera en el mercado; recordemos que el gobierno lo regulaba a través de los gremios, de forma que la demanda superaba en muchas ocasiones a la oferta. Los productos «se vendían solos», al no existir una competencia real. Pero el desarrollo impulsó el nacimiento de la competencia tal y como hoy la entendemos: varias empresas ofreciendo el mismo servicio o producto a un segmento similar de clientes potenciales, rivalizando a través de los precios y de la calidad. En el caso de los detectives privados, la nueva situación exigió un esfuerzo para cumplir con las premisas del mercado, centradas en la exactitud de los contenidos de los informes y en los tiempos de entrega al cliente. De esta manera, las agencias se orientaron a cubrir las necesidades cada vez más amplias de su clientela.

A partir de esta nueva etapa competitiva se empezó a tener en cuenta conceptos como la imagen del negocio y el logotipo que la representaba, la clase de papel utilizado en su comunicación, el diseño de los sobres para los envíos o las tarjetas de visita. Comenzaba así una revolución en la forma de vender los servicios, de manera que lograr transmitir cierta distinción y solvencia podía ser diferencial dentro del mercado. Asimismo, fue clave la publicidad a través de los cada vez más atractivos y elaborados carteles y anuncios gráficos en periódicos, revistas, boletines, anuarios y directorios de negocios. Aquellas nuevas necesidades estimularon la imaginación de creativos y publicistas con ideas originales que siguen hoy vigentes, con un triple objetivo: fidelizar a los clientes, mostrar confianza ante la competencia y adquirir notoriedad para captar nuevos interesados.

Además, en un mercado en crecimiento, aparecer en la prensa suponía para las agencias estar en el lugar adecuado cuando alguien las necesitara. Y es que, ante cualquier problema, empresas y particulares consultaban anuarios, boletines y anuncios clasificados en busca de los profesionales adecuados. Destacar en aquel contexto no era fácil, por eso los anunciantes jugaban con el tamaño de los reclamos, el número de palabras, los recursos gráficos y los mensajes diferenciadores.

En sus inicios, la profesión de detective era desconocida; se construía día a día, proponiendo servicios novedosos y creando nuevas rutinas. Cuando las agencias se multiplicaron, resultó esencial tener cierta presencia: para el lector medio, que una agencia de detectives contratara un anuncio en un periódico la dotaba de cierta confiabilidad.

Los ganchos publicitarios

La profesión nace en una etapa de innovación en el desarrollo tecnológico y de nuevas técnicas de impresión, que permitieron jugar con elementos gráficos como la tipografía y el cuidado de los grabados, además de poder incorporar fotografías. Pero nada de eso funcionaba realmente sin una buena frase o un buen gancho. Ramón Julibert, el ya mencionado director de la agencia barcelonesa L'Humanité, fue un ejemplo de anunciante innovador (y un nombre con el que vamos a familiarizarnos). Su publicidad, como esta de 1911, apelaba directamente a los temores y a las necesidades de la burguesía ante el matrimonio, concebido como una extensión familiar de los negocios:

> ¿Quiere usted casarse con persona digna y con capital? ¿Quiere usted obtener la felicidad conyugal? ¿Desea usted señorita no tener decepciones? ¿Desea usted conocer la moralidad y posición de su futuro esposo o esposa? ¿Quiere usted investigar a cualquier persona que le interese?

Un paso más allá

En 1914, consciente de que los cambios sociales habían dejado obsoleta la legislación sobre el divorcio en España —se llamaba de esta manera a lo que era una simple separación—, Julibert creó un nuevo producto: «Divorcios absolutos». Utilizando las lagunas de las leyes francesas y españolas, y de acuerdo con abogados y detectives galos, lo tramitaba «por un medio rápido y seguro, en un plazo máximo de seis meses», con la ventaja de que los divorciados por este sistema podían volver a contraer un nuevo enlace. La Iglesia española y los sectores políticos más conservadores pusieron el grito en el cielo. Hubo homilías contra la agencia y el Colegio de Abogados de Madrid convocó un concurso para encontrar vías legales que pusieran fin a aquellos «divorcios absolutos». En 1915, solo un año después, Julibert dejó de publicitarlos.

La agencia Behar de Barcelona se anunciaba de este otro modo:

> Si usted tiene a su médico, su abogado, incluso a su agente de seguros, ¿por qué no también a su detective privado?

Cora May Strayer, una investigadora privada de Chicago, se anunció en 1905 en el periódico *Chicago Tribune* de la siguiente manera:

> Mujer, cuando necesite asesoramiento legal o confidencial, ¿por qué no consultar con alguien de su mismo sexo?

Por su parte, Maud West, investigadora de Londres de finales del siglo XIX, se anunciaba en los programas que se entregaban en los teatros:

> ¿Estás preocupada? ¡Si es así, consúltame!

E. Calenil, en Francia a inicios del XIX, se atrevió un poco más:

> ¡Atención! Esto le interesa. Vigilancia diurna y nocturna, para marido cornudo o mujer engañada. Denuncias de adulterio, verano[4] [...], etc.

Cabinet Robillard, de Caen, Francia, optó por el laconismo:

> Para tu problema, tu detective.

Para las siempre cuestionadas agencias de investigación privada, transmitir una buena imagen en los medios era sinónimo de seriedad y de confianza. Si bien resultaba habitual ver sus anuncios mezclados con remedios curativos, sombrererías, alimentos o productos de belleza, los grandes despachos optaron por diseños atrevidos y lemas llamativos para destacar.

La importancia del nombre

La competencia feroz entre los medios propició en todo el mundo el nacimiento de una moderna mitología basada en las hazañas de los grandes detectives, héroes en la lucha contra una criminalidad que estaba en alza. Un ejemplo de ello, y de cómo la fama de un detective privado podía convertirse en un reclamo publicitario, fue el investigador norteamericano William Burns. Las cuchillas de afeitar Gillette y la gama de armas de fuego automáticas de Savage Arms promocionaron sus productos utilizando su imagen, con frases como:

> El detective William J. Burns lleva siempre en el bolsillo trasero una Savage automática.

Por otro lado, muchos de los anuncios de finales del siglo XIX y principios del XX publicitaban a investigadores anónimos. En ellos tan solo se incluían los servicios que ofrecían y la forma de contacto: un apartado de correos o una dirección postal; más adelante, un teléfono. Los motivos de este anonimato podían ser variados. Es conocido que había policías en activo que ejercían su actividad en el sector privado en las horas en las que no estaban de servicio o en períodos de excedencia. Para evitar ser reconocidos, no incluían su nombre y se anunciaban como «policías privados». En otros casos, se trataba de detectives en activo en alguna agencia, que estaban preparando su propio despacho y no querían delatarse para evitar represalias laborales o denuncias.

Sabemos que la marca comercial es el primer conocimiento que un posible cliente tiene de una empresa; de ahí su importancia, ahora y entonces. Como veremos enseguida, el nombre constituía la información más destacada gráficamente en cualquier anuncio. En algunos casos, sobre todo en el de las agencias más consolidadas, podía ser la única información que se ofrecía junto con la forma de contacto: «Romal Detective Station. Pelayo 62. Teléfono 16046. Barcelona». Tan solo eso bastaba, pues su nombre era en sí un prestigio. Ni servicios ni especialidades ni características distintivas.

En la capital catalana, con una nutrida colonia internacional a causa de su pujanza portuaria, comercial e industrial, se popularizaron directamente los nombres anglosajones, por lo que algunas de sus agencias más importantes parecían proceder de Estados Unidos o de Inglaterra, como American Office (1909), Detectives Office (1919), Office Mondial (1924) y New York Information (1934).

En otros casos se usaba el castellano, pero destacando la palabra «internacional». Una simple ojeada a la prensa nos ofrece numerosos ejemplos: en *La Correspondencia de España* era habitual encontrar los anuncios de Detective Internacional y de la Asociación Internacional de Detectives de Madrid; en Barcelona, en *La Vanguardia*, aparecieron entre 1907 y 1908 los primeros anuncios que usaron el término «detective» combinado con nombres de inequívoco aire cosmopolita como La Internacional o Información Mundial.

Era común que apareciera el nombre del director de la agencia y, en ocasiones, sus hitos profesionales o su experiencia en distintos campos. Dar la cara, en una época en la que abundaban las estafas y los engaños, ofrecía una garantía extra al cliente. En Estados Unidos, Francia o Inglaterra se valoraba mucho que el director de la agencia hubiera sido en el pasado un inspector de policía o comisario.

En los países anglosajones era habitual incorporar el sintagma *agency* o *bureau* acompañado del apellido del detective: Dews Detective Agency o Simmonds Detective Agency, en Londres, o The Hall Detective Service en Chicago y Murphy's Private Detective & Information Bureau en Los Ángeles. La palabra *agency* en otros países de Europa se adaptó a «instituto», como en el caso de España con el Instituto Mercantil Internacional de Barcelona o el Instituto Fernández-Luna de Madrid. En Italia, *istituto*, como en Detectives Istituto Sherlock Holmes en Milán o Istituto Sonne. En Alemania, *institut*, con la agencia Detektei Institut Westen en Berlín. En Francia, *cabinet*, como en Cabinet Constant o Cabinet Rivoli, ambas ubicadas en París. También en Francia, y en Bélgica, se utilizaba la palabra *renseignements*, traducida como «información», por ejemplo, en la Agence Générale de Renseignements de Bruselas, o *recherche*, traducida como «búsqueda»; estas dos palabras también fueron utilizadas en otros países, como en Vrolijk's Particuliere Recherche de Róterdam. Fuera de Europa, el patrón fue similar, como la agencia japonesa Iwia Private Detective Agency de Tokio o Brooks Detective Agency de Auckland, Nueva Zelanda.

El sentido de la imagen

Los detectives españoles Antoni Tresols y Antonio Romero incluyeron en muchos anuncios una fotografía personal, un retrato; el uno posando con su uniforme y condecoraciones, mientras que el otro lucía un sombrero de fieltro con estilo. Esta práctica de mostrar la fotografía del detective o algún objeto asociado a la investigación era común en Estados Unidos e Inglaterra, pues transmitía transparencia y cercanía con los potenciales clientes.

Algunas empresas crearon logotipos fantásticos. Uno de los primeros, como hemos visto, es el de Pinkerton's National Detective Agency, con un gran ojo rodeado por el nombre de la agencia. Es posible que uno de los motivos por los que los investigadores empezaran a utilizar la palabra «detective» provenga de este logotipo. En España, la agencia Detectives Romal adaptó esta idea, con su inconfundible óvalo negro y letras blancas que llamaban la atención tan pronto como se abría el periódico. En otros casos, los publicistas mostraron originalidad al proponer nuevas maneras de presentar la información, tanto en su forma como en su contenido.

Un ejemplo referente es el de Eugène Villiod y el famoso cartel encargado al ilustrador Leonetto Cappiello, que pudimos ver unas páginas atrás: *l'homme à la clef* («el hombre de la llave»). En varias ocasiones, las tarjetas se dibujaban y se escribían a mano:

Fig. 11. Tarjeta de detective privado francés hecha a mano.

También se reflejaron otros objetos vinculados a la profesión, como lámparas mágicas, representando modernidad; plumas de escribir, representando calidad; sobres cerrados que transmiten discreción y confidencialidad; lupas, que simbolizan minuciosidad y atención al detalle; candados desbloqueados, que representan la capacidad para desvelar secretos; relojes de bolsillo, por su precisión; y el telégrafo, como símbolo de comunicación rápida con el cliente. Detectives Office, por ejemplo, popularizó un signo de interrogación gigante, el cual simboliza la búsqueda de respuestas y la resolución de misterios, al igual que también lo haría en México Bufete Policial Valente Quintana. Asimismo, se utilizaron animales para simbolizar valores importantes para los detectives, como el búho, el zorro, el gato, el águila y el lince. Más tarde, a partir de los años cincuenta y hasta la actualidad, empezaron a usarse representaciones de detectives con sombreros fedora y gabardinas, huellas dactilares, lupas, siluetas de Sherlock Holmes y dispositivos tecnológicos como teléfonos o cámaras fotográficas.

Fig. 12. Tarjeta de visita de detectives, donde aparece la lámpara mágica como símbolo.

Hubo quien apostó por la visibilidad del propio despacho, como Antonio Ordóñez y Daniel Freixa, quienes colgaron en el balcón de sus propias agencias grandes letreros con sus lemas publicitarios para llamar la atención de los transeúntes y clientes potenciales. Después de todo, se trataba de estar en el lugar adecuado en el momento en que surgía una necesidad.

Anuncios informativos

Otro de los datos a tener en cuenta en los anuncios era la importancia de resaltar el año de fundación, ya que comunicaba experiencia. Muchas agencias jugaban con sus fechas de creación para aumentar la sensación de larga trayectoria profesional, exagerándolas o inventándoselas directamente. Asimismo, enumerar el resumen de la cartera de servicios tenía la doble función de darla a conocer a los posibles nuevos clientes y, al mismo tiempo, marcar las distancias con la competencia. Es quizá el apartado en el que encontramos una mayor variedad de mensajes, desde la simple enumeración de unos conceptos genéricos como «pesquisas», «reservas», «indagaciones» o «informes privados» hasta ingeniosos mensajes con distintos niveles de lectura.

Los más comunes eran los textos con unos pocos servicios/conceptos genéricos, puesto que requerían menos espacio y resultaban más baratos, sobre todo en la prensa nacional. Este se publicó en marzo de 1908 y corresponde a American Office:

> Pesquisas e indagaciones de todas clases; policía particular; vigilancia privada por acreditados detectives. Servicio internacional.

En el extremo opuesto nos encontramos con el detective y empresario murciano afincado en Barcelona, Antonio Romero, el director de La Neutral, un innovador con cierta tendencia a la exageración y la grandilocuencia. Durante un tiempo publicó unos larguísimos anuncios con todos —y «todos» quiere decir «todos»— sus servicios: cerca de trescientas palabras.

Frente a esta incontinencia, Enrique Cazeneuve optó por publicitar las necesidades que satisfacía su agencia, dedicada casi en exclusiva a la investigación general, salvo un departamento de informes comerciales que nunca tuvo protagonismo. Nos hemos referido anteriormente al anuncio en el que destacaba un inusual recurso gráfico: un signo de interrogación gigante. Corresponde a enero de 1921 (véase fig.13).

Era también un rasgo distintivo de las agencias de mayor tamaño y solvencia destacar algún elemento, alguna cifra que resaltara la eficacia de la empresa y la profesionalidad de sus empleados. En general, se indicaba el número de cobros conseguidos, el número de informes redactados, el nú-

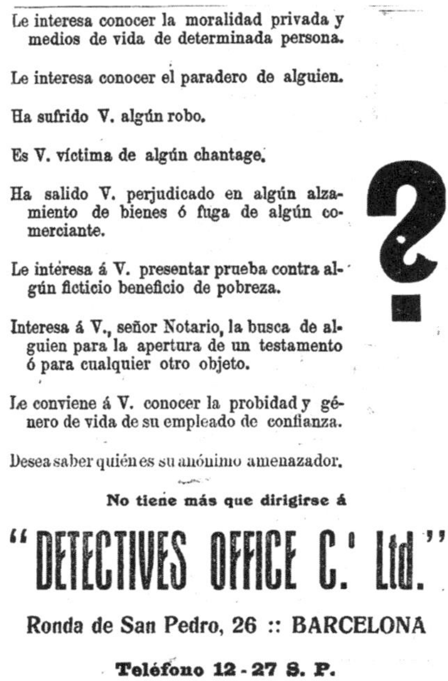

Fig. 13. Anuncio de Detectives Office.

mero total de clientes o el de los servicios realizados. Un ejemplo muy interesante es el de los resúmenes de actividad de L'Humanité, que Ramón Julibert se ocupaba de insertar en toda la prensa nacional. En septiembre de 1912 publicó el de sus primeros meses de actividad:

Cuenta detallada de los servicios prestados por el Centro de Detectives (Policía privada) durante los diez meses que tiene establecida su única sucursal, domiciliada en la Rambla de las Flores, 26, pral.

Pesquisas investigaciones comerciales	41
Investigaciones privadas secretas	17
Investigaciones con comprobación y allanamiento de morada	4
Investigaciones a menores de edad	13
Investigaciones por estafa y fraude	6
Investigaciones por robo	6
Informes para casamientos	28

Internacionales:

Pesquisas de Nueva York a España	....	6
de Londres a	....	3
de París a	....	7
de España a la América del Sur	....	2
de al Centro de América	....	1
Suma total de asuntos confiados a L'Humanité	....	134

Era importante transmitir la capacidad de abarcar investigaciones en cualquier territorio, por lo que también era habitual encontrar en sus anuncios frases como «corresponsales en todo el mundo».

La promoción de los servicios de investigación continuó en las décadas siguientes, con la presencia habitual, además de en prensa, de anuncios en los primeros directorios de las Páginas Amarillas. Que una agencia destacara entre el resto de las agencias se convirtió en una ingeniosa guerra de *marketing*. Algunas optaron por anuncios de mayor tamaño, mientras que otras, de forma curiosa, aprovecharon el hecho de que estos listados estaban ordenados alfabéticamente, añadiendo la letra «a» al principio de sus nombres comerciales para aparecer en los primeros lugares. En el presente, los detectives han adaptado su forma de publicitarse al mundo actual, de modo que lo hacen en revistas especializadas, blogs, redes sociales, directorios específicos y listados en sus asociaciones.

Servicios rápidos

El tiempo es oro. Esto lo sabían muy bien algunas agencias de las que destacamos dos por la innovación en sus servicios. Por un lado, La Información Mundial, fundada en 1918 en Rambla de las Flores, número 16, de Barcelona. Sus oficinas permanecían abiertas las veinticuatro horas del día, todos los días del año; sin duda, una gran ventaja competitiva. Dado que la mayoría de los cafés y bares más lujosos de las

Ramblas tampoco cerraban, no es descabellado imaginar que los directivos de una empresa podían finalizar una reunión de trabajo, a altas horas de la madrugada, y solicitar un informe comercial o un encargo de investigación especial de manera inmediata. Este servicio era uno de sus principales: «Informes comerciales y privados. Investigaciones por muy difíciles que sean en veinticuatro horas».

Por otro lado estaba la agencia Hispania, que supo tener muy presente la necesidad de informes rápidos para cierto tipo de clientes. En un ejemplar de *El Bejarano* del 13 de marzo de 1915, nos topamos con un anuncio suyo que prometía ofrecer «informaciones reservadas rapidísimas en tan solo diez horas».

Primeros detectives

El caso francés

Francia es la cuna de los primeros detectives en el mundo, por lo que estableció el modelo para las agencias de investigación en toda Europa; Bélgica, por ejemplo, siguió un modelo idéntico al galo. Como veremos más adelante, en Estados Unidos las grandes agencias de investigación tenían edificios propios. En cambio, en Francia todo era más sencillo, adaptándose mejor a las dimensiones geográficas de los países europeos: los locales de oficinas de las agencias se diseminaban en las ciudades en apartamentos de edificios residenciales, de forma similar a los notarios o abogados. Otra de las diferencias con el modelo estadounidense era la colaboración entre agencias de distintas partes del país. Esto brindaba la posibilidad de ofrecer investigaciones fuera de una provincia sin la necesidad de contar con corresponsales. Esta colaboración también permitía ampliar una investigación a cualquier país de Europa.

La mayoría de los más destacados detectives franceses de la segunda mitad del siglo XIX y principios del siglo XX provenían principalmente de la Policía. Estos investigadores de élite, tras jubilarse, migraron al sector privado, aportando su experiencia adquirida en técnicas de indagación de La Brigade de Sûreté, el precursor de las modernas brigadas de investigación criminal, que más tarde evolucionó a la Sûreté Nationale (Seguridad Nacional). Estas figuras eran consideradas leyendas, habiendo sido protagonistas de noticias sobre sus hazañas en sus tiempos policiales. Nos encontramos con agencias cuyos nombres comerciales funcionaban como reclamo al poder ser confundidos con el cuerpo de Policía, como es el caso de Marcel Gambet y su agencia Brigade Spéciale Parisienne de Police Officieuse (Brigada Especial Parisina de Policía Oficiosa), la agencia parisina Administration de Police Privée o incluso una con el nombre Sécurité Privée. La primera asociación profesional del sector en Francia se registró en 1896 con el nombre de Syndicat National de la Police Privée. Sin embargo, desapareció en 1940, cuando el Gobierno prohibió el uso de la denominación «policía privada». Hay centenares de artículos y libros que afirman que Eugène-François Vidocq[5] fue el primer detective privado de la historia. Sin embargo, este dato no es del todo cierto, ya que existen anuncios de otros policías particulares en Francia años antes de que él se dedicara a esta actividad, en la década de los años treinta del siglo XIX. No es descartable que también los hubiera en otros países. De todos modos, y visto en perspectiva, Vidocq es uno de los detectives reales más reconocidos y de los que más se ha escrito, pues sistematizó la labor de investigación y creó rutinas que aún hoy siguen vigentes.

Otros detectives franceses destacados, de finales del siglo XIX, también exinspectores de la Sûreté, incluyen a Marie-François Goron, quien estableció una agencia reconocida con su propio nombre y escribió extensamente, llegando a firmar más de una docena de libros, principalmente ensayos de carácter memorialístico, o a Eugène Villiod, otro respetado investigador privado de la época del que ya hemos hablado, que también escribió y publicó varios títulos.

Durante el siglo XIX se establecieron servicios de seguridad en las principales ciudades francesas, como París y Lyon, centrados en la búsqueda de criminales. Estos servicios se basaban en una estrecha relación con el entorno, una gran libertad de acción y la construcción de una memoria eidética —la capacidad de retener imágenes— para mejorar la eficacia en la captura de delincuentes. Aunque las Seguridades de París y Lyon tenían características organizativas y métodos de investigación diferentes, ambas contribuyeron al desarrollo de la Policía científica. Mientras que París tuvo la influencia temprana del policía e impulsor de métodos de individualización antropológica Alphonse Bertillon, Lyon también tuvo su propia influencia a través del criminalista Edmond Locard. De las dos ciudades tenemos que destacar, además, una serie de nombres de detectives que resaltaron sobre el resto, todos procedentes de La Sûreté de París, entre ellos los excomisarios Paul Jaume, Renee Faraliq y su lema «Nada es imposible de resolver» y Louis Guillaume. En Lyon, uno de los que más destacó por su maravillosa publicidad fue Paul César, que escribió novelas, biografías, resultados de investigaciones policiales e incluso sus memorias.

Décadas después, en 1965, Anne Marie Albert Labro, conocida como Madame Detective, fundó su agencia, Cabinet Labro, en París. Tenía grandes habilidades para infiltrarse y resolver casos relacionados con chantajes, robos y delincuencia juvenil. Su agencia se especializó en casos de divorcio, custodia de niños y rescate de menores secuestrados por padres en disputas legales.

El caso de Reino Unido

Con un modelo similar al francés, otro de los países influyentes en la profesión de detective privado fue, sin duda,

Reino Unido, que cuenta desde 1913 con una de las asociaciones más antiguas del mundo, The Association of British Investigators, fundada por Harry Smale, un antiguo agente de Scotland Yard que, junto con otros jubilados de la misma organización, se pasó a la investigación privada. La prestigiosa institución policial fundada en 1829 fue clave en esta primera generación de detectives. Entre aquellos antiguos inspectores destacaba Charles Arrow, que llegó a ser jefe del CID, el Departamento de Investigación Criminal de Scotland Yard. En 1907 fue contratado por una comisión de la Diputación y del Ayuntamiento de Barcelona para organizar un grupo de policías para la investigación contra el terrorismo: debía diseñar una estructura a semejanza del modelo inglés, con sus mismas técnicas y métodos, para anticiparse a los atentados anarquistas que asolaban la capital catalana. También escribiría sus memorias.

Otros exagentes británicos que crearon sus propios despachos de policía particular fueron los conocidos como Big Four (los «cuatro grandes»). Frederick Porter Wensley, que también fue jefe del CID de Scotland Yard en 1921, tiene el hito, entre otros, de participar en la investigación de los asesinatos de Jack el Destripador. El resto de los componentes fueron Albert Hawkins, Francis Carlin y Arthur Neil, que, por su parte, estuvo detrás de uno de los casos más mediáticos de la época. Neil se ocupó del asesinato de tres mujeres, las cuales, según las primeras pesquisas, parecían haber muerto en sus bañeras sin signos de violencia y de modo accidental. El factor común, de acuerdo con el avance de las investigaciones, radicaba en que todas tuvieron el mismo marido. El susodicho cambiaba de nombre en cada uno de sus asesinatos, cometidos con un año de diferencia entre ellos: usó Henry Williams (1912), George Joseph Smith (1913) y John Lloyd (1914). Tras esta y otras hazañas, Arthur Neil creó al jubilarse su propia agencia como detective privado. En cuanto a Albert Hawkins, acumula cientos de casos en su currículum. Uno de los más conocidos fue la resolución del asesinato de Bella Wright, partiendo de una única pista un hombre que había sido visto con una bicicleta de color verde. Y Francis Carlin estuvo detrás de uno de los casos más significativos y populares en la prensa británica: la detención de Brilliant Chang, traficante de origen chino, conocido como «el rey de la droga de Londres».

Los detectives ingleses fueron pioneros en Europa en incorporar en sus plantillas a «señoritas detectives», conocidas como *ladies detectives* o *sleuths*. Una prueba de aquella revolución aparece en el periódico *La Rioja* del 5 de enero de 1893, que se hace eco de la información publicada por un diario inglés: cuenta que una agencia de policías particulares establecida en Londres disponía de mujeres en su plantilla, «como símbolo de eficacia y de discreción», y que una de ellas había resuelto de forma satisfactoria un caso en el que la policía se mostró inoperante.

Un caso para una *lady detective*

La víctima era una muchacha que había servido como doncella en una casa y había conseguido reunir algunos ahorros. Buscaba casarse, por lo que insertó un anuncio matrimonial en un periódico. Se presentó un candidato y conquistó el corazón de la muchacha. Poco después, el tipo la convenció para que le entregara todos sus ahorros para un supuesto negocio y desapareció con el dinero. Aunque no era el primer caso parecido, la policía no logró ningún avance significativo en la investigación.

La despechada muchacha acudió entonces a una agencia de detectives de Londres. Se hizo cargo de la investigación una de sus agentes; lo primero que hizo fue insertar en prensa anuncios similares al de la joven estafada. El embaucador mordió el anzuelo y se presentó; tras citarse varias veces, el hombre repitió el mismo cuento y le pidió dinero. La detective avisó a un comisario y prepararon la trampa con la que pudieron detenerlo.

Es fundamental destacar a Mauce West, una detective de Londres que desde finales del siglo XIX decidió dedicarse a esta profesión sin haber tenido experiencia previa como policía. Su inspiración surgió de una de esas serendipias que han llevado a muchas personas en todo el mundo a elegir esta actividad. Se especializó en el concepto de «detective de tienda», infiltrándose como una clienta más en los primeros centros comerciales. Estos lugares tuvieron especial éxito en ciudades frías y lluviosas, pues fueron creados y diseñados para un público principalmente femenino de clase media acomodada y para climas desfavorables (las señoras preferían hacer sus compras en lugares cerrados, sin mojarse los pies), y requerían la presencia de detectives para evitar robos y escándalos.

Sabemos que hubo otras mujeres detectives inglesas. Uno de los despachos con más éxito fue Moser's Ladies Detective Agency, con Antonia Moser, quien, en los años veinte del siglo pasado, llamaba la atención de las potenciales clientas con el anuncio «Agencia de Negocios y Legal para Mujeres». Otros nombres importantes fueron Margaret Cook, Matilda Mitchell, Grace Fielding o la gran Kate Easton, competidora directa de Maud. Más recientemente, a finales del siglo XX, la detective Zena Philippa Scott Archer, conocida como *lady* Sherlock Holmes, destacó en los años ochenta como la primera mujer presidenta de la Asociación Británica de Investigadores y en presidir la World Association of Detectives.

El caso norteamericano

A mediados del siglo XIX, como ya hemos visto, surgió un modelo de negocio muy distinto y desigual entre Estados Unidos y Europa en el ámbito de la investigación privada. En Norteamérica florecían grandes despachos de detectives con miles de empleados y presencia nacional, lo cual presuponía la falta de colaboración entre despachos en distintas regiones. Los clientes más importantes eran grandes empresas, a las que las agencias proporcionaban servicios de información sobre sus clientes, proveedores o empleados internos, y además servicios de protección y seguridad de establecimientos, espionaje industrial o investigaciones sobre grandes estafas. Debido a las leyes propias del país, los detectives norteamericanos tenían la capacidad de realizar investigaciones de delitos públicos, como robos, secuestros y asesinatos. Estas leyes también permitían que llevaran un arma, un derecho que no era exclusivo de su condición de detectives, sino que derivaba del simple hecho de ser ciudadanos norteamericanos, según la Segunda Enmienda de su Constitución.

Otra de las grandes diferencias, por cierto principio de «transparencia» democrática y por estar los detectives bien considerados como parte de la industria económica del país, era que tenían como clientes a organismos públicos, a los cuales les proporcionaban desde protección para prevenir robos en los trenes hasta investigaciones para aclarar supuestas corrupciones políticas. Los despachos de detectives más modestos ofrecían servicios dirigidos, principalmente, a ciudadanos particulares.

Las dos macroagencias más importantes en los inicios fueron Pinkerton's National Detective Agency en Chicago y William J. Burns Detective Agency en Nueva York, que competían entre sí como rivales directos. Ambas agencias contaban no solo con detectives, sino también con un gran número de guardias uniformados, llegando a tener la agencia Pinkerton incluso más guardias que el propio Ejército norteamericano. Curiosamente, estas dos agencias rivales del pasado, que continuaron operando hasta finales del siglo XX, forman parte en el presente de la misma multinacional, el grupo sueco Securitas AB, que absorbió en el año 1999 a Pinkerton's Inc. y en el año 2000 a Burns International Services Corporation.

El caso de Allan Pinkerton[6] forma parte de los símbolos históricos de Estados Unidos, por lo que cuenta con miles de artículos y decenas de biografías relacionadas con él. Además de su logotipo, el ojo de Pinkerton, un símbolo reconocido mundialmente del que hemos hablado antes, la agencia implantó un código deontológico propio, conocido como el Código Pinkerton, que establecía siete valores éticos para la organización: veracidad, honestidad, integridad, lealtad, perseverancia, discreción y disciplina.

Fue pionero en idear y distribuir los conocidos carteles de «Se busca» (*Wanted*), ofreciendo recompensas para que la gente diera información pertinente para detener a defraudadores, ladrones y atracadores de sus clientes, a los que ofrecía servicios de protección, como compañías de seguros. El cartel incluía la fotografía o dibujo del rostro de la persona buscada, entre ellos el legendario bandolero conocido como Jesse James.

Fig. 14a. Cartel agencia Pinkerton de «Se busca».

Además, ostenta el hito desde 1856 de ser pionero también en contratar a una mujer detective, Kate Warne, quien era capaz de imitar acentos, disfrazarse y adoptar cualquier papel, y que fue responsable, en tan solo cuatro años, de la división de la agencia The Pinkerton Ladies, un equipo exclusivamente femenino, integrado, entre otras, por Hattie Lewis, Elizabeth Van Lew, Elizabeth H. Baker, Mary Edwards Walker y Mary Touvestre.

Pinkerton's National Detective Agency
"WE NEVER SLEEP."
Rob't A. Pinkerton, Gen'l Supt
EASTERN DIVISION
NEW YORK
Wm. A. Pinkerton, Gen'l Supt
WESTERN DIVISION
CHICAGO, ILL'S
CHICAGO
191 & 193 Fifth Avenue
Wm. A. Pinkerton, Supt.
NEW YORK,
66 Exchange Place
Geo. D. Bangs, Supt.
PHILADELPHIA,
45 South Third Street
R. J. Linden, Supt.
$1000 REWARD!
INSURANCE FRAUD!
H.H. HOLMES aka Dr. Henry Howard Holmes aka Herman Webster Mudgett is wanted for defrauding multiple life insurance companies by insuring cadavers and collecting the insurance by making it look as if these "family members" were killed by accident. Holmes is also wanted in Texas for horse theft resulting for a fraudulent horse trade. Holmes was last seen in Indianapolis, Indiana. He is believed to be dangerous and possibly armed.
ONE THOUSAND DOLLARS REWARD
has been offered by the agent of a life insurance consortium for the arrest and detention of the above mentioned H.H. HOLMES until he is surrendered to the U.S. Marshal in Philadelphia, Pennsylvania.
PINKERTON'S NATIONAL DETECTIVE AGENCY,
To either of these addresses.
66 Exchange Place, New York
45 South Third Street, Philadelphia, Pa.,
191 & 193 Fifth Avenue, Chicago, Ill.
OR,
WM. A. PINKERTON,
General Supt, Western Division, Chicago, Ill.
Chicago, Ill., July 17, 1893

Fig. 14b. Cartel agencia Pinkerton, búsqueda por fraude.

Pinkerton's National Detective Agency
"WE NEVER SLEEP."
Rob't A. Pinkerton, Gen'l Supt
EASTERN DIVISION
NEW YORK
Wm. A. Pinkerton, Gen'l Supt
WESTERN DIVISION
CHICAGO, ILL'S
CHICAGO
191 & 193 Fifth Avenue
Wm. A. Pinkerton, Supt.
NEW YORK,
66 Exchange Place
Geo. D. Bangs, Supt.
PHILADELPHIA,
45 South Third Street
R. J. Linden, Supt.
$1,500 REWARD!!!
TRAIN ROBBERY!!
REUBEN HOUSTON "RUBE" BURROW robbed a St. Louis, Arkansas & Texas Railroad train on December 9, 1887 at Genoa, Arkansas He and his accomplices, Jim Burrow and William Brock, escaped with a Louisiana lottery payoff. Burrow and his brother, Jim, were last seen in Texarkana, Arkansas.
FIFTEEN HUNDRED DOLLARS REWARD
has been offered by the agent of the SOUTHERN EXPRESS COMPANY for the arrest and detention of the above mentioned REUBEN "RUBE" BURROW, until surrendered to the U.S. Marshal in St. Louis, Missouri.
PINKERTON'S NATIONAL DETECTIVE AGENCY,
To either of these addresses,
66 Exchange Place, New York
45 South Third Street, Philadelphia, Pa.,
191 & 193 Fifth Avenue, Chicago, Ill.
OR,
WM. A. PINKERTON,
General Supt, Western Division, Chicago, Ill.
Chicago, Ill., December 12, 1887

Fig. 14c. Cartel agencia Pinkerton, búsqueda por robo en un tren.

Además de la destacada contribución de Kate Warne y The Pinkerton Ladies, otra figura notable en el ámbito de la investigación fue Rose Mackenberg, quien se especializó en la investigación de médiums fraudulentos. Trabajó para el famoso mago escapista Harry Houdini en la década de 1920, en un período marcado por el auge del espiritismo tras la gran cantidad de jóvenes soldados fallecidos durante la Primera Guerra Mundial.

Como parte del equipo de Houdini, Mackenberg viajaba a las ciudades donde él realizaría sus espectáculos, llegando días o incluso semanas antes. Se infiltraba en las sesiones de médiums locales, disfrazada, para descubrir los trucos utilizados para engañar a sus clientes. Desenmascaró a cientos de médiums que se aprovechaban del dolor de las personas que buscaban contactar con sus seres queridos fallecidos, preparando a Houdini con toda la información necesaria para exponer públicamente estos fraudes.

Otro reconocido empleado de la agencia fue Charlie Siringo, el Cowboy Detective, quien se unió a la agencia con «el objetivo de probar suerte como detective y aprender sobre la naturaleza humana», describiéndola como «la mejor escuela de detectives del mundo», según cuenta en sus memorias. Aunque no se independizó para crear su propio despacho, terminó trabajando para la competencia, la agencia de Burns. También es relevante James McParland, especializado en investigaciones de sabotaje industrial, desmantelamiento de organizaciones de activistas y complot de asesinatos para el Gobierno.

El otro gran destacado de los primeros detectives norteamericanos es William Jerome Burns; su amigo Arthur Conan Doyle lo llamó «el Sherlock Holmes de Estados Unidos» y su agencia, William J. Burns Detective Agency —más adelante, Burns International Detective Agency—, destacó en la industria detectivesca gracias a sus logros, enfoque innovador, habilidades de autopromoción y estrategias publicitarias. Entre sus frases célebres se encontraba su lema, con el cual afirmaba poder afrontar cualquier encargo por tener el personal y los recursos suficientes: «De cualquier tamaño, en cualquier momento y lugar».

Sus hazañas ocuparon titulares en los periódicos; *The New York Times* lo llamó «el detective más grande que Estados Unidos ha generado nunca». Comenzó su carrera con casos de falsificación y pronto se unió al servicio secreto, donde destacó en la localización de este tipo de delito tanto en su país como en Costa Rica. Su modelo de negocio se centraba en clientes importantes, así como en establecer una marca sólida, con la intención de dejar un legado empresarial duradero a sus descendientes. Demostró ser un hábil negociador al persuadir a la Asociación de Banqueros de que cancelaran el contrato que tenían con su principal competidor, la agencia Pinkerton, y que daba protección a 12.000 oficinas bancarias. Años más tarde consiguió otro gran contrato: los hoteles asociados de la American Hotel Association; miles de ellos en todo el país contaron con la protección y seguridad de su agencia.

En 1921, Burns fue investido director de la Oficina de Investigaciones del Departamento de Justicia, precursora del FBI. Además de su destacada carrera en el ámbito de la investigación, incursionó en el mundo de la actuación desde temprana edad y también escribió varios libros de misterio, así como sus propias memorias. En los últimos años se han publicado varias biografías sobre él. Uno de sus empleados más influyentes fue Raymond Schindler, un policía de San Francisco que se incorporó a la agencia cuando William Burns aún trabajaba en el servicio secreto. Schindler pasó a ser su mano derecha dentro de la empresa, llegando incluso a ocupar el cargo de gerente de la oficina de Nueva York. Con el tiempo, se independizó y se convirtió en un reconocido detective en las décadas de 1940 y 1950, liderando la Schindler Detective Agency.

La profesión de detective privado en Estados Unidos, también denominada «PI» (*private investigator*) u «ojos privados» (*private eyes*, como vimos, en relación al logo de Pinkerton), ha sido ejercida por decenas de miles de profesionales desde sus inicios hasta la actualidad. Solo daremos a continuación una pequeña muestra de ellos.

En la década de los años treinta, Samuel Benjamin Marlowe, un detective afroamericano y actor secundario en Hollywood, fundó la agencia de detectives S. B. Marlowe Agency en Los Ángeles. Es evidente su estrecha amistad con los escritores Dashiell Hammett y Raymond Chandler, quienes crearon los icónicos personajes del cine negro Sam Space y Philip Marlowe, respectivamente, con una clara influencia en el detective, como puede observarse en la elección de los nombres.

James J. Armes, un investigador privado legendario con prótesis en ambas manos desde un accidente en su infancia, fundó la agencia The Investigators en 1958, con más de 25.000 empleados. Es reconocido por su capacidad para resolver casos notorios y su influencia en la inclusión de personas con diversidad funcional.

Fred Otash, conocido como Mr. O, fue un influyente detective privado en Hollywood durante las décadas de 1950 a 1970, especializándose en casos de alto perfil relacionados con celebridades. Se destacó por su participación en la vida

Fig. 15. Foto de James J. Armes.

íntima de figuras como Marilyn Monroe y el presidente John F. Kennedy, lo que le convirtió en una figura controvertida.

La profesión de detective alcanzó en Estados Unidos unas dimensiones como industria difícilmente equiparables a lo que sucedió en Europa, destacando, sobre todo, por su notable capacidad para especializarse en diversas áreas y por su enfoque único en la promoción de servicios, algo directamente relacionado con la libertad con la que pueden ejercer su profesión. Tienen permitido, por ejemplo, investigar delitos públicos, como ya se ha comentado, y poseen un acceso mucho más amplio a diversas fuentes de información, si comparamos históricamente las leyes que ha habido allí con las leyes de protección de datos que existen en Europa.

Otros referentes en los orígenes de la investigación

Solo queda dar unas breves pinceladas más en este mapa mundial del origen de los detectives. Es imprescindible tener en cuenta, en Italia, a partir de los años cuarenta, la figura peculiar de Tom Ponzi, conocido como «el rey de los detectives». Su agencia, Mercurius Investigazioni, trabajó para la *jet set* italiana. Se componía de varias divisiones, como Mercurius Sub, dedicada a la investigación submarina; el Escuadrón Hippie, formado para buscar a adolescentes desaparecidos y entrenado para convivir con la juventud rebelde, y, por último, el Escuadrón Gorila, filial que se ocupaba de evitar secuestros aéreos y garantizar la seguridad a bordo. En la década de los años setenta, Ponzi estableció uno de los primeros centros de formación de la profesión, la Scuola di Detective, donde se formaron las primeras mujeres investigadoras privadas, como Miriam Ponzi (hija de Tom), Patrizia Galante y Mirella Vittori.

Vittori, especializada en casos de confianza de pareja, fundó otra escuela en Génova y para representar a su despacho, eligió un símbolo peculiar: dos ojos pintados sobre un cubo de basura, metáfora de las realidades humanas que a veces se descubren en las investigaciones.

En México sobresale Valente Quintana, conocido como el Sherlock Holmes mexicano. Llegó a ser jefe de las Comisiones de Seguridad de la Inspección General de Policía del Distrito Federal y fundó la Policía Femenil en 1930, que alternó con el sector privado instituyendo, en 1923, la agencia de detectives Bufete Policial Valente Quintana. Sobre su vida se escribió, en 2005, el libro *El mejor caso de Valente Quintana. Los «Corta Mechas»*, de Carlos Isla. En este país también destaca Socorro Vicario Aguilar, especializada en investigar a directivos con roles de alta responsabilidad financiera y administrativa; se encargaba, discretamente, de detectar si llevaban un estilo de vida que excedía su salario. Además, realizaba informes comerciales y de solvencia de los clientes que realizaban compras a crédito.

En Argentina, país pionero en la investigación criminal de Hispanoamérica, debemos tener en cuenta a Evaristo Meneses, que trabajó, en la década de los sesenta, en la Policía Federal de Argentina y, tras treinta años resolviendo numerosos casos, se jubiló y fundó su propio despacho de investigaciones privadas en Buenos Aires, inspirando la creación de un personaje de cómic. En el mismo país, en 1953, un legendario detective argentino, Máximo Dabbah —quien no procedía de la Policía, sino que vivió sus primeras experiencias como reportero en una oficina de informes comerciales—, creó la Escuela Argentina de Detectives, cuya reputación se extendió más allá de las fronteras nacionales, alcanzando renombre mundial y expandiéndose con una sucursal en Los Ángeles. Numerosos detectives privados de todo el mundo, especialmente de Hispanoamérica, se formaron en esta institución.

El *Directorio de detectives*

Al referirnos a la profesión de detective privado es importante citar la guía de 1922 *International Police and Detective Directory*, editada por la empresa General Efficiency Company (GEC), con sede en San Francisco, California. Se trataba de un directorio mundial de detectives, el primero y único de su clase. Los profesionales y las agencias aparecían clasificados por país y ciudad, con sus correspondientes datos de contacto. «La larga lista de personas mencionadas en este libro, de forma individual o colectiva, son de los mejores [de la profesión]», advertían los autores en la introducción. En la guía se anunciaban siete despachos españoles: en Barcelona, Antoni Tresols, American Office, Detectives Office, Instituto Mercantil Internacional y Sun, y en Madrid, el Centro de Policía Particular y Detective Internacional. Una relación tan corta de agencias, siete, de entre docenas en toda España, se debía a dos motivos: la escasa utilización de la lengua anglosajona en nuestras fronteras durante la década de los años veinte y que la guía se confeccionó de acuerdo con The International Secret Service Association[7] (SIS), la primera organización internacional del sector, a la que solo estaban afiliadas aquellas agencias españolas que contaban con una mayor actividad internacional o con una nutrida clientela extranjera.

Aunque el número de agencias españolas que aparece en el directorio no refleja la realidad total del país, como hemos mencionado, sí puede interpretarse en proporción a otros países, como Alemania, con 94 agencias, Francia con 82, Reino Unido con 47 y 398 en Estados Unidos.

INFORME DEL CASO ESPAÑOL

Érase una vez... antes de 1951

Para continuar debemos situarnos en una España anclada en el tiempo y alejada del ritmo económico e industrial que llevaban otros países de nuestro entorno. Por ello, es importante abordar el origen de la profesión en nuestra nación considerando los aspectos históricos, políticos, sociales y económicos, lo que nos permitirá destacar el valioso trabajo realizado por los primeros investigadores privados.

A finales del siglo XIX España contaba con un índice de analfabetismo de más de un 70 por ciento; dos tercios de la población trabajaba en el campo, generando el 50 por ciento de la renta total, y apenas se contaba con infraestructuras que comunicaran las áreas rurales con las ciudades. Además, hacía solo cincuenta años que había finalizado la guerra de Independencia contra Francia, un desastre para nuestras arcas y en el que además perdieron la vida más de 600.000 personas. Desde el punto de vista político, fue uno de los períodos más intensos de nuestra historia. La injerencia de los militares en cuestiones sociales y políticas fue habitual desde mediados del siglo XIX hasta los años treinta del siglo XX. En cuanto a las cuestiones sociales, tanto niñas como niños trabajaban a partir de los diez años, aunque, eso sí, vestían pantalón corto incluso en invierno. Las calles no estaban asfaltadas y se viajaba —y se distribuían mercancías— en tartana. El fútbol, los toros, el teatro, la zarzuela y los cabarés llenaban las ilusiones y el tiempo libre de los españoles. Fue la época en la que se inició la etapa de los grandes cafés, abiertos muchos de ellos durante las veinticuatro horas del día. El vestuario distinguía a los distintos oficios y a las diferentes clases sociales. En el ámbito urbano, los hombres vestían con traje, corbata y tirantes, y era habitual llevar sombrero, cuidados bigotes y patillas; las mujeres lucían vestidos largos y muy elaborados. Ambos paseaban su elegancia por las calles, las alamedas y los nuevos bulevares de las ciudades. El ingenio, el respeto y el honor tenían una fuerte razón de ser, con independencia del nivel socioeconómico. Fue también un período de enfrentamientos y revueltas sociales. Barcelona, conocida entonces como la «ciudad de las bombas» y la «rosa de fuego», sufrió continuos atentados anarquistas que dejaron cientos de fallecidos, entre los que se contaban destacadas personalidades, desde presidentes del Consejo de Ministros hasta cardenales. Sufrieron atentados fallidos, entre otros, el rey Alfonso XII (25 de octubre de 1878), el general Arsenio Martínez Campos (24 de septiembre de 1893), el gobernador civil de Barcelona Ramón Larroca (25 de enero de 1894), el presidente del Consejo de Ministros Antonio Maura (12 de abril de 1904) y el cardenal Salvador Casañas (24 de diciembre de 1905). La etapa del pistolerismo, entre 1917 y 1923, fue especialmente violenta por el enfrentamiento entre pistoleros contratados por la patronal y elementos anarquistas armados.

Volviendo al tema económico, nos encontramos con la inexistencia de un mercado nacional unificado y con unas medidas proteccionistas basadas en fuertes aranceles. Por otro lado, el sistema gremial hacía que todos los servicios tuvieran el mismo precio. En suma, se trataba de un entorno que no permitía que las empresas pudieran crecer y competir. Sin embargo, poco a poco mejoraron las instalaciones portuarias, favoreciendo el transporte marítimo y convirtiendo a Barcelona en la capital comercial e industrial del país. Se inició la construcción de nuevas y mejores carreteras y, en 1877, se creó una red de ferrocarriles a imitación de las de otros países europeos; de esta manera, se acortaron las distancias y se abarató la distribución, facilitando la competencia y el libre mercado. Por fin se empezaba, así, a favorecer el desarrollo de la industria española. Nacieron las primeras grandes empresas hulleras y siderúrgicas en el País Vasco y Asturias, y despegó la industria textil, del algodón y la lana, en Cataluña. El comercio exterior creció hasta alcanzar un volumen considerable; se dirigía, principalmente, hacia Gran Bretaña, Francia y Cuba, con el hierro y el vino como productos más exportados.

De esta forma, siguiendo el modelo de detectivismo europeo implantado desde Francia, en España surgieron los primeros detectives nacionales: agencias instaladas en pequeñas oficinas y fundadas, en su mayoría, por inspectores y comisarios de policía jubilados. La profesión como tal se reglamentó en nuestro país en el año 1951. Hasta esa fecha, la línea que separaba un despacho profesional de detectives de una agencia de informes comerciales era muy fina; el intrusismo no se contemplaba en el día a día del sector. Como hemos visto anteriormente, es clave en la profesión la sentencia del Tribunal Supremo del año 2008, que dispone, en esencia, que el único profesional que puede investigar en España es el detective privado.

¿Cómo definiríamos la investigación, a los efectos de este trabajo? Personalmente, considero «investigar» el empleo de todas aquellas acciones que supongan un paso más en la recopilación de datos sobre personas físicas o jurídicas por fuentes abiertas, la realización de un informe sobre ellas con la aportación de sus datos, entrevistas a vecinos, proveedores o clientes y con seguimientos o vigilancias. En la actualidad la actividad de detective es considerada «exclusiva y excluyente» según la ley, es decir, es en exclusiva una labor legal si la realiza el detective privado, pero también es excluyente: dicho de otro modo, el detective no puede realizar otra actividad distinta a la de investigar.

Por cierto, dado que en nuestra Policía no existe la escala de «detective», la Real Academia Española considera que no es necesario añadir el adjetivo «privado» al referirse a la profesión. En cambio, sí que fue necesaria esa distinción en las primeras décadas de su historia, cuando se generalizó el uso de «policía particular» o «policía privada» en oposición a la «policía oficial».

Durante la fase de documentación he encontrado decenas de agencias de informes comerciales que, entre sus servicios, destacaban los informes particulares, las vigilancias o los seguimientos. Hoy en día nadie dudaría en calificar esto de intrusismo. Sin embargo, en la etapa en la que está centrado este capítulo, esa intromisión no estaba tan clara. Para habilitar una agencia de informes comerciales o un despacho de detectives, sencillamente, uno se daba de alta en la contribución, se matriculaba, tomaba los dependientes que le parecía y empezaba a actuar, según el director de una agencia de investigación entrevistado en 1926 por el *Heraldo de Madrid.*

Fueron varias las agencias de detectives que iniciaron su actividad como oficinas de informes comerciales con servicios añadidos, como la gestión de patentes y marcas, el cobro de deudas, la gestión y tramitación con la Administración de diferentes certificados —nacimiento, matrimonio, defunción, etcétera— y, además, la realización de informes sobre particulares. Este fue el caso, por ejemplo, de Sun S. A., que se convirtió en Detectives Sun,[1] o Cazeneuve e Hijos, y finalmente en Detectives Cazeneuve.

Fig. 16a. Logotipo de Detectives Sun.

Fig. 16b. Tarjeta ojo de la esfinge.

En su obra *Todo lo oye, todo lo ve, todo lo sabe. La extraordinaria aventura de los primeros detectives,* José Luis Ibáñez Ridao sitúa la primera referencia indirecta a un «policía particular» español en 1860, aunque no se sabe nada de él. En 1888, Daniel Freixa, antiguo jefe de la Policía de Barcelona, inauguró en la Ciudad Condal una agencia, La Vigilancia y Seguridad Mercantil, enfocada a los informes comerciales, pero que ofrecía también «información sobre toda clase de asuntos». En 1900 abrió sus puertas en Madrid la agencia Balbuena, la primera que se calificó en España como «policía particular».

Tomando en consideración esta línea temporal sobre el surgimiento de los detectives privados, podemos distinguir, primero, entre aquellos que ejercieron la actividad desde 1888 hasta la Guerra Civil (1936-1939), período durante el cual desaparecieron el 95 por ciento de las agencias de detectives. Después encontramos la generación de detectives que sobrevivió a ese período y continuó con su actividad o aquellos que crearon sus agencias entre 1939 y 1951, un año crucial en términos de regulación en el que los que no se habilitaron como detectives según la ley debieron cesar su actividad. Por último, nos ocuparemos a lo largo del siguiente capítulo de las agencias que se fundaron desde después de 1951 hasta el presente.

De anónimos a reconocidos

En los anuncios publicitarios, una de las frases más recurrentes entre los detectives era «absoluta reserva». Es una evidencia que los clientes quisieran que la persona investigada no supiera que era el objetivo de un detective, al mismo tiempo que buscasen la tranquilidad de la discreción al compartir su caso con el director de la agencia: todo debía quedar entre las paredes del despacho. Incluso había algunos que ofrecían en sus anuncios acudir a la casa del cliente para que se sintiera más cómodo.

Fig. 17. Anuncio de Agencia Lux.

Los mensajes tranquilizadores a los que se apelaba en los anuncios publicitarios servían para ayudar a decantarse por un detective u otro. En Barcelona nos encontramos con varios casos. El primero es el de la agencia Lux, en su anuncio en *La Vanguardia* del 3 de mayo de 1915. El segundo es el de la agencia Spino, que intentaba abiertamente distinguirse de la competencia; leemos, en *La Vanguardia* del 9 de agosto de 1919: «Aquí está ya la agencia que tanta falta hacía». El tercero es de Antonio Romero, al que ya mencionamos anteriormente, uno de los mejores de su tiempo en la forma de anunciarse:

> Sherlock Holmes. Muchos nos anunciamos como tal —detectives—. Pocos los que en España tenemos conocimientos generales del detectivismo. Para investigaciones o informes de interés, diríjase siempre al detective particular A. Romero, que cuenta con personal competente, material necesario y treinta años de práctica.

Podemos identificar cuatro tipos de despachos según su forma de anunciarse: aquellos que ocultaban su nombre; los que mencionaban haber trabajado como policías indicando su nombre; los emprendedores que se aventuraban en una nueva actividad y aquellos que no utilizaban la palabra «detective», presentándose más como proveedores de informes comerciales, pero que además ofrecían servicios de investigación privada.

Los incluidos dentro de la primera tipología se anunciaban utilizando los términos «detective», «investigador» o «policía particular/privada» para nominarse, y proporcionaban únicamente una dirección o un número de teléfono. Ya sabemos que la ausencia de nombre podía explicarse por ser policías en servicio activo que realizaban investigaciones fuera de su horario laboral: al no considerarse compatibles ambos esfuerzos, preferían preservar su identidad; de hecho, varios de sus anuncios incluían las horas de consulta, siendo más comunes por la tarde. Otros podían ser empleados de otras agencias que aprovechaban su tiempo libre para ofrecer servicios de investigación de forma independiente. Como dato curioso, reproducimos dos anuncios muy diferentes, uno del 1 de enero de 1921 de *El Liberal* en Madrid: «Policía particular. Vigilancias personales. Informaciones reservadas. Preciados, 64»; y otro de *El Heraldo militar* del 7 de marzo de 1910:

> ¿Quieren ustedes pesquisas e indagaciones de policía particular? ¿Averiguaciones de todas clases y asuntos, investigaciones e informes reservados y confidenciales? ¿Y referencias sobre proyectos de casamientos, vigilancia privada y la tranquilidad en su casa, por personal competente de expolicías para toda clase de servicios que se les confíe con reserva, discreción y actividad? Pues vayan ustedes a la Plaza Mayor, 2, 3.º. Madrid.

En la segunda tipología se encontraban los detectives que tuvieron un cargo de responsabilidad en la Policía y fundaron sus agencias tras jubilarse o en etapas de cesantía, una figura administrativa que suponía verse apartado del servicio a voluntad del responsable político de turno. Lo habitual y, salvo excepciones, era promocionar la agencia utilizando como mínimo su apellido. Es el caso de una empresa que se anunció en *La Vanguardia* el 23 marzo de 1930: «D. I. A. Detectives, informes comerciales, investigaciones secretas por expertos detectives. Director Honorio Pons, capitán de la Guardia Civil retirado, Jovellanos 2, principal, 1.º. Teléfono 11.752». Entre los más destacados de esta categoría se encuentran, en Barcelona, figuras como Daniel Freixa,[2] quien en su pasado fue un legendario inspector de policía en las provincias de Tarragona, Oviedo, Barcelona y Madrid, o Antoni Tresols,[3] propietario de la agencia Tresols, que ascendió hasta el rango de sargento e inspector de diversas clases, además de ser delegado especial del Ministerio de Gracia y Justicia, y jefe del Servicio de Vigilancia en Barcelona. En Madrid, podemos mencionar a Antonio Ordóñez,[4] responsable de la agencia La Actividad, quien previamente ejerció como inspector de la Policía; Ramón Fernández-Luna, conocido como el Sherlock Holmes español, fundador del Instituto Fernández-Luna y, con anterioridad, prestigioso comisario de la Brigada Criminal; y Fernando Cardiñanos, que también fue inspector policial y más tarde fundó una agencia bautizada tras su apellido, definiendo la profesión como «garante de los derechos de los ciudadanos». Además, destacan otros exinspectores de policía que se establecieron por cuenta propia, como el inspector Ortega o Valbuena.

Fig. 18. El Sherlock Holmes español, Ramón Fernández-Luna.

La tercera clasificación es la de aquellos emprendedores que, en el mismo período, tuvieron una mentalidad abierta y apostaron por una actividad que comenzaba, plantando de esta forma las semillas para que, cien años después, el investigador privado español sea una referencia mundial en formación, jurisprudencia y profesionalidad. En Madrid, el pionero fue M. Morán, propietario de la agencia Hispania, que incluyó en su plantilla a «señoritas detectives», de las cuales hablaremos más adelante. También destacan el aventurero y polifacético Antonio de Nait y su agencia American

Office; el comerciante Joaquín de Lamor[5] y su agencia Romal Detective Station; en Barcelona, sin duda, Ramón Julibert,[6] que fundó la agencia L'Humanité en 1910, estableciendo su primera oficina en Rambla de las Flores, número 26; también en Barcelona, Enrique Cazeneuve,[7] que fue propietario de la *boutique* de alta investigación Detectives Office, y el carismático corredor de fincas Antonio Romero,[8] que establecería La Neutral.

La *boutique* de investigación

Cazeneuve le concedió una gran importancia a la formación continua, teórica y práctica de su plantilla de empleados. Formaba y enriquecía constantemente a sus agentes en idiomas, materias legales y criminalística, contando en sus oficinas con un laboratorio. Además, los mantenía en buena forma gracias a un gimnasio y a un improvisado *ring* de boxeo. Él mismo practicaba equitación, boxeo, tiro de pistola, esgrima de bastón y *jiu-jitsu*. Su hermano Celestino, uno de los nombres importantes del pugilismo catalán de los años veinte, era el responsable de las clases de educación física de la agencia. Empleaba, también, unos novedosos ejercicios mentales de relajación para que sus agentes supieran afrontar los momentos críticos.

La cuarta clasificación es la de agencias de informes comerciales, que tuvieron un gran auge en este período, constatado tras los resultados obtenidos después de una extensa investigación que he llevado a cabo durante años. En este estudio, he identificado y clasificado más de 2.500 agencias de informes comerciales activas entre los años 1875 y 1936 (si bien es un número de por sí muy elevado, hemos de tener en cuenta la posibilidad de que alguna no se anunciara o el medio donde lo hiciera no haya sido digitalizado). Muchas de ellas ofrecían servicios que hoy en día serían considerados como actividades exclusivas de detectives, como investigaciones personales, pesquisas y averiguaciones. Dos ejemplos claros son, primero, el de la agencia de informaciones comerciales Unión Española de Industria y Comercio de Vigo, la cual se empezó a anunciar alrededor del año 1934 y estaba especializada en informes comerciales, cobro de créditos e investigaciones privadas. El segundo es el de La Comercial Hispano Americana de Zaragoza: su director Luis Cuevas la anunció desde 1911 ofreciendo informes comerciales, gestión administrativa, patentes, marcas, pesquisas y averiguaciones.

Toda esta clasificación se basa en una exhaustiva revisión de hemerotecas, donde hallé anuncios en prensa, revistas, directorios y anuarios, muchos de los cuales también localicé a través de material adquirido en tiendas especializadas en documentos y artículos antiguos.[9] Estos descubrimientos no solo revelan la diversidad de las agencias de informes comerciales, sino también el nacimiento de servicios que anticipaban la labor detectivesca moderna. Ahora, a continuación, exploraré cómo evolucionaron los servicios de detectives antes de 1951.

La formación de los detectives

En la actualidad, la profesión requiere estudiar durante tres años para obtener el título de detective, algo que no sucedía en el momento que nos ocupa. Aunque cualquier tipo de formación era un valor añadido, se trataba, en general, de una actividad autodidacta, en la que se aprendía día a día, con la práctica, igual que las horas de vuelo de un avión. Sin embargo, el auge del oficio fue tal que hubo agencias que tomaron la iniciativa de ofrecer cursos. El más conocido fue el de la agencia L'Humanité, que en 1917 presentó la primera escuela de detectives de nuestro país, aunque concedía un título no oficial, ya que hasta el año 1981 los estudios de detective no fueron regulados legalmente. En cualquier caso, aquella escuela pionera ofrecía una preparación muy valorada en el sector, al estilo de otras que ya funcionaban en Inglaterra, Estados Unidos, Alemania o Francia. El plan de estudios de la academia comprendía tres cursos, según la documentación del centro. Además, admitía tanto a hombres como a mujeres:

ESCUELA DE DETECTIVES

Agregada á las oficinas de "L'HUMANITÉ" S. A. del Detective

R. JULIBERT

UNICA FUNDADA EN ESPAÑA

Matrícula: RAMBLA DE LAS FLORES, 26, pral. - BARCELONA

PLAN DE ESTUDIOS

CURSO PREPARATORIO	CURSO ELEMENTAL
Francés	Constitución del Estado
Geografía Física y Descriptiva	Derecho político administrativo, civil, penal
Aritmética y Geometría, Física y Química	Procedimientos judiciales
Historia Natural	Telegrafía, Fotografía
Mecanografía y Taquigrafía	Investigación y pesquisa teórico-práctica

CURSO DE AMPLIACION

Inglés.—Análisis Físico-Químico.—Antropometría y Dactiloscopia.—Narcología y Toxicología.—Manual del Detective.—Investigación y pesquisa teórico-práctica.—Sports (Voluntaria)

NOTA.—Las materias que constituyen este Plan de Estudios se cursarán sólo en parte y modo adecuados á la profesión del Detectivismo, cuya instrucción se establece para hombres y también para Señoritas, resultando respecto de éstas una doble y muy especial ilustración, de gran estímulo y arraigos en las grandes urbes de países extranjeros.

Fig. 19. Escuela de detectives promovida por L'Humanité.

El curso preparatorio estaba destinado a proporcionar una cultura general básica a los alumnos. Estaban exentos de realizarlo quienes hubieran cursado el bachillerato. Los licenciados en Derecho, además, podían eludir el curso elemental y acceder directamente al curso de ampliación, cuyo programa estaba prácticamente centrado en materias relacionadas con la investigación y la criminalística.

Otro ejemplo de academia de detectives se puede encontrar en el periódico *ABC* del 13 de mayo de 1933, anunciado por la agencia Marte de Madrid. Su llamativa propaganda, en forma rectangular y apaisada, decía: «Hombres-Mujeres.

Estudiad detectivismo rápidamente. Carrera universal. Productiva. Enseñanza por correspondencia. Instituto Marte. Hortaleza, 116. Madrid. Precisando detectives expertos. Concederles delegaciones España, Portugal, América».

Desde la protección privada hasta la investigación especializada

El perfil de cliente de estos detectives, antes de 1951, era, principalmente, el de ciudadanos particulares que necesitaban vigilancia privada y protección del hogar. Este tipo de servicios era ofrecido por los «policías privados» o «particulares». En un artículo publicado en *La Época* del 24 de noviembre de 1904, titulado «Policía Privada», se planteaba la sugerencia de las Sociedades Económicas de Barcelona de que, ante la aparente incapacidad del Estado para garantizar la seguridad cívica, se les permitiera encargarse de ello. La propuesta implicaba la contratación de policía privada para proteger las tumultuosas y peligrosas calles de la ciudad en los primeros años del siglo pasado, algo que ya se llevaba a cabo, por ejemplo, en Estados Unidos, con agencias como la Pinkerton. El argumento del Gobierno era que los ciudadanos podían contratar guardias y vigilantes para proteger sus propiedades o negocios, los cuales podían a su vez colaborar con las autoridades y brindarles asistencia. Como solución, años después, se adoptó la contratación mediante un Real Decreto del detective inglés Charles Arrow. Este no solo formó a la Policía de Barcelona con los métodos de Scotland Yard, sino que también trajo consigo a un buen número de detectives que desempeñaban funciones de policías privados. Estos servicios eran asimismo utilizados para la protección en tiendas y empresas, como encontramos en el ejemplo del siguiente anuncio en el *El Liberal* del 9 de enero de 1913:

> El detective moderno. Oficina Internacional de Detectives. Esta casa, además de ofrecer servicios de investigación y vigilancia particulares para toda España y el extranjero, cuenta con un amplio equipo técnico para supervisar la seguridad de empresas comerciales, bancarias, ferroviarias, etc. Consultas a domicilio. On parle français. — English spoken. — Si parla italiano. — Man spricht Deutsch. Única agencia en España. General Castaños. Núm. 4. Telf. 4200.

Encontramos, también, a detectives que ofrecían una amplia gama de servicios de investigación, con el objetivo de atraer a clientes con cualquier tipo de problema. El 18 de junio de 1921 aparecía en *La Vanguardia* un anuncio de una agencia de Barcelona llamada La Popular. El anuncio decía: «Centro de información funcionando desde 1913. Nuestras secciones incluyen investigaciones privadas. Descubrimos todo. Pasaje Crédito, número 5». O anuncios que ofertaban informes de moralidad para la contratación del personal del servicio doméstico en el hogar, como el anuncio de *El Imparcial* del 21 de noviembre de 1923: «Señoras para librarse de criados infieles, pedid informes. Detective Ortega. Duque de Alba, 16».

Informes de moralidad

Como vimos en el capítulo anterior, los informes de moralidad tenían una importancia crucial para la sociedad de principios del siglo pasado. Una función que cumplía este tipo de informes era, como acabamos de ver, su solicitud previa a la contratación de personal doméstico, una actividad ejercida por decenas de miles de españoles. Estos empleados desempeñaban una variedad de tareas, como limpieza, cocina, cuidado de personas dependientes, conducción o cuidado de niños. Dado que pasaban muchas horas en contacto con la familia, conociendo sus intimidades y manejando objetos de valor en la casa, resultaba esencial contar con una absoluta confianza en ellos. Por tanto, para garantizar mayor seguridad y tranquilidad, era preciso disponer de información detallada sobre su historial antes de contratarlos. Esto implicaba verificar sus antecedentes penales, como posibles arrestos por robo, abuso, violación, maltrato u otras formas de violencia. En resumen, se buscaba determinar si habían tenido algún conflicto con la ley o habían estado encarcelados. Aunque la existencia de antecedentes penales no siempre resultaba en la exclusión de la contratación —no hay que dejar de creer en las posibilidades de la reinserción social—, sí representaba una señal de alerta que los propietarios de la casa debían considerar cuidadosamente.

Los informes de moralidad solían ofrecer detalles íntimos sobre la vida personal de los investigados. Una fuente primordial para obtener este tipo de información eran las referencias de los hogares donde habían trabajado anteriormente. Esta práctica era común y muy útil, similar a la que se llevaba a cabo en empresas privadas para evaluar el historial laboral de los empleados, comprobando la autenticidad de la información proporcionada en sus currículums y de las cartas de referencias que los acompañaban. En ocasiones, los investigadores se presentaban como tales al realizar las preguntas, o por discreción se amparaban en el pretexto de representar a una agencia de informes comerciales, algo, de hecho, más común. Una pregunta fundamental en la que siempre incidían era: «¿Por qué dejó de trabajar con ustedes?». Las respuestas podían variar desde el elogio por su honestidad hasta motivos más preocupantes, como haber sido despedido por problemas de ludopatía, trabajar bajo los efectos del alcohol, casos de pederastia o incluso haber utilizado información confidencial de la casa para chantajear a sus miembros.

El mayordomo de la familia Cordero

En el año 1927, la familia Cordero, adinerada y de renombre en Salamanca, solicitó un informe de moralidad sobre Dámaso Villalba, un candidato a mayordomo sorprendentemente joven con un extenso currículum. La investigación reveló que, aunque no tenía antecedentes penales ni malos hábitos visibles, Dámaso arrastraba varias deudas con un prestamista. Al entrevistar a los dueños de su anterior trabajo, los detectives descubrieron que Dámaso sufría problemas con el juego, lo que lo llevó a robar pequeñas joyas y objetos de valor de la casa para cubrir sus deudas, aumentando los robos con el tiempo. A pesar de negar los hechos, fue despedido tras la desaparición de un collar valioso. Con esta información, la familia Cordero rechazó su candidatura.

Informes matrimoniales

Estas investigaciones fueron altamente demandadas durante décadas a la gran mayoría de los detectives del mundo. Podemos encontrar varios anuncios donde se ofrecen estos servicios, uno de ellos en *La Época* del 10 de enero de 1913:

> Policía Particular. Investigaciones personales con absoluta discreción; servicios en todas las poblaciones del mundo; gestiones útiles para la preparación de pruebas en casos de litigios y divorcios. Oficina internacional de detectives calle Guillermo Rolland, número 13, piso 3, puerta 80.

Como vimos previamente, el adulterio era considerado un asunto grave ante la legislación, y la Ley de Divorcio no se estableció en España hasta 1932. Por ende, los informes que demostraban esta infidelidad eran, a menudo, necesarios como prueba en numerosas ocasiones. Incluso había parejas que contrataban los servicios de detectives sin tener sospechas, solo para conocer hasta qué punto podría llegar el otro en caso de tener la oportunidad.

Entrevista a una mujer detective
(*Crónica*, 27 de mayo de 1934)

R. Existen esposas que, aun estando seguras de que no están siendo engañadas, desean saber si sus esposos serían capaces de serles infieles. Supongamos que uno de estos esposos es el que entra en un cabaret. ¡Ahora es mi momento! Busco una mesa cerca a la suya. Lo miro. Sonrío un poco. Él me saca a bailar y comienza el coqueteo.
P. ¿Hasta dónde llega...?
R. Hasta que pueda obtener mi información.
P. Sin embargo, esto me parece un tanto peligroso. Podría enamorarse y, lo que es peor, enamorarse de un hombre casado.
R. Tengo novio.
P. ¿Y qué dice su novio?
R. Está fuera de Madrid la mayor parte del tiempo. Es viajante. Además, no sabe a qué me dedico.

Informes prematrimoniales

Normalmente, los solicitaban los padres del novio o novia con el objetivo de conocer cómo era su posible yerno o nuera, a fin de evitar una infelicidad futura. En ocasiones, se descubrían casos de personas que llevaban una vida paralela, es decir, ya estaban casadas e incluso tenían hijos. Las mentiras también podían abarcar aspectos como la edad, el trabajo o datos, vergonzantes u ominosos, sobre sus padres. En algunos lances, las personas investigadas resultaban ser estafadores, individuos violentos o con antecedentes penales, o se descubría que eran propensas a la infidelidad. Los informes resultantes de estas pesquisas podían generar desacuerdos entre los padres y sus hijos, al revelar verdades que estos últimos no estaban dispuestos a aceptar.

El novio de Isabel

Los padres de Isabel decidieron solicitar un informe prematrimonial sobre su novio, un hombre del que ella estaba profundamente enamorada y que de manera romántica le había propuesto casarse en menos de un año de haberse conocido. Julio era atento y cariñoso con sus suegros, lo que hacía que la familia de Isabel se sintiera más cómoda con él. Sin embargo, tenían algunas dudas sobre ciertos detalles de su vida que él evitaba mencionar. Tras la investigación, se descubrió que Julio no solo había exagerado su posición en la empresa en la que trabajaba, sino que también ocultaba un matrimonio anterior del cual aún no se había divorciado legalmente. Además, el informe reveló que tenía una hija de esa relación, algo que nunca había mencionado. Esta información generó una fuerte discusión entre Isabel y sus padres, pues ella se negaba a creer todo aquello. Sin embargo, cuando se atrevió a preguntarle directamente, explicándole que unos detectives le habían investigado, Julio terminó confesando, lo que llevó a la ruptura de la relación. De esta forma se evitó quizá la futura infelicidad de Isabel.

Vigilancia de adolescentes

Los padres siempre se han preocupado por las actividades de sus hijos: quiénes son sus amigos, si consumen alcohol o drogas o si están desperdiciando sus estudios en Derecho por una alocada y secreta afición artística. Los detectives llevaban a cabo seguimientos para conocer sus hábitos y rutinas. Estas investigaciones resultaban en especial muy útiles para los padres cuando habían mandado a su prole a estudiar fuera. Eran servicios que trataban de proporcionar tranquilidad, si la situación real lo permitía, y también les ayudaban a tomar decisiones en casos difíciles.

Búsqueda de herederos o personas desaparecidas

Aunque ambos tipos de casos se basan en la búsqueda de personas, difieren un poco. En el primero, resultaba crucial para el cliente conocer la identidad de los herederos de un testamento, el cual a menudo implicaba una suma considerable de dinero. En los casos de contratación para encontrar a una persona desaparecida, los motivos podían ser variados, desde la localización de individuos que habían cometido estafas o dejado importantes deudas antes de desaparecer hasta la de antiguas parejas con las que se había mantenido una relación amorosa en el pasado que aún resonaba en la memoria, o incluso la de personas cercanas al cliente que habían desaparecido sin dejar rastro de un día para otro por voluntad propia.

Dos herederas y un desconocido

Dos hermanas se sorprendieron al encontrar en el testamento de su padre el nombre de un hombre desconocido, supuestamente su hermano. Decidieron contratar, pues, a un detective privado que investigara el hecho.

El detective descubrió que este hombre era hijo de madre soltera, resultado de un breve romance que su padre tuvo dos años antes de conocer a la madre de las hermanas.

La siguiente fase consistió en localizarlo, ya que vivía en una ciudad lejana. Finalmente, el detective logró encontrarlo, permitiendo a sus clientas conocer a su hermano y comprender mejor su legado familiar.

En cuanto a este tipo de servicios, los detectives aprovechaban su conocimiento en los procesos necesarios para obtener diversos documentos y su experiencia y contactos acumulados para la realización de trámites como pasaportes, licencias o certificados de nacimiento, matrimonio, defunción o gestiones penales.

También se daba el caso de que un cliente quisiera localizar un objeto perdido que tenía un especial significado y valor sentimental. Además de realizar preguntas y buscar en el lugar donde supuestamente había desaparecido, el detective solía utilizar un método complementario: insertar un anuncio en el periódico por si alguien lo había visto o tenía alguna pista. Siempre se ofrecía una recompensa o gratificación. En el periódico *La Vanguardia*, con fecha del 22 de mayo de 1919, rastreamos uno de estos anuncios, a cargo del detective Antonio de Nait: «Pérdidas. Pendiente con dos brillantes roca antigua debió perderse en el hipódromo. Se gratificará su devolución. Nait. Rambla del Centro, Núm. 24».

Además de los particulares que acudían a la agencia para un caso concreto, nos encontramos con otro perfil de cliente en el despacho: las empresas privadas, aseguradoras, abogados y bancos. Esta era la cartera de clientes habitual, aquellos que solicitaban investigaciones todos los meses y, por tanto, garantizaban ingresos económicos mínimos. Aunque no eran servicios exclusivos para compañías, sino que también podía ser demandados por individuos, los que más solicitaban las empresas eran los informes sobre empleados, los informes comerciales y de solvencia, el cobro de deudas y la indagación de estafas y fraudes.

Estos se dividían en dos tipos de investigados: empleados presentes o futuros. Se ofrecía información preventiva sobre un nuevo directivo o trabajador a contratar, lo que implicaba la recopilación de informes de moralidad. Estos abordaban diversos aspectos, como la trayectoria pasada del individuo, las referencias de trabajos anteriores, las opiniones de sus vecinos, su reputación en términos de comportamiento, posibles problemas legales o historial de deudas pendientes que podrían llevarlo a comportamientos poco éticos, como robo o aceptación de sobornos. En resumen, se evaluaba si el individuo podía representar una amenaza para la empresa en términos de conducta indebida, atención deficiente al cliente o daño a la reputación corporativa, además de un posible perjuicio económico. Por otro lado, también era común realizar investigaciones sobre los empleados que estaban ya en plantilla: ante sospechas o problemas, como ausencias frecuentes por consumo de alcohol durante el horario laboral o engaños relacionados con bajas médicas, se recurría a los servicios de un detective para obtener información adicional y tomar las medidas correspondientes.

El candidato

Una gran empresa de Barcelona dedicada a la venta de automóviles y accesorios decidió investigar a un candidato para un puesto directivo en una nueva delegación que iban a inaugurar. Aunque su currículum era impresionante, la dirección quería confirmar su integridad. Los detectives recopilaron referencias laborales y opiniones de vecinos y revisaron su historial legal. De esta manera, descubrieron que había enfrentado problemas por incumplimiento de contratos en su empleo anterior y conflictos con compañeros. Además, uno de los vecinos mencionó que había estado involucrado en un altercado público relacionado con deudas. Esta información permitió a la empresa evitar una contratación que podría haber comprometido su cultura laboral y reputación.

Informes comerciales y de solvencia

Junto con los informes matrimoniales, era uno de los servicios más solicitados a las agencias de detectives en este período. Encontramos anuncios como el de La Seguridad Francesa, sita en plaza Letamendi 35, publicado por *La Vanguardia* del 1 de julio de 1914: «Vigilancias-Acechos-Investigaciones y averiguaciones. Informes comerciales y financieros».

Como ya he mencionado, el análisis de información comercial para evaluar de manera preventiva a un nuevo cliente experimentó un gran auge a principios del siglo XX. A pesar de que este servicio era ofrecido por agencias especializadas en informes comerciales, las mismas no estaban compuestas por detectives y la calidad de la información no siempre era óptima. Donde terminaba el alcance de un informe comercial de una de estas agencias, comenzaba el trabajo del investigador privado.

En un primer momento se realizaba el ya comentado informe inicial, basado en la recopilación de datos presentes en el Registro Mercantil, Propiedad, Cámaras de Comercio y directorios de empresas. Otra de las fuentes principales eran los anuarios. Todas las agencias conservaban en las estanterías de sus despachos varios ejemplares de distintos años. Entre los más importantes se encontraban los *Anuarios Bailly-Baillière*, *Anuarios Riera* , *Anuarios Batllés*, *Anuario General de Información*, *Anuarios Riu*, *Anuarios Garciceballos* y *Anuario Mendoza-Recalde para la información comercial.* Todos ellos incluían datos como el nombre, el domicilio, la actividad, el nombre del responsable o director, y otros como el año de fundación, el nombre de alguna empresa vinculada o el de uno de sus productos, y eran muy eficaces para conocer la línea de continuidad del negocio. Es más, si el despacho de información contaba con varios tomos de anuarios de diferentes años, se podía comprobar cómo había evolucionado la compañía investigada en el tiempo.

Los detectives también conservaban en sus librerías varios boletines y revistas especializadas. Aquellos que interesaban más a nuestros antepasados investigadores eran los relacionados con las actividades económicas, la información sobre sectores, las importaciones y las exportaciones, la bolsa, el registro de marcas, la creación de nuevas empresas, la disolución de sociedades y las suspensiones de pagos. Asimismo, se buscaban los boletines con las llamadas «listas financieras», donde aparecían los nombres de las empresas a las que se les reclamaba una deuda. Entre los más importantes y actualizados se encontraban *La Confidencia Universal*, *Revista Coll*, *La Alianza Mercantil Internacional*, *Asociación Mercantil Española*, *La Unión Mercantil Española* y *La Mutua Urbana y Mercantil* del detective Daniel Freixa. Los periódicos y revistas especializadas más consultadas eran *El Economista*, *Diario Mercantil*, *Diario del Comercio*, *Gaceta de la Bolsa y de la Propiedad*, *Vida Económica* y *Vida Financiera*.

Pero no todo era trabajo de documentación: era también usual la visita física al domicilio del investigado para cumplimentar un cuestionario bastante estandarizado. Otro sistema, basado en la buena fe de ambas partes, consistía en enviar el formulario por correo a la empresa o persona investigada para que lo rellenara. Este era el cuestionario base:

¿Nombre exacto de la sociedad?
Consejo de administración:
Presidente:
Administrador:
Director:

Miembros:
¿Capital social?
¿Cómo se representan las contribuciones?
¿A quién sucedió [como sociedad]?
¿Fecha y resultado del último ejercicio?
¿Valor de las mercancías?
¿Valor del inmovilizado?
Sobre los inmuebles. ¿Valor? ¿En propiedad o alquilados? En este último caso, ¿quién es el arrendador?
¿Referencias bancarias?
¿Referencias comerciales?

Esas referencias se contrastaban contactando con personas o empresas del entorno del negocio investigado —clientes, proveedores, arrendatarios, competidores, vecinos— para que respondieran a las preguntas necesarias para garantizar su solvencia, buena fe, moralidad, etc. De nuevo la empatía y don de palabra del detective eran esenciales. Una visita a la casa investigada o la «empresa preguntada», como se decía entonces, significaba más que un mero trámite administrativo, y mucho más que una simple visita de cortesía.

Basándose en su experiencia personal, en los informes acumulados a sus espaldas, en su intuición y «colmillo retorcido», el detective no solo recogía datos presenciales de una fuente directa, sino que, con su mirada, filtraba información difícilmente objetivable en un cuestionario: observaba el domicilio y su entorno, calculaba los metros cuadrados reales y el estado de las instalaciones, analizaba el número de empleados, su actitud y las condiciones de trabajo, las apariencias, etc. Durante la visita podía, con suerte, entrevistarse con algún responsable del negocio y obtener más información de una fuente directa. Las empresas de aquellos años estaban muy acostumbradas a recibir visitas o llamadas con motivo de contrastar datos económicos.

En algunos casos, además, se elaboraba un informe de moralidad sobre los directivos. También se evaluaba si la empresa tenía un historial de pagos confiable, ya que ninguna entidad desea tener clientes que incumplan con sus obligaciones financieras: después de todo, quién no busca siempre una relación comercial segura.

Los informes de solvencia eran requeridos en situaciones en las que un cliente había acumulado una deuda significativa o estaba involucrado en casos de fraude, incumpliendo sus obligaciones de pago. Muchos de estos casos surgían no necesariamente por dificultades financieras, sino por acciones intencionadas. La investigación se iniciaba para localizar la dirección de los directivos en caso de que la empresa hubiera dejado de operar, pues en ocasiones estas cerraban y abrían bajo un nuevo nombre en un lugar diferente, por lo que era necesario obtener información sobre la nueva entidad. Además, se buscaban propiedades que pudieran ser embargadas para recuperar la deuda o para demostrar al cliente que se tenía conocimiento de sus activos.

Cobro de deudas

Ser investigador privado consistía a menudo en asistir a los clientes en diversas necesidades, incluso en las más incómodas. En el caso del cobro de deudas, los detectives tenían la tarea inicial de localizar al deudor y luego actuaban como intermediarios en la negociación. Fueron muchos los sabuesos que se dedicaron a esta labor, además de las agencias de informes comerciales. Rescatamos un caso innovador, dirigido, principalmente, no a personas o empresas con dificultades financieras, sino más bien a individuos que se negaban a pagar a pesar de tener la capacidad para hacerlo.

Los langostinos

En 1916, el detective Ramón Julibert creó un nuevo servicio de gestión del cobro y de cuentas de comerciantes y particulares de forma presencial. Sus agentes iban al domicilio del deudor y negociaban la deuda; si no tenían éxito, lo seguían como si de su sombra se tratase. Los cobradores iban vestidos de forma muy llamativa para no pasar desapercibidos en las calles, con traje, camisa y corbata de color rojo —un antecedente directo del actual cobrador del frac—, por lo que fueron conocidos como los «hombres coloraos» o los «langostinos».

Estafas y fraudes

Dado el frecuente surgimiento de casos de fraude y estafa, resultó un servicio necesario durante las primeras décadas del siglo XX. Entre los escenarios comunes se encontraban clientes de empresas que desaparecían después de realizar compras voluminosas, dejando detrás una deuda considerable. También se presentaban casos de suministro de material defectuoso o de baja calidad por parte de proveedores, o de infracción en los derechos de marcas registradas en propiedad industrial. En esta última forma de estafa, los detectives desempeñaban un papel crucial al realizar compras discretas de los productos copiados en las tiendas o empresas. Estas adquisiciones, y los informes detallados, resultaban fundamentales para respaldar las demandas legales y demostrar la existencia de la copia fraudulenta. Por otro lado, en ocasiones eran los propios empleados de una empresa los que sacaban los productos de una tienda o fábrica para entregárselos a la competencia a cambio de sobornos. Esto permitía a un competidor obtener información privilegiada sobre los proveedores y materiales, lo que constituía un acto de competencia desleal. En este contexto, la investigación de estafas era una acción esencial para mantener la integridad del mercado.

Dentro de este ámbito, se encontraban asimismo los servicios dirigidos a las compañías de seguros. En aquellos tiempos (y también ahora), los asegurados podían comunicar robos ficticios, incendios provocados, accidentes simulados o falsos fallecimientos con el propósito de recibir una indemnización según su póliza. Ante la sospecha de fraude, las aseguradoras solían contratar a detectives para investigar la autenticidad de tales reclamos. Un caso interesante lo encontramos en el periódico *La Correspondencia de España* con fecha 23 de enero de 1913, donde se describe el fraude conocido como el Arson Trust en Nueva York.

Issy, el Pintor

Isidoro Stein, alias Issy el Pintor, condenado como incendiario profesional, reveló un esquema delictivo en el que participaban numerosos vecinos de los barrios del East Side. Según sus declaraciones, Stein recibió más de cinco mil solicitudes de personas que querían que incendiara sus casas, previamente aseguradas por grandes sumas. El *modus operandi* consistía en que un miembro del *trust* (o grupo delictivo) se mudaba a un apartamento modesto, lo amueblaba de manera sencilla y contrataba un seguro por un valor elevado. Luego, abandonaba el lugar en una fecha acordada y la banda incendiaria provocaba el fuego esa misma noche. Como se trataba de inmuebles modestos y siniestros aparentemente menores, las aseguradoras pagaban las indemnizaciones sin investigar a fondo. Para iniciar los incendios, utilizaban métodos ingeniosos, como colgar tripas de salchichones llenas de bencina del techo o usar compuestos químicos de lenta combustión, evitando siempre el uso de petróleo para no levantar sospechas. Gracias a las revelaciones de Stein, la policía pudo detener a varios implicados, incluidos algunos agentes de seguros, y se desvelaron las debilidades del sistema de aseguradoras frente a este tipo de fraudes.

Estos detectives llevaban a cabo investigaciones exhaustivas para determinar si el reclamante tenía antecedentes de estafas similares o si había presentado siniestros fraudulentos en el pasado ante otras aseguradoras. Además, investigaban la escena del supuesto incidente, realizando entrevistas a testigos y analizando las circunstancias para comprobar la veracidad de la situación. Era útil saber si los solicitantes podían estar motivados por razones financieras, como deudas o dificultades económicas, que los impulsaran a intentar obtener dinero fácil. La *Revista ilustrada de banca, ferrocarriles, industria y seguros* reseñaba el 25 de marzo de 1922 que, en una conferencia celebrada en Estados Unidos por la Asociación de Aseguradoras, uno de los directivos, el señor Williams, contó que, tras analizar numerosos casos, había encontrado una relación entre el aumento o disminución del número de siniestros, «según que los negocios anden bien o mal». Sobre los fraudes indicó que en 1919 hasta 1.000 informes de peritos sobre siniestros ocurridos comprobaban y demostraban que fueron voluntarios o por negligencia, lo que supuso para las entidades aseguradoras una pérdida de 1.504.689 dólares. Además, los informes relacionaban el aumento de siniestros en el segundo semestre de 1919 con la crisis industrial, dándose el curioso caso de que en un solo día del mes de noviembre se recibieron en las oficinas de los actuarios hasta 6.000 informes. Por ende, el señor Williams propuso a las entidades aseguradoras perjudicadas que, antes de hacer efectivo ningún siniestro, estudiasen los informes comerciales y la situación financiera de las empresas afectadas, con el objeto de averiguar en cada caso si el asegurado respectivo se hallaba o no en condiciones de hacer frente a sus negocios.

Otro caso emblemático publicado en el *Heraldo de Madrid* del 1 de marzo de 1924 se presentaba con el titular: «Compraban automóviles y camionetas, les pegaban fuego y cobraban el seguro». Tal revuelo debió provocar aquel suceso que otros medios escritos se hicieron eco del fraude, como *El día de Palencia* o *El Adelanto*. Las informaciones recogidas en dichas noticias pueden servirnos de experiencia y como lección para aprender de las técnicas utilizadas para detectar el fraude, que bien pueden ser utilizadas en la actualidad, ya que la picaresca del ser humano ha variado poco con los años. Según informó la prensa, fue el propio comisario jefe de la Sección de Ferrocarriles, el señor Ricardo Castro, quien, siguiendo las instrucciones del director general de Seguridad, coordinó la investigación y llevó a cabo la detención junto con otros cinco agentes. Las personas implicadas conformaban una red encargada de comprar vehículos a bajo precio y contratar el seguro en diferentes compañías de incendios, con el fin de hacerlos arder posteriormente, simulando diversos accidentes. La trama estaba organizada y dirigida por dos hermanos, Salvador y Fausto Plaza Rubia, y auspiciada por varios talleres a los que compraban automóviles y camionetas a bajo precio. Otra sección de la red que formaba la trama estaba constituida por los chóferes que se encargaban de conducir el vehículo hasta una carretera o un camino despoblado para incendiarlos sin ser vistos por nadie, con el fin de cobrar las indemnizaciones del seguro, que oscilaban entre 10.000 y 15.000 pesetas. Durante un tiempo se les realizó un seguimiento e investigación y se comprobó que visitaban con frecuencia sociedades contra incendios, que eran donde contrataban los seguros. Para no levantar sospecha alguna, dichas primas las hacían a nombre de alguno de los hermanos o de su madre Pilar de la Rubia, llegando incluso a utilizar el de una amiga de la madre, Dominica Sáez, con el fin de que fuera más difícil seguirles el rastro. La investigación llevó a los agentes hasta una dirección en la calle Bravo Murillo número 5 de Madrid, primera planta, donde a modo de tapadera tenían una agencia de negocios e informes comerciales, que utilizaban para otro tipo de estafas, esta vez como sociedad clandestina encargada de comprar géneros de toda clase a diferentes negocios de París, Berlín o Viena. Mediante impresos falsos utilizaban el nombre de empresas de prestigio de Bilbao, Barcelona y Madrid, así como de la banca, como miembros de una supuesta sociedad de cambio internacional de productos. La Policía registró el domicilio, donde encontraron los documentos, pólizas de seguros, cartas, fichas y otros papeles con los que operaban. Los dos hermanos y el resto de los cómplices fueron detenidos y juzgados.

Utilizar una empresa como tapadera, emplear técnicas como formalizar las primas a nombre de terceros, colaborar con distintos talleres que les suministraban vehículos de poco valor y contar con la ayuda de profesionales encargados de incendiarlos son prácticas que se mantienen en la actualidad, por lo que este ejemplo sirve para ilustrar a los investigadores privados contemporáneos y para (re)conocer fraudes que se siguen cometiendo casi un siglo después.

El arte de la investigación en la primera mitad del siglo xx

En los inicios del pasado siglo existían varios tipos de agencias. Algunas, las de mayor tamaño y prestigio, elegían ubicar sus oficinas o despachos en calles de renombre, con instalaciones elegantes y mobiliario de madera de calidad, reflejando estilo y orden, como las de Ramón Julibert, Enrique Cazeneuve o Marie-François Goron. Por otro lado, las más modestas se establecían en barrios sencillos, a veces con espacio suficiente para solo una mesa con máquina de escribir, tarjeteros, una lámpara de cobre con pantalla de cristal color verde esmeralda, un aparato de teléfono y la cámara de fotos lista para usar.

En las agencias grandes o medianas, además del director, se contaba con varios empleados que desempeñaban diversas funciones: había redactores de informes equipados con máquinas de escribir, administrativos que manejaban grandes calculadoras para emitir y cobrar facturas y encargados

Fig. 20. Despacho del detective Romal (Joaquín de Lamor a la izquierda) y el periodista a la derecha.

Fig. 21. Ejemplo de gran despacho. En este caso el del italiano Tom Ponzi.

de llevar el control de los gastos de la agencia. Además, estaban los «agentes operativos», como los denominaba Allan Pinkerton, quienes se encontraban siempre preparados para salir en cualquier momento.

Una vez que el director de la agencia había comprendido el caso con suficiente detalle y que el presupuesto era aceptado por el cliente, se daban los primeros pasos. Sin embargo, no en todas las ocasiones el director aceptaba el encargo de inmediato. Aunque aún no existía un código ético formal en la profesión, era común que las agencias siguieran ciertos estándares deontológicos y morales. Muchas de ellas rechazaban casos considerados ilegales, ya que podían dañar su reputación o generar problemas con las autoridades, que mantenían un ojo vigilante sobre esa especie de «zona gris», aún no regulada, en la que realizaban su actividad. Un ejemplo son aquellos trabajos relacionados con el cobro de deudas utilizando métodos violentos, la interceptación ilegal de comunicaciones y la obtención de información de manera fraudulenta, así como los que implicaban participar en actividades criminales como la intimidación o el acoso. También las solicitudes que buscaban conocer el paradero de una persona con el fin de llevar a cabo una venganza personal o un chantaje solían ser rechazadas. Como en todas las profesiones, es probable que existieran detectives poco éticos que estuvieran dispuestos a aceptar cualquier tipo de encargo, sin importar su naturaleza. No obstante, este tipo de actividades tenían poco recorrido, ya que las buenas referencias de un despacho eran fundamentales para su trayectoria profesional.

Es posible imaginar casos concretos en los que algunos detectives pudieran aceptar sobornos por parte de las personas investigadas o, incluso, ser ellos mismos quienes los ofrecieran. Podía suceder que un empleado con una baja laboral fraudulenta intentase sobornar al detective para que no revelara la verdad a sus jefes, o un marido infiel ofrecer dinero para no revelar el engaño a su esposa. También era frecuente que los clientes no relataran completamente la verdad al exponer un caso, o que se precipitaran a ir a la agencia con una duda poco razonable. En tales casos, el director sugería al cliente que regresara más adelante, una vez que «las aguas se hubieran calmado». Algunos no volvían nunca, mientras que otros seguían este consejo y regresaban después de horas, días o semanas, con lo que tanto el detective como el propio cliente ganaban tiempo para evaluar mejor la situación. Si el caso era aceptado, el director de la agencia elaboraba un plan de trabajo que establecía la estructura y las etapas de la investigación. En algunas ocasiones, dependiendo de la naturaleza del asunto, era necesario preparar un informe preliminar que incluyera los datos básicos de identificación de la persona objeto del encargo, como nombre, edad, ocupación y características físicas. De cuanta más información se disponía desde el principio, mayores eran las posibilidades de éxito. Cada detalle proporcionado por el usuario, por mínimo que pareciera, podía ser relevante. Por lo tanto, era fundamental que el director supiera escuchar a su cliente y formular las preguntas adecuadas.

A la hora de recabar información, por métodos de los que ya hemos hablado (consulta de registros, ya fueran mercantiles o eclesiásticos, boletines, etcétera), los detectives con experiencia policial que mantenían relaciones con antiguos colegas tenían cierta ventaja, ya que podían obtener a través de ellos antecedentes penales, direcciones y otros datos útiles. Si el investigador privado tenía amistades en la Administración, estas podían facilitarle trámites como el acceso a los certificados de nacimiento, matrimonio o defunción. En resumen, el valor de un detective se medía, en gran parte, por sus conexiones. Como resume Germán Areta, el protagonista de la película *El crack*, de los años ochenta, diciendo: «No te gusta mi trabajo, ¿verdad? A mí tampoco, pero conozco esta ciudad y tengo una lista de contactos. ¿Qué otra opción tengo?». En este sentido existen casos reales especialmente interesantes, como el que se publicó en el periódico *El imparcial* del 1 de marzo de 1914, en el que un detective literalmente indicó «pago confidencias».

Con todos los datos recopilados, se iniciaba una nueva fase basada en el plan de trabajo. En ocasiones, era necesario realizar investigaciones en la calle. El director de la agencia seleccionaba a los detectives de campo en función de las

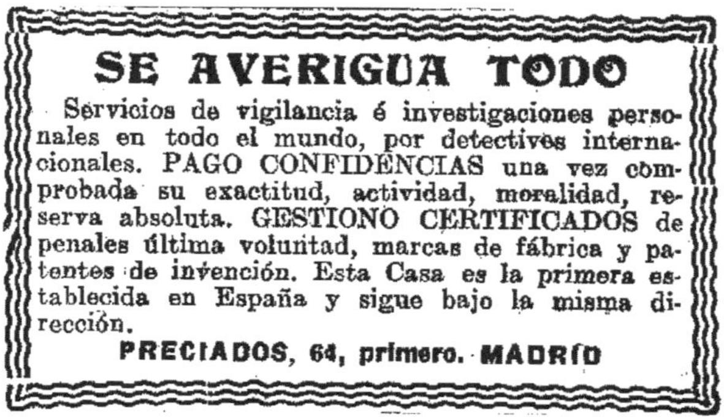

Fig. 22. Anuncio publicado en *El Imparcial.*

características específicas del caso, con el objetivo de no llamar la atención y de adaptarse al entorno del individuo, tienda o empresa bajo vigilancia. Un detective joven era, por ejemplo, un factor a tener en cuenta especialmente en encargos que involucraban a adolescentes, en entornos donde se consumía alcohol o drogas, para asegurar una interacción apropiada y efectiva, o en situaciones que implicasen un cierto conocimiento de idiomas. Se preferían, por otro lado, agentes que emplearan un lenguaje culto al comunicarse sobre todo cuando se trataba de investigaciones en lugares distinguidos, como restaurantes elegantes o cabarés de alta categoría. El género también era un factor relevante: se optaba por las «señoritas detectives» en situaciones donde la vigilancia se llevaba a cabo en espacios exclusivamente femeninos, como eran las tiendas de moda o los primeros grandes almacenes.

Una vez determinado el equipo encargado de la investigación de campo, el primer paso consistía en confirmar la dirección e identificar a la persona bajo vigilancia. Aunque en la actualidad las fotografías son ya un elemento común, en aquellos tiempos no siempre estaban disponibles para mostrar al detective el aspecto físico del sujeto a investigar. En su lugar, se utilizaba una descripción minuciosa de la apariencia, rasgos faciales y cualquier detalle que se recordara, todos meticulosamente registrados en libretas. En ciertas ocasiones, se requería la presencia de más de dos detectives en el terreno para brindarse mutuo respaldo. Esto implicaba la distribución estratégica de los investigadores en diferentes esquinas o puntos de observación para cubrir con eficacia el área de interés.

Vigilar, seguir y confirmar

Buena parte del trabajo del detective se desarrollaba en la calle. La metodología que se seguía para una amplia gama de casos, desde el seguimiento de parejas por asuntos amorosos hasta la investigación de nuevos empleados, bajas fingidas, fraude a aseguradoras o localización de personas, era casi siempre la misma. Una vez identificado el objetivo, se esperaba a que saliera de su residencia para seguirlo, vigilarlo o hacerle preguntas a su entorno para comprobar los datos que se obtuvieran. Durante el período de vigilancia era importante verificar, tomar notas o memorizar todos los detalles relevantes que surgieran. Se registraban los horarios de entrada y salida de lugares, seguido por la observación de las acciones posteriores, así como las personas con las que el investigado interactuara.

Los motivos para permanecer parados, ocultos y camuflados en algún lugar y evitar ser descubiertos podían ser distintos, dependiendo del tipo de encargo. En estos casos, la paciencia y la capacidad de mantenerse concentrado y atento eran esenciales, ya que en cualquier momento podía ocurrir lo que se había estado esperando durante horas. Cuando se procedía con el seguimiento de la persona, había que ajustarse a la velocidad del objetivo, ya fuera a pie, a caballo, en carro o, en años posteriores, en coche o en moto.

Maestros del disfraz

Los disfraces podían resultar útiles en muchos casos, especialmente si era el propio director de una agencia modesta quien se encargaba de la vigilancia o tenía que interactuar con el individuo investigado. Con la ayuda de maquillaje y elementos como barbas, pelucas, sombreros y abrigos holgados, era posible transformar por completo la apariencia y parecer otra persona. Además, la actuación era fundamental. El detective podía dar la impresión de ser un hombre de negocios extranjero con sombrero de seda y corbata de lazo, un joven elegante con un traje de tres piezas, o incluso un adolescente con gorra. Un ejemplo digno de mención es el de la reconocida agencia de Enrique Cazeneuve, que incluso disponía de una sala de vestuario donde su personal podía cambiar de apariencia para llevar a cabo vigilancias y seguimientos. Queda constancia, en el *Diario de Palencia* del 27 de diciembre de 1929, de la habilidad de Cazeneuve en este campo gracias a una anécdota de cuando envió a uno de sus agentes a vigilar a una persona. Una vez que conocieron su dirección, con el objetivo de estar lo más cerca posible de su vigilado, se le instruyó al agente para que se posicionara en una esquina. Con el fin de no levantar sospechas, este se dejó crecer la barba, descuidó su aspecto y se disfrazó de mendigo. Después de varias horas, las personas que pasaban por la calle empezaron a dejarle monedas, hasta tal punto que el detective admitió haber ganado más dinero con la caridad de los transeúntes que con su sueldo de agente. El detective Antoni Tresols también destacaba por su habilidad para cambiar de apariencia y adaptarse al entorno sin llamar la atención.

Las aventuras de Maud West

Esta detective londinense es el mejor ejemplo de maestría en el disfraz fuera de nuestras fronteras. Solía comprar su material de camuflaje en la famosa tienda del diseñador de vestuario teatral y fabricante de pelucas británico Willy Clarkson, que fue durante décadas el principal proveedor para vestir a los mejores actores y actrices de Londres. Los disfraces favoritos de Maud incluían el de anciana campesina con canas, así como aquellos que requerían solo unos instantes para transformarse en alguien completamente distinto, como el de sacerdote, que le tomaba cinco minutos, o el de vagabundo, que requería quince. También utilizaba disfraces de asistenta del hogar, gitana adivina o enfermera. Era capaz de estar al lado de alguien, escuchar sus confidencias y pasar desapercibida, de modo que la persona ni siquiera sospechara al día siguiente, de vuelta a la sobriedad, que su encantadora compañera de la noche anterior era en realidad una detective privada.

En los casos en los que el detective no utilizaba disfraz, tenía que guardar la suficiente discreción para que su cara y aspecto no fueran fácilmente reconocibles si el investigado lo veía de nuevo en el mismo día. Si la persona que estaba siguiendo entraba en un hotel por un asunto amoroso, las más eficaces resultaban ser las preguntas sutiles al personal del mismo, como recepcionistas, camareros y personal de limpieza. La empatía y la capacidad de formular los interrogantes adecuados eran fundamentales para obtener información relevante. Las *ladies detectives* se desenvolvían especialmente bien en estas situaciones.

Algunas de las preguntas más comunes, en el caso de investigar una infidelidad, incluían: ¿conoce a esa pareja?, ¿qué sabe de ellos?, ¿es la primera vez que vienen?, ¿en qué número de habitación están alojados? Si las preguntas no resultaban efectivas, siempre se podía intentar ofrecer unas monedas; a veces eran aceptadas. En estas situaciones, además de confirmar los encuentros entre los dos amantes, el cliente deseaba conocer detalles adicionales, por dolorosos que resultasen: ¿cuál es la apariencia física de su amante?, ¿qué edad tiene?, ¿dónde se encuentran para estar a solas?, ¿en un hotel o en una casa?

Obtención de pruebas

Las primeras cámaras de fotos comenzaron a usarse para obtener pruebas a partir de la segunda década del siglo XX. Sin embargo, los altos precios de estos dispositivos, inaccesibles para muchos detectives pioneros, requerían una importante inversión económica, por lo que su adopción como herramienta de trabajo fue gradual. Para aquellos que no contaban con una cámara, la única opción era recordar meticulosamente todos los detalles relevantes: horas, nombres de calles, ubicaciones y descripciones de personas; después se registraban dichos datos en los informes. Este método de documentarlo todo con minuciosidad fue uno de los legados de Eugène Vidocq, quien lo sistematizó cincuenta años antes de la aparición de la primera agencia de detectives en España.

Las primeras cámaras no eran tan pequeñas ni manejables como las de décadas posteriores: resultaban aparatosas, por lo que podían llamar la atención de la persona vigilada, algo intolerable en un empleo en el que la discreción es fundamental. Las mejores importaciones venían de Francia, Inglaterra y Alemania. Las más frecuentes fueron las cámaras de mano llamadas The Midg de la marca Butcher & Sons de Londres, así como cámaras con fuelle y madera forrada de cuero negro o marrón, sobre todo de las marcas Rolleiflex, Kodak o Zeiss Ikon. Con los resultados obtenidos, información, datos, entrevistas y fotografías, llegaba la parte final del proceso, igual de importante que las anteriores: la revisión y redacción del informe. Este era examinado detenidamente por el director de la agencia y entregado a los redactores en el caso de las agencias de tamaño medio, o bien lo hacía directamente el detective en las agencias más sencillas.

La investigación por escrito

Un informe bien redactado puede elevar la calidad del trabajo realizado, incluso si los datos obtenidos no son abundantes. Por el contrario, una investigación rica en detalles puede perder su valor si el informe no logra transmitir de manera efectiva lo que se ha descubierto. El informe es el puente que conecta la investigación con el cliente; es la narrativa que transforma datos aislados y aparentemente incoherentes en una historia. Una redacción clara y precisa puede convertir una investigación estándar en una experiencia excepcional.

La cultura del papel estaba muy valorada en el pasado siglo. Tanto los folios, las cartas y los sobres tenían diferentes tipologías que marcaban el estatus de la empresa. Solían ser elegantes y cuidados. En la parte superior, además de la imagen y el logotipo, se incluían los datos oficiales de la agencia. También era común que se describieran los servicios que esta ofrecía, por si en otra ocasión el cliente los necesitaba. Hasta la segunda década del siglo XX los informes se escribían a mano, escritos con una caligrafía que ya no se ve en la actualidad, en cursiva, las letras bien acabadas. A partir de entonces, se empezó a generalizar el modo de presentar la redacción de una investigación, con informes realizados con máquina de escribir, que permitían que las copias realizadas tuvieran más legibilidad y transmitían formalidad ante el cliente. La primera máquina de escribir que salió al mercado fue, en 1872, una Remington. Entre otras también se utilizaban la marca Underwood, la Corona o la valenciana Victoria. Obviamente, requerían una inversión económica, por lo que se fue introduciendo como herramienta de trabajo de forma paulatina.

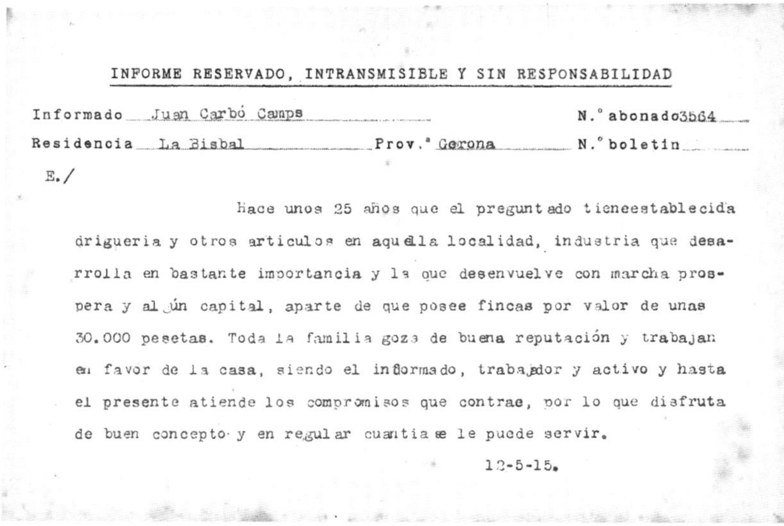

INFORME RESERVADO, INTRANSMISIBLE Y SIN RESPONSABILIDAD

Informado Juan Carbó Camps N.° abonado 3564

Residencia La Bisbal Prov.ª Gerona N.° boletin

E./

Hace unos 25 años que el preguntado tieneestablecida drigueria y otros articulos en aquella localidad, industria que desarrolla en bastante importancia y la que desenvuelve con marcha prospera y algún capital, aparte de que posee fincas por valor de unas 30.000 pesetas. Toda la familia goza de buena reputación y trabajan en favor de la casa, siendo el informado, trabajador y activo y hasta el presente atiende los compromisos que contrae, por lo que disfruta de buen concepto y en regular cuantia se le puede servir.

12-5-15.

Fig. 23. Ejemplo de informe reservado de principios de siglo.

Como vimos anteriormente, cuando se redactaba el informe final, se utilizaban palabras y frases basadas en la jerga policial o de las agencias de informes comerciales. El siguiente es el ejemplo de la redacción de una conocida agencia de inicios del siglo XX:

> La persona cuyo nombre encabeza este informe, aparenta contar [...], casado [...], de cuyo matrimonio han nacido [...] hijos; tres [...] y dos [...].
>
> A fuerza de trabajo ha llegado a colocarse en un rango social elevado. Particularmente goza de buena reputación y es tenido como serio, activo y trabajador.
>
> Persona de espíritu inquieto y emprendedor, no se conocen con exactitud cuáles fueron sus principios en las actividades mercantiles, aunque se ha podido comprobar que de los [...] a los [...] residió en Barcelona, donde dependió del ramo de bisutería, dedicándose posteriormente a trabajar por

su cuenta en dicho ramo, invirtiendo en el negocio el capital que aportó su esposa al matrimonio.

Su primer establecimiento lo instaló en [...], donde por espacio de cinco años desenvolvió su negocio con gran acierto.

Posteriormente, y hasta la fecha, sus negocios se han afianzado en el ramo de [...].

Moralidad

De lo informado se desprende que la moralidad del preguntado es buena. Aun cuando de los principios de su negocio se habla de operaciones algo dudosas, desde hace bastante tiempo y cuando ya regularizó el negocio de [...], sus transacciones están completamente definidas [...].

Resumen

Puede deducirse por todo lo informado que se trata de una persona de buena moral, trabajador, colocado en una esfera mercantil elevada. Muy estimable firma para tratar con ella como abastecida, aun cuando como abastecedor parece desprenderse que es bastante riguroso y exigente.

Una vez que el informe estaba redactado, se procedía a comunicárselo al cliente, quien podía optar por visitar personalmente el despacho para discutir los resultados con el director de la agencia. Sin embargo, muchos clientes habituales de estos primeros detectives preferían recibir los informes por correo. Esta era otra ocasión de varias para distinguirse, como muestra el ejemplo de Daniel Freixa, filatélico reconocido, que en 1901 comenzó a personalizar y perforar sus propios sellos utilizando las iniciales «DF».

Laboratorios criminalísticos

Hay que mencionar y tener en cuenta que las grandes innovaciones en el campo de la criminalística y la investigación privada venían de Europa y, particularmente, de Francia, como demuestra la influencia del criminalista Edmond Locard o del médico y antropólogo Alphonse Bertillon, creador del sistema antropométrico, un método de identificación de personas basado en las proporciones y medidas de su cuerpo. En España, estas tendencias también tuvieron impacto, como evidencian los casos de Detectives Office y L'Humanité en Barcelona, así como el Instituto Fernández-Luna en Madrid. Estas destacadas agencias incorporaron en sus oficinas laboratorios criminalísticos equipados con microscopios, cámaras de fotografía, herramientas de medición (como metros y compases), instrumentos básicos para análisis químicos, y documentación y archivos de muestras recogidas para hacer comparaciones, así como libros y manuales de referencia de criminalística y ciencias forenses. También contaban con maniquíes que representaban a personas, útiles para estudios y simulaciones. En las secciones dedicadas a la recogida y análisis de muestras de objetos se examinaban evidencias físicas como fibras, cabellos y manchas de sangre, con el objetivo de

LA ESFERA

Registro General de la Dirección de la Policía, magnífica instalación debida á la admirable iniciativa del Sr. Méndez Alanís

EL CABALLERO AUDAZ

En el gabinete antropométrico

Detalle de la sección fotográfica

Fig. 24. Registro General de la Dirección de la Policía.

vincularlas a un sospechoso de robo o resolver un crimen. También incluían áreas para el estudio dactiloscópico, donde se realizaban análisis comparativos de huellas dactilares.

Mujeres detectives

Para contextualizar el fenómeno de las «señoritas detectives» es crucial que el lector se desprenda de los prejuicios contemporáneos y comprenda el contexto histórico en el que surgieron. Similar al concepto de *lady detective* o *lady* Sherlock Holmes, el término se remonta al inicio del siglo XX, cuando el feminismo comenzó a desafiar las normas de género establecidas. En esta época, las mujeres —que hasta entonces se encontraban, en su mayoría, confinadas en el ámbito doméstico— comenzaron a irrumpir en el espacio público de manera gradual. Su presencia se hizo cada vez más común en ámbitos como la educación superior, las bibliotecas y las universidades, lo que les permitió acceder a profesiones que habían sido consideradas exclusivamente masculinas.

En el caso concreto del detectivismo, la prensa se mostró sorprendida ante la injerencia de mujeres en las agencias de investigación privada, lo que generó un gran revuelo y despertó el interés general. Este fenómeno marcó un hito en la historia de la igualdad de género y evidenció el creciente protagonismo femenino en la esfera profesional. Desde la primera década del siglo XX, ya existían mujeres detectives en España que trabajaban en agencias de gran prestigio, en Madrid y en Barcelona, como Hispania, La Neutral, Detectives Office y L'Humanité, por poner algunos ejemplos. Además, existe la posibilidad de que incluso en Teruel hubiera mujeres detectives, como se sugiere en un artículo del *Diario Turolense*, con fecha 19 de febrero de 1917, que plantea la cuestión y felicita a los iniciadores de esta innovadora práctica. Tenerlas en plantilla era un valor añadido y un reclamo para el cliente. Existían numerosas situaciones en las que era preferible que la detective fuera una mujer en lugar de un hombre; de hecho, su capacidad para empatizar con las personas con las que interactuaba durante una investigación le permitía hacer las preguntas adecuadas. Sin embargo, esto también suponía un riesgo, ya que muchos «interesados» acudían a las agencias solo para ver a las detectives en acción, lo que podía comprometer su trabajo al ser reconocidas durante las investigaciones en la calle.

Es evidente que el hecho de que algunas agencias anunciaran su presencia no era algo puntual: resulta obvio que había muchas más mujeres detectives de las que se pueden localizar mediante anuncios u otras pruebas escritas. Es curioso que en ninguno de los artículos encontrados se mencione el nombre de la agencia, dado que lo habitual era que, al entrevistar al director de una de ellas, este hiciera publicidad de su propio negocio. Varios son los adjetivos con los que algunas publicaciones las definían, como decididas, pacientes, meticulosas y adaptables, así como lo hacían sus colegas detectives cada vez que se les preguntaba por ellas. Estas mujeres destacaban por su perseverancia y tenacidad, y contribuían a introducir una nueva perspectiva en el campo de la investigación privada: al respecto, es interesante señalar que en las investigaciones de campo el hombre no desconfiaba tanto de la mujer como de otro hombre. Estas detectives eran asiduas, perspicaces e insustituibles, y su capacidad de observación superaba a la de sus compañeros. Además, poseían un tacto excepcional, combinado con la habilidad para interesar y halagar.

El periódico *Crónica*, en su edición del 25 de mayo de 1934, presentó una entrevista a una de estas mujeres, cuyo nombre y agencia no se revelaban. En la fotografía, la detective se encuentra en una cafetería con el rostro vuelto para evitar ser reconocida, vistiendo a la moda de la época. Según las declaraciones de la entrevistada, llevaba ocho meses trabajando en la agencia y contaba con dos compañeras más. Durante sus seguimientos a maridos, supuestamente infieles, cambiaba de vestuario y accesorios, incluyendo el uso de gafas, para evitar ser identificada por el investigado. Señalaba que también había señores que solicitaban informes para descubrir la infidelidad de sus esposas, aunque el porcentaje de mujeres infieles solía ser mucho menor que el de hombres; de todas maneras, estos seguimientos eran generalmente realizados por sus colegas detectives. Además, se mencionaba como dato curioso que cuando se demostraba la fidelidad de la esposa, el cliente a menudo no quedaba satisfecho y solicitaba una investigación más exhaustiva. En ocasiones, según la entrevistada, las detectives eran utilizadas como señuelos para provocar el desliz del esposo, a lo que el periodista le respondía que, si todas eran tan atractivas como ella, resultaría difícil encontrar a un hombre que se resistiese (tengamos en cuenta que se trata de una respuesta de hace más de cien años).

Fig. 25. Mujer detective en una vigilancia.

Fig. 26. Mujer detective en un seguimiento.

Otra de las noticias más llamativas se encuentra en *La Tribuna*, fechada el 25 de febrero de 1914, bajo el titular «Información fémino-policíaca. Las mujeres detectives». El artículo presentaba dos fotografías intrigantes: una mostraba a cuatro mujeres elegantemente vestidas con abrigos negros, sombreros y antifaces para ocultar sus rostros. En la nota al pie de la imagen se leía: «Cuatro señoritas detectives, capaces de descubrir al autor del crimen de la calle de Tudescos».[10] La otra fotografía revelaba a una de ellas junto al periodista, como si estuviera realizando alguna técnica de artes marciales. El contenido de la noticia relataba la visita de un periodista y un fotógrafo a una agencia de detectives dirigida por mujeres en Madrid, narrando un caso ilustrativo de sus servicios, el de un hombre que solicitó averiguar si su antigua novia había mantenido relaciones con otros durante su ausencia de diez años. Este encargo fue asignado a dos detectives varones que enfrentaron varias dificultades, incluida la reticencia del portero del edificio donde vivía la antigua novia a proporcionar información. Sin embargo, lograron resolver el caso gracias a la astucia de una detective que logró que el portero cantara. De esta manera, descubrieron que la mujer no había mantenido relaciones con nadie más y, de hecho, aún guardaba cariño por su antiguo amor. Este éxito impulsó la idea de emplear a mujeres en la agencia de detectives.

Aunque el periodista y el fotógrafo tenían curiosidad por conocer y fotografiar a estas detectives, las directoras se negaron a ello con el fin de evitar que pudieran ser reconocidas si sus rostros salían publicados, especialmente porque una de ellas era una persona ya de por sí célebre. Sin embargo, accedieron a ser fotografiadas con los antifaces y sombreros cubriendo sus rostros. Lo más llamativo del artículo es que el fotógrafo cree reconocer a una de las mujeres, e incluso menciona su nombre, pero la directora de la agencia lo niega. No obstante, más tarde, al salir a la calle, observan desde el portal a una popular artista de variedades, confirmando así las sospechas del fotógrafo sobre su identidad. Resultó que la actriz en cuestión se dedicaba a la investigación en sus tiempos libres.

En el periódico *El Tiempo*, del 28 de marzo de 1914, se relata el caso de un conocido estafador de Madrid. A pesar de múltiples intentos, la policía nunca consiguió detenerlo, hasta que uno de los estafados decidió contratar a una mujer detective, que sí lo logró. ¿Su estrategia? Simple pero efectiva: averiguar los lugares que frecuentaba el objetivo y seguirlo para descubrir dónde vivía. Después, investigó sus rutinas diarias para determinar las horas de entrada y salida de su casa. Una vez sabido todo esto, justo cuando el estafador regresaba a la misma, la detective fingió mirar un escaparate en una tienda de novedades. Al verla distraída, el hombre se acercó a ella con amables pa-

Fig. 27. Cuatro señoritas detectives.

labras para halagarla. La detective respondió con una sonrisa especial y comenzó a caminar por la calle. Al notar que el estafador intentaba llamar su atención, le dijo que la esperara allí mientras iba a hacer un recado, prometiéndole que luego hablarían de todo lo que él quisiera. Al cabo de unos minutos, regresó acompañada de dos guardias, quienes lo detuvieron de inmediato. Con ironía, la detective les dijo a los policías: «He aquí mi galán. No dirán ustedes que no me porto bien, pues los delincuentes vienen tras de mí como si fueran borregos».

En el *Diario Gráfico* del 10 de junio de 1934, bajo el titular «El fracaso económico de unas señoritas detectives», se relataba la noticia de un fraude perpetrado por un hombre que se hacía pasar por detective, operando desde una agencia en la plaza de Cataluña. El individuo publicó un anuncio solicitando señoritas para realizar trabajos de investigación. Varias mujeres respondieron a la oferta de empleo, pero nunca recibieron el pago correspondiente por su trabajo. El director de la agencia pretextó que los encargos no se habían realizado correctamente. Ante esta situación, varias de las mujeres afectadas denunciaron el fraude en la Comisaría General; además, informaron de que les había entregado cheques sin fondos, lo que confirmaba el fraude perpetrado por este individuo. La policía inició una investigación y descubrió que el hombre no era un detective, sino un funcionario relacionado con el Orden Público. Como resultado, fue suspendido de empleo y sueldo.

Podemos destacar algunos nombres de mujeres detectives de entre los más relevantes. Entre ellos, Carolina Bravo, quien anunciaba sus servicios en la década de 1920 en Barcelona; Pilar Ortiz, de San Sebastián, en los años sesenta y setenta, o Mercedes Romera, quien se convirtió en protagonista a partir de los años ochenta.

Fig. 28. Foto de Pilar Ortiz.

La primera mujer detective con licencia habilitada en España de la que tenemos conocimiento fue María Luisa Gallego Delgado, quien obtuvo la licencia número 8 como titular de la agencia Detectives Almirante en Madrid. Su marido, también inspector privado, José Antonio Tovar, tenía la licencia número 3. La segunda mujer fue Ana Josefa Jusmet, quien obtuvo la licencia número 90 y cuyo despacho se encontraba en Murcia.

El modelo anglosajón

La figura de la mujer detective tuvo su origen, principalmente, en Inglaterra, donde agencias como Simmond de Londres, proveedora del Gobierno británico, desempeñaron un papel importante como espejo y modelo para el resto del mundo. Según el diario *El Radical*, del 7 de marzo de 1909, los grandes comercios enfrentaban problemas de robos perpetrados por damas cleptómanas y, a pesar de los esfuerzos por aumentar la vigilancia y divulgar los nombres de las culpables en la prensa, los hurtos iban en aumento. Ante esta situación, los comerciantes optaron por una solución ingeniosa: emplear a damas elegantes que se hacían pasar por compradoras para vigilar a las clientas reales y observar todos sus movimientos. Estas eran las llamadas «detectives de tienda» y, al menos, conocemos a cinco inglesas que se dedicaron a dicha tarea en los primeros años de este período: Maud West, Margaret Cook, Matilda Mitchell, Grace Fielding o Kate Easton. Según las memorias de Maud West, en 1892 la revista femenina *Heart and Home* informó que había recibido una serie de cartas preguntando sobre carreras de detectives. Para investigar sobre el tema, se contactó con varias agencias de detectives y se descubrió que la profesión estaba sobrepoblada de mujeres: una sola agencia llegó a recibir 1.800 solicitudes en respuesta a una oferta de trabajo.

El periódico *Revista Cántabra*, del 2 de mayo de 1909, presentó un encargo relacionado con el juego de cartas *bridge*, que había ganado popularidad en la sociedad inglesa. Era común que las mujeres se reunieran para jugar durante las tardes mientras tomaban el té. En esta ocasión, una agencia de detectives fue solicitada para investigar un caso en el que una dama inglesa de alta posición había perdido alrededor de 9.000 libras jugando con dos señoras americanas y una austríaca. La clienta estaba convencida de que algo olía mal. Dada la naturaleza del encargo, solo una mujer detective podía ser contratada. Enviaron a una que, además, era hábil jugando al *bridge*, para que visitara la casa. Participó en el juego durante varias tardes como amiga de la anfitriona, que era la interesada, y pudo confirmar con certeza que una de las americanas estaba haciendo trampa. Como resultado, el dinero fue devuelto sin más demora.

La mujer detective también fue muy popular en Estados Unidos, donde además de Kate Warne y su equipo de Pinkerton Ladies, destacaron otras como Cora May Mayer en los años veinte y Kathryn Barry en los cincuenta, ambas en Nueva York. Barry, conocida por su coquetería y su pequeña estatura, solía usar tacones altos y extravagantes pendientes que perdía a diario. En una noticia de *La Opinión* del 3 de mayo de 1929 se menciona que, a finales de los años veinte en la Gran Manzana, existía una ley que prohibía los besos en público, especialmente si eran considerados «frívolos». El Ayuntamiento contrató a una agencia de detectives para organizar a un equipo de mujeres, con el objetivo de hacer campaña contra el hábito de fumar en público (esto no afectaba a los hombres, solo a las mujeres) y contra los besos considerados inmorales. En cuanto a estos últimos, las detectives tenían la misión de atrapar a hombres que cedían a dichas tentaciones, denunciándolos ante la ley. Los infractores, conocidos como «adanes», enfrentaban multas de hasta cincuenta dólares o, en casos de reincidencia, hasta sesenta días de detención.

El amanecer de la profesión en España

En nuestro país la incorporación de la mujer al ámbito policial fue un proceso gradual que comenzó en la década de los setenta. Fue en 1974 cuando las primeras cuatro mujeres, Amparo Bejarano Cebrián, Inmaculada Etayo Larrainzar, María José Goñi Quintana y María Dolores Sarabia Moraza, se unieron a la Policía Foral de Navarra, marcando el inicio de una lenta pero significativa transformación. Unos años más tarde, en 1979, las primeras 42 mujeres ingresaron en la Policía Nacional, rompiendo barreras en un terreno históricamente dominado por hombres. A lo largo de la siguiente década, el avance continuó: en 1983, 94 mujeres ingresaron en la Ertzaintza, y en 1986 las primeras 43 mujeres se graduaron en el cuerpo de los Mossos d'Esquadra. Finalmente, en 1988, 206 mujeres se sumaron a la Guardia Civil, consolidando así su presencia en los cuerpos policiales del país y dando forma a una nueva era en la seguridad y la investigación en España.

En este contexto, resulta especialmente emblemático el caso de Fernando Marquensen Wilson, conocido como Fernandito. Fue un popular guardia del Cuerpo de Vigilancia de Sevilla que vivió como hombre durante más de treinta años, hasta que un accidente reveló en 1906 que en realidad era una mujer. Su historia, digna de una novela, comenzó en París en 1836, donde adoptó una identidad masculina y sirvió en la marinería francesa antes de establecerse en Sevilla. Una vez allí, estuvo casada durante veintitrés años y tuvo un hijo; después ingresó en el Cuerpo de Vigilancia del Gobierno Civil de la ciudad, que más tarde se convertiría en el actual Cuerpo Nacional de Policía. Sin embargo, nunca patrulló: se dedicó a cocinar para los diferentes gobernadores civiles para los que trabajó. Su vida cambió tras una aparatosa caída que le fracturó una pierna. A pesar de no querer pasar una revisión médica, fue obligada a ir al hospital, donde se destapó la verdad que había ocultado durante sesenta años.

Fuera del ámbito policial, el avance de las mujeres en los campos universitarios y del derecho fue también significativo. En 1872, María Elena Maseras de Vilaseca se convirtió en la primera mujer matriculada en una carrera universitaria en España, al ser admitida en la Facultad de Medicina de la

Universidad de Barcelona. Más adelante, en 1909, Paulina Polo se destacó como la primera en realizar una autopsia en el país. Por otro lado, en 1921, Ascensión Chirivella, originaria de Valencia, rompió barreras al convertirse en la primera abogada española, y en 1972 la murciana María Jóver Carrión hizo historia como la primera jueza en el sistema judicial español.

Actualmente, el porcentaje de mujeres detectives es del 40 por ciento, aunque en las universidades la media es mayor que la de hombres. Desde hace varias décadas, las detectives ocupan roles prominentes como directoras de agencias y presidentas de asociaciones y colegios profesionales, así como formando parte de juntas directivas y ejerciendo la docencia para instruir a futuros profesionales. Además, muchas están especializadas en investigaciones de campo, enfrentando el duro trabajo de largas horas de vigilancia y horarios cambiantes. Todo esto ha sido posible gracias, en parte, a los avances en la reglamentación del oficio y la legislación de los derechos de los trabajadores. Sin embargo, aún queda trabajo por hacer, pues todavía se lucha en la profesión por conseguir la conciliación laboral y personal, como el resto de las mujeres que deciden ser madres sin renunciar a su independencia.

A lo largo de estas páginas hemos explorado los inicios de la profesión en España, en un contexto marcado por una profunda transformación política, social y económica. Desde los primeros detectives nacionales hasta las agencias comerciales que incluían servicios de investigación, hemos visto cómo evolucionó este oficio en un entorno todavía sin regular. No obstante, a partir de 1951, con la reglamentación oficial de la ocupación, comenzó una nueva etapa. Esta regulación no solo trajo orden al sector, sino que también permitió a los detectives evolucionar hacia un nivel de profesionalización sin precedentes. Veamos a continuación cómo continúa esta fascinante historia.

Continúa… después de 1951

España marcó un hito en la profesión al establecer la primera regulación oficial del mundo con la Orden del Ministerio de Gobernación del 17 de enero de 1951, la cual supervisaba las actividades de las «agencias privadas de investigación». Este acontecimiento marcó el inicio de una nueva etapa para los detectives, con la implementación de normativas rigurosas que establecían requisitos y otorgaban habilitaciones a quienes deseaban ejercer. No obstante, este año no era un punto de partida, sino más bien la evolución de aquellos que llevaban décadas desarrollando la actividad. A partir de la Orden, la autorización para la constitución y funcionamiento de una agencia de detectives era concedida por el director general de Seguridad, previo expediente que se tramitaba en las comisarías de Policía. Estas nuevas normas y obligaciones le impedían a cualquier funcionario público policial, por ejemplo, participar en una agencia de detectives, tal y como podemos inferir de una oferta de trabajo publicada en *La Vanguardia* el 12 de enero de 1961:

> Paciencia y conducta intachable. Para vigilancias agencia detectives, plaza suplente, cubrir contingencias; por tanto, el aspirante debe tener otro empleo base, pero disponer todo el año tardes y noches libres. Preferible licenciados Cuerpos Armados (no en activo). Escribir historial, edad, empleo a *La Vanguardia* número 16025.

De esta forma, se prohibió investigar sobre delitos públicos o privados sin una petición justificada y, en caso de encontrar alguno en el transcurso de sus investigaciones, debían comunicarlo a la Policía. Otro requisito destacable era que los detectives no podían haber sido procesados ni condenados con sentencia firme por delito alguno. Esto aseguraba, entre otras ventajas, que aquellos que ofrecieran sus servicios no hubieran sido, por ejemplo, estafadores o defraudadores en el pasado. Además, debían demostrar el pago de los impuestos correspondientes, es decir, cumplir con los requisitos fiscales. En caso de incumplimiento de estas obligaciones, las sanciones incluían multas, suspensión temporal de la actividad o el cese definitivo.

El resultado de solicitar la habilitación para aquellos que cumplieran los requisitos era acceder a una licencia con autorización gubernativa a nivel provincial. Los detectives contaban con un número de licencia de su provincia y un número de licencia nacional, un número único, que años más tarde pasó a ser conocido como TIP (tarjeta de identificación profesional). Aquí encontramos otra diferencia con el período anterior: existen, gracias a estas licencias, registros oficiales de los detectives.

Hasta el presente, la numeración de la licencia ha sido correlativa y única para cada inspector privado. En mi caso específico, tengo la licencia número 2249, mientras que mi padre tiene la número 116. Con la llegada de los nuevos profesionales, hacia mediados de la segunda década del siglo XXI, el número de licencias expedidas ya había alcanzado las 6.000. Esto representa una cifra relativamente baja en comparación con las licencias otorgadas en los más de setenta años anteriores.

Los detectives comenzaron a destacar estos números en sus anuncios publicitarios, y se otorgaban especial relevancia aquellos que poseían las primeras licencias. A partir de 1972, como veremos más adelante, incluso se convierte en obligatorio identificarlas en su propaganda. Contar con licencia y habilitación es un sello de confianza para los clientes. Sin embargo, la realidad es que algunas agencias de las décadas de los años cincuenta y sesenta ofrecían servicios de investigación sin tener la debida habilitación.

Volviendo al año 1951, una serie de detectives que venían ejerciendo adaptaron su actividad a estas nuevas regulaciones, mientras que otros iniciaron su actividad desde el principio bajo el nuevo marco normativo, siendo «detectives nativos». De manera similar, la regulación de la profesión ha ido adaptándose y modificándose a lo largo del tiempo, con leyes posteriores en los años 1972, 1981, 1992 y la más reciente en 2014. Estas normas no solo beneficiaron a los profesionales, sino que también proporcionaron garantías y confianza a los clientes al asegurar que las investigaciones se llevaban a cabo de manera legal y ética. Otra de las diferencias es que en la época anterior no existían colectivos de detectives; en cambio, en la nueva era detectivesca la unión entre ellos tuvo una gran importancia. En España, la creación de asociaciones comenzó a permitirse tras la aprobación de la Ley de Asociaciones de 1964, precepto que estableció ciertas limitaciones y restricciones para su funcionamiento, pero marcó un punto de inflexión al reconocerlas formalmente. En cualquier caso, no fue hasta la llegada de la democracia y la promulgación de la Constitución Española en 1978 que se garantizó plenamente el derecho de asociación como un derecho fundamental.

Hasta ese año, se organizaron y unieron de la única forma que les ofrecía el Gobierno, como una «agrupación». El resultado fue la creación en el año 1958 de la Agrupación Nacional de Centros de Investigación Privada, que celebró su primera asamblea el 15 de febrero de ese año. Además, como todos los trabajadores en España entre 1940 y 1977, los detectives estaban obligados a formar parte del Sindicato Vertical: una estructura sindical única e imperativa donde los trabajadores estaban agrupados en función de su actividad económica y controlados por el Estado. Se estructuraron inicialmente en veinticuatro sindicatos diferentes, clasificados según su actividad. Por ejemplo, existía el Sindicato Nacional de Cereales, el Sindicato Nacional de Hostelería y Similares o el Sindicato Nacional de Textil. En 1950, esta estructura se amplió para incluir tres sindicatos adicionales, el de Banca, Bolsa y Ahorro; Agua, Gas y Electricidad y Actividades Diversas. Este último era una especie de «cajón de sastre» que incluía diversas profesiones, como las artísticas, los trabajadores del entretenimiento, los profesionales del turismo y otros servicios, como serenos, servicios de limpieza, servicios de reparación y mantenimiento o detectives. Por lo tanto, hasta 1977, todos los inspectores privados de España formaban parte de la Agrupación Nacional de Centros de Investigación Privada y estaban afiliados al Sindicato Vertical de Actividades Diversas. La Agrupación era uno de los organismos que emitía un informe para todos aquellos que quisieran tener la habilitación de detective. Una vez que las leyes permitieron la creación de asociaciones, se transformó en la Asociación Nacional de Detectives Privados de España. Es imposible entender la profesión sin tener en cuenta esta relación con la Agrupación y con el Sindicato. Se celebraban sus asambleas en la Casa Sindical, un edificio situado en el Paseo del Prado, 18-20, de Madrid, que también servía como sede tradicional del Ministerio de Sanidad. Varios presidentes del Sindicato Nacional de Actividades Diversas —como Camilo Vizoso Cortizo, Juan García Carrés o Eduardo Martínez Fernández— asistieron a estas asambleas representando al Gobierno y participaron en los congresos nacionales que los detectives organizaban.

La importancia de la Agrupación se vuelve evidente desde el principio, ya que permitía a sus miembros tener una voz unificada frente a las autoridades, sentirse conectados con otros colegas y estar involucrados en los avances y regulaciones de la profesión. Otra ventaja era formar parte del directorio de sus integrantes, donde se recogía la información de contacto y los servicios especializados de cada uno, lo que resultaba muy útil en las colaboraciones con colegas de otras provincias.

Clientes y servicios: la metamorfosis del trabajo detectivesco

Desde la década de los cincuenta hasta finales de los setenta, España experimentó una evolución hacia una sociedad democrática, con importantes cambios legislativos, sociales, culturales y tecnológicos, que se reflejaron desde el inicio de la década de los ochenta. Los detectives se adaptaron a estas modificaciones para cubrir las nuevas necesidades de sus clientes, adecuando a su vez algunas de sus investigaciones, como los informes prematrimoniales y «amorosos», a la Ley 30/1981, que modificó la regulación del matrimonio en el Código Civil y estableció procedimientos para casos de nulidad, separación y divorcio. No es coincidencia que, a inicios de los años ochenta, los nuevos inspectores privados tuvieran también que cumplir el requisito de una formación de tres años para obtener el título de detective, lo que impulsó asimismo la creación de nuevas agencias dirigidas por estudiantes de la profesión.

La metodología de las diferentes fases que atraviesa una investigación no experimentó cambios fundamentales en este nuevo período, salvo algunas excepciones que merece la pena mencionar. Las fuentes de acceso a la información y medios de contacto con el cliente tuvieron una notable evolución. En cualquier década, a partir de los años setenta hasta la actualidad, se han experimentado más variaciones en el modo de contactar con el cliente, las fuentes de información y la tecnología que en toda la historia de los detectives hasta la fecha.

Cada vez se fue haciendo menos común el uso de disfraces, gafas de sol o postizos en las investigaciones de campo para pasar desapercibidos en un lugar fijo durante horas, ya

Fig. 29. Vigilancia desde vehículo.

que a partir de esta nueva etapa los vehículos ofrecían la posibilidad de permanecer ocultos y mimetizados sin ser vistos, mientras que una cámara de vídeo proporcionaba el mismo resultado que esas largas vigilancias llenando un cuaderno de anotaciones. Para que el lector pueda entender la legalidad de la situación, las grabaciones y fotografías en exteriores y lugares públicos son válidas como prueba judicial, incluso sin contar con el permiso de la persona. Una cámara de vídeo enfocada en la puerta de una casa puede proporcionar la hora aproximada de la salida o entrada de un sujeto, sin necesidad de estar esperando con una atención continua. Ejemplos en los que es útil este tipo de grabaciones o fotografías son aquellos relacionados con los casos de bajas laborales fraudulentas: alguien que comunica a su empresa que no puede trabajar por estar lesionado y es, sin embargo, grabado haciendo ejercicio en la playa. También para los casos de infidelidad; por supuesto que el detective no puede grabar dentro de una habitación de hotel la consumación del acto de amor, pero es más sencillo que eso: tras un seguimiento cercano, el investigador puede fácilmente fotografiar o grabar junta a la pareja agarrada de la mano paseando por las calles, besándose o accediendo o saliendo del hotel. Si sumamos esto a que la persona investigada había engañado al cliente del detective diciendo que estaba, por ejemplo, en una jornada profesional, no hacen falta más evidencias.

Si al principio los nuevos clientes solían acudir personalmente o enviar cartas a los despachos para reunirse con el director de la agencia, con el tiempo estas consultas empezaron a realizarse mediante llamadas telefónicas y, más recientemente, a través del correo electrónico e incluso mediante aplicaciones que permiten la comunicación en tiempo real. La progresión e innovación, siempre aliados de los detectives, avanzaron a pasos agigantados. En la redacción de los informes también se ha experimentado un progreso significativo, desde la escritura a mano con plumas estilográficas y bolígrafos en papeles elegantes hasta la comodidad desde hace varios años del ordenador, pasando por su elaboración en máquinas de escribir y por la comunicación verbal para aquellos clientes que solicitaban el resultado de este modo.

En cuanto a las fuentes de información se han producido asimismo cambios sustanciales. Por ejemplo, antes se buscaba en boletines que ofrecían datos sobre personas o empresas deudoras, así como sobre la creación de nuevas empresas. Estos boletines eran publicados por agencias especializadas en información comercial. También era necesaria la consulta de directorios, guías y anuarios, que proporcionaban notas claves sobre empresas. Hasta el principio del siglo XXI, consultar, por ejemplo, los Registros de la Propiedad, Mercantil o Bienes Muebles implicaba ir físicamente a solicitar y recoger la información. En los años ochenta surgieron empresas especializadas que recopilaban los datos más importantes, lo cual ayudaba a obtener averiguaciones de otras ciudades sin tener que desplazarse. A finales de esa misma década, el uso del fax se popularizó, entre otras cosas, para este tipo de gestiones. A partir del año 2000, internet permitió realizar la consulta directamente, así como recibir la información en cuestión de horas. Las redes sociales, foros o páginas web, por citar algunos ejemplos, son consultas habituales en el día a día detectivesco actual. Aun así, los inspectores privados seguimos acudiendo de manera presencial a consultar algunas fuentes, por ejemplo, las hemerotecas de la Biblioteca Nacional o los archivos eclesiásticos.

La batalla por la tecnología

En las entrevistas realizadas a los primeros detectives de esta etapa, estos desvelaban sentir que no estaban en igualdad de condiciones en cuanto a tecnología en comparación con sus colegas europeos y norteamericanos, lo cual no quitaba que sí fueran únicos en técnicas de investigación, ingenio, creatividad, sagacidad, integridad y discreción. Un ejemplo de estas comparaciones entre el inspector privado español y el resto de sus colegas internacionales lo encontramos en un artículo del periódico *Pueblo*, del 13 de octubre de 1959, con motivo de la II Asamblea Nacional de Detectives Privados. En él, el periodista hace mención del Congreso Mundial de Detectives que se celebraría en Barcelona en 1961 (más adelante nos detendremos en su importancia). A la cita acudieron detectives de distintos países, aportando sus «técnicas y conocimientos»:

> Podremos ver entonces verdaderas maravillas en el terreno de la investigación, ya que las agencias del extranjero se mueven todas ellas con mayor holgura y disponen de medios que pudieran parecer casi mágicos a los ojos de un profano. Entre ellas, maravillas electrónicas para captar la imagen, la voz, sin despertar sospechas, robots que hacen el trabajo del más experto Sherlock Holmes, radar de bolsillo y otros inventos que harían las delicias de un ilusionista, pero que, en el fondo, sirven a esa legión ejemplar de los detectives privados para llevar a feliz término su abnegada labor.

El detective Eugenio Vélez-Troya, en una entrevista realizada en el periódico *7 Flechas*, del 30 de marzo de 1954, compartió sus impresiones después de varios días de viaje visitando diversas ciudades de Estados Unidos y manteniendo reuniones con colegas norteamericanos. Se mostró sorprendido por los coches blindados equipados con radioteléfono, los sistemas de alarma en casas y establecimientos de clientes que activaban una luz y un sonido en caso de situaciones especiales, las plumas estilográficas que liberaban gas para dormir a una persona durante cuatro horas, los magnetófonos capaces de grabar a través de los muros y los detectores de mentiras. Consiguió exportar uno de estos aparatos en 1964, introduciendo en España el primer polígrafo. Mientras tanto, los detectives españoles tenían que innovar constantemente en sus herramientas de trabajo esenciales para reemplazar esa carencia tecnológica. Muchos, por ejemplo, utilizaban cabinas telefónicas públicas para comunicar a su director el resultado de un seguimiento o vigilancia.

El hambre (de tecnología) agudiza el ingenio

Recuerdo el caso de un antiguo detective, de Málaga, que llevaba una escayola ficticia que le cubría el brazo y la mano para poder esconder la cámara en ella. Este mismo detective me contó una anécdota de un recurso que empleaba en los años setenta y ochenta. Consistía en dejar un reloj de manecillas debajo de la rueda del vehículo de la persona investigada; luego iba varias veces al día para comprobarlo, pues cada vez que el sujeto cogía el coche para salir de su domicilio, el reloj se rompía y daba la hora justa de la salida. De este modo, podía conocer sus rutinas y así, la próxima vez, saber a qué hora debía hacer la vigilancia.

Aunque países como Estados Unidos o Israel siempre estaban —y están— a la vanguardia, a partir de los años ochenta España comienza a equipararse en medios, desde conductores que necesitaban comunicarse en sus vigilancias con otros compañeros utilizando *walkie-talkies* o canales de radio en sus vehículos hasta las primeras grabadoras y cámaras de fotografía y vídeo, que eran realmente pequeñas para poder ser ocultadas con facilidad. En la actualidad todo es más sencillo, ya que existen tiendas especializadas en las que se puede comprar *online* o en persona.

Los servicios que más se solicitaban también fueron evolucionando con el tiempo, a pesar de que durante las primeras décadas del nuevo período se mantuvieron más o menos los de la etapa anterior, siendo los informes prematrimoniales uno de los productos estrella. El amor (o el desamor) nunca pasa de moda.

Antes del ¡Sí, quiero!: la importancia de los informes prematrimoniales

Un ejemplo de la popularidad de este tipo de encargos lo encontramos en la entrevista al detective Alfredo Alier en *Pueblo* del 1 de noviembre de 1967, con el titular «Alfredo Alier: al año más de cincuenta donjuanes[1] pretenden volver a casarse», que reproducimos a continuación:

> Don Gonzalo de Ulloa[2] habría necesitado un detective para encargarle un informe prematrimonial de don Juan Tenorio. Así no habría habido sorpresas. Claro que entonces tampoco habría habido drama.
>
> —¿Cómo ve un detective privado el *Tenorio*?
>
> Responde don Alfredo Alier, uno de los más famosos Sherlock Holmes españoles, presidente de la Agrupación Sindical de Detectives Privados.
>
> —Solo puedo decirle que andan muchos tenorios por ahí a la caza de jovencitas. Incluso hombres casados que entablan relaciones como si fueran solteros. Y no hablemos de sujetos de escasa moral y de pésima conducta que se presentan ante

los ojos de una muchacha como si fueran respetables ciudadanos.

Los detectives privados pueden aportar en tales casos una serie de pruebas muy elocuentes que pueden evitar a tiempo lo que, de otro modo, luego no tendría remedio.

Cada padre tiene legítimo derecho a conocer la conducta de la persona que va a convertirse en su yerno.

—Un dato elocuente es que, solo en el despacho del señor Alier, se descubren al año cincuenta o sesenta donjuanes casados que mantienen noviazgo formal con otras tantas jóvenes, y algunos pretenden, incluso, contraer nuevas nupcias.

Otro caso real sobre los informes prematrimoniales se mencionó en el periódico *Baleares* con fecha del 2 febrero de 1975, donde se entrevistó a dos detectives de Mallorca, Antonio Mateu Mayol y su hijo Juan José, quienes narraron el caso de una chica que solicitó información sobre su prometido. Tras una investigación privada exhaustiva, se descubrió que estaba casado en una gran ciudad y tenía hijos. Sorprendentemente, cuando se entregó el informe a la clienta, solo faltaban dos días para la boda.

Las investigaciones relacionadas con la confianza de la pareja son un clásico de nuestra profesión en todo el mundo. Hasta el año 1976 en España, la separación requería la demostración de adulterio, considerado delito junto al amancebamiento, para los que incluso se establecían penas de prisión. En estos casos, los abogados solían contratar investigadores privados para obtener pruebas. Si se probaba la infidelidad, el detective proporcionaba un informe e incluso podía testificar en el juicio. En ocasiones, los resultados eran inesperados. El periódico *La Rioja* del 8 abril de 1972 narró el caso de una clienta de Valencia que sospechaba de la infidelidad de su marido; sin embargo, el inspector privado descubrió que este era un jugador de naipes empedernido que estaba despilfarrando el patrimonio familiar.

En una entrevista publicada por *Aragón Expres* del 25 abril de 1974, el detective Roque F. Español, director de la agencia Detectives Ekar Fem en Zaragoza, explicaba que el mayor porcentaje de clientes en estos casos eran mujeres de clase media. Mencionaba que también ocurría en las clases más privilegiadas, pero que, al no existir dificultades económicas, «los celos con pan son menos». Señalaba que las clientas llegaban con hechos concretos y con una denuncia previa, ya que en otros despachos de detectives no admitían el encargo para investigar.

Desde 2005, en España para separarse no se requiere ya especificar el motivo de la ruptura, preservando así la intimidad sentimental y familiar. Aunque la infidelidad puede ser una causa, no es necesario presentar pruebas para el divorcio. Por ende, en la actualidad cuando se contrata a un detective, generalmente es para confirmar sospechas más que para recolectar pruebas, ya que la pareja tiene un interés legítimo debido al vínculo con la persona investigada. No nos vamos a poner aquí a disertar sobre la importancia de la honestidad y la transparencia en nuestras relaciones interpersonales. Los detectives, en estos casos, realizan investigaciones sin invadir la intimidad, sin acceder, pues, a aplicaciones de teléfono o a grabaciones de conversaciones, limitándose a obtener pruebas fotográficas o de vídeo en lugares públicos. Estos casos, más personales que los relacionados con aseguradoras o bajas fingidas, no suelen ser objeto de interés mediático, a menos que involucren a personas famosas.

Inquilinos bajo la lupa

Las inmobiliarias eran clientes habituales de los detectives privados en los años setenta, quienes les proporcionaban informes sobre los nuevos inquilinos. En esa época, adquirir una vivienda era mucho más sencillo que en la actualidad, pero esto no garantizaba que se recibieran los pagos comprometidos. Había casos en los que los compradores daban la primera entrada, se instalaban en su nuevo hogar y dejaban de pagar, a veces durante años, hasta que la justicia intervenía para desalojarlos. Por eso, antes de entregar las llaves, las inmobiliarias o los vendedores particulares solían solicitar informes sobre los compradores. De nuevo en *Aragón Expres* se menciona el caso de una inmobiliaria de Madrid que pidió informes sobre un comprador del que se descubrió que había repetido la misma operación de ocupar tres viviendas sin pagar en ninguna ocasión, al igual que otros dos compradores que lo habían hecho por primera vez y tenían intención de repetirlo. Asimismo, las agencias de detectives también recibían encargos para esclarecer aspectos relacionados con la Ley de Arrendamientos, como la verificación de duplicidad de domicilios, subarriendos o incumplimientos contractuales, que podían llevar al desahucio. En ocasiones, los inquilinos desaparecían dejando de pagar y abandonando la vivienda en mal estado, y los detectives tenían la tarea de localizarlos para que respondieran por los daños causados.

Este tipo de investigaciones continúan desarrollándose en la actualidad, con particulares y empresas propietarias que nos encargan investigaciones sobre inquilinos para, al igual que en el pasado, verificar que cumplen las condiciones del contrato. En otros casos, nos contratan para identificar a los ocupas[3] de una vivienda, obtener información sobre sus antecedentes y confirmar la ocupación no autorizada.

El plan de trabajo consiste en recopilar una serie de pruebas que serán presentadas en un juicio para desalojarlos. Para lograrlo, se requiere una vigilancia discreta, observando y documentando las actividades en la propiedad ocupada ilegalmente para conocer e identificar quiénes son, sus patrones de comportamiento y si están llevando a cabo supuestas actividades ilegales, como la venta de estupefacientes o la venta de llaves de otras propiedades vacías a otros ocupas.

dos situaciones con las que me he encontrado en varios casos investigados. Es común trabajar en colaboración con abogados del propietario legítimo de la vivienda para asegurar que la información recopilada se presente de manera efectiva en los tribunales.

Ocupando a todo lujo

Leemos en el periódico *ABC*, con fecha del 29 de diciembre de 2023, y el titular «La Justicia expulsa al okupa[4] de una mansión de tres millones en Palma», un artículo que relata cómo gracias a una investigación realizada por una agencia de detectives de Baleares se identificó al ocupante ilegítimo y cuatro amigos, a través de las matrículas de los vehículos que estos empleaban para entrar y salir de la casa. Como curiosidad, el ocupante ilegal no escatimó en recursos para vivir a todo lujo en su nuevo hogar. Contrató un servicio de limpieza, instaló una alarma para evitar la entrada de otros intrusos y llenó la piscina para disfrutar de todas las comodidades. Además, robó un pitbull para vigilar su lujosa vivienda y sustrajo un poni de una granja local, trasladándolo con una furgoneta alquilada hasta el jardín.

Tras la huella de documentos y objetos

Desde mediados del siglo pasado lo más común es que se soliciten servicios de localización de documentos necesarios para tramitar herencias. A veces, la suerte, aunque buscada, tiene algo que ver. Se menciona en el periódico *Libertad*, con fecha del 19 de abril de 1972, el encargo que recibió una agencia de detectives de Madrid por parte de otra agencia en Argentina. Se trataba de encontrar la partida de nacimiento de un hombre que emigró en los años veinte y del que solo se conocían nombre y apellidos y que había nacido en la provincia de Santander. Durante la investigación se realizó una exhaustiva revisión de los archivos civiles y eclesiásticos de los pueblos de la zona con resultado negativo; sin embargo, por una coincidencia hallaron la partida de nacimiento en una parroquia de Asturias, lo que permitió desbloquear una herencia de varios millones de pesos argentinos que no se podía cobrar sin dicho documento.

En otras ocasiones, los detectives recibían el encargo de buscar objetos de valor, como joyas o cuadros, que desaparecieron durante la Guerra Civil y de los cuales el cliente solo disponía de una antigua y borrosa fotografía, a veces ni eso. En estos casos, la búsqueda incluía visitar tiendas de antigüedades y, en ocasiones, incluso hacerse pasar por turistas extranjeros si era necesario. A menudo lograban encontrar el objeto extraviado, pero en otros casos resultaba que este nunca existió.

Detrás de las apariencias: los detectives privados y la investigación comercial

Las investigaciones económicas encomendadas a detectives diferían notablemente de los informes proporcionados por agencias de información comercial en términos de calidad y exhaustividad. Lo cierto es que tenían una alta demanda, por motivos variados. Por ejemplo, personas y empresas que pretendían evadir el pago de deudas, simulando insolvencia mediante artimañas como la venta ficticia de sus bienes o el registro de estos a nombre de terceros, respaldados luego por documentos privados que afirmaban la propiedad. Los investigadores debían innovar constantemente para desentrañar la verdad en cada caso.

En el mencionado periódico *Libertad* del 19 de abril de 1972, se relata el caso de un joven auxiliar de una agencia de investigaciones privadas que, durante más de dos meses, cortejó a una joven para descubrir la verdadera situación económica de su padre. Este, declarado en quiebra, llevaba un estilo de vida lujoso, lo que despertó sospechas sobre el origen de su dinero. Se descubrió que había abierto una cuenta bancaria con un nombre ficticio y falsificado su documento de identidad. Finalmente, los acreedores recuperaron lo que se les debía, incluyendo los honorarios del detective, cuyo trabajo implicó mantener la relación con la joven hasta que esta reveló la verdad en un momento de confianza. Al leer el artículo, surgen de forma inevitable algunas preguntas: ¿qué habría pasado si los padres de ella también hubieran contratado a una agencia de detectives, solicitando un informe prematrimonial para conocer mejor a su yerno? Ya puestos a imaginar, ¿y si lo hubieran encargado a la misma agencia de detectives?

Pero quizá la más importante sea: ¿puede el fin justificar los medios? Tal vez otro caso sirva para responder. El 18 de abril de 1914, *La Correspondencia de España* se hacía eco de una historia que ocurrió en Berlín en aquella época: un estudiante de apellido Tiemann fue encontrado ahorcado en su casa. Las autoridades inicialmente consideraron que se trataba de un suicidio, pero la familia del estudiante sospechaba que había sido asesinado. Para investigar, contrataron al detective privado Schwarz. La única persona presente en el momento del suceso era la criada Heinrich, quien, después del incidente, regresó a su pueblo natal, Rammelsburg, en Pomerania. Schwarz siguió a Heinrich y, para obtener información, se acercó a su familia, logrando establecer una relación con su padre. A través de este vínculo, pudo conocer más de cerca a la joven y finalmente convertirse en su novio. En un momento de intimidad, Heinrich le confesó que el estudiante Tiemann había sido asesinado por su amante. Más adelante se retractó, alegando que había hecho esa confesión solo para complacer a Schwarz, quien insistía en obtener una revelación. A pesar de la retractación, la confesión resultó ser cierta. El detective fue procesado debido a sus métodos, aunque siempre afirmó que su único interés era resolver el crimen. Incluso reveló haberle hecho regalos a Heinrich por valor de cuatrocientos marcos, pagados por la familia del fallecido, e incluso le ofreció pagarle dientes postizos para mejorar su apariencia.

En nuestro país, son numerosos los sucesos que ocuparon las páginas de los diarios. En una entrevista a dos detectives de Mallorca, en el periódico *Baleares*, del 2 de febrero de 1975, se relata un encargo relacionado con el crédito de una empresa que, en todos los aspectos, parecía insolvente. Los detectives confirmaron que esto era cierto en Palma de Mallorca. Sin embargo, después de varias horas de vigilancia, descubrieron que la empresa acababa de adquirir en una playa una finca por 10 millones de pesetas.

Más adelante veremos que, en la actualidad, las investigaciones económicas son un servicio que ofrecen la gran mayoría de las agencias de detectives en el mundo, pues cubren diversas necesidades del cliente. Se dice que «donde termina un informe comercial de una agencia de informes, comienza la nuestra», y la verdad es que en estas pesquisas suele ser clave la consecución de datos privados que, según la Sentencia de la Sala Tercera de lo Contencioso Administrativo, del Tribunal Supremo del 15 de octubre de 2008, solo los detectives pueden obtener:

> Pues bien, en el ámbito de tal habilitación, y desde la perspectiva antes expresada, encaja perfectamente el citado artículo 101.2 del Reglamento de Seguridad Privada, que se limita, como hemos señalado con reiteración, a la especificación y concreción de las funciones de los detectives privados, única figura que el legislador autoriza para la intervención en los diversos ámbitos materiales de la información e investigación privada. Tal labor de concreción y especificación queda enmarcada en el correcto ámbito del ejercicio de la potestad reglamentaria discutida.

Uno de los servicios que más se mencionan en las entrevistas en las décadas que van de los sesenta hasta los ochenta eran los relacionados con el espionaje industrial. Es fácil encontrar noticias sobre casos reales de robo de patentes, marcas e información privilegiada interna de una empresa, ocurridos en Estados Unidos y más adelante en Inglaterra, Francia y el resto de Europa. Los detectives tenían como objetivo la protección de esos secretos comerciales, industriales y de sus marcas. En el titular de una noticia del periódico *Baleares*, con fecha del 11 de agosto de 1967, se puede leer: «El espionaje industrial ha saltado de América a Europa. Detectives dedicados exclusivamente a la protección de los secretos de fabricación». Los detectives aún llevamos a cabo investigaciones de protección de marcas o de propiedad industrial e intelectual. Como en el pasado, nuestro objetivo es identificar a los responsables de cualquier fraude.

En el periódico *Pueblo* del 1 de octubre de 1966 se realiza una entrevista al detective Francisco J. Hernández, quien narra la historia de un ingeniero español que lo contrató por un robo de patentes, en concreto, la de los coches oruga que el Ejército americano estaba empleando en la guerra de Vietnam, un modelo específico para zonas pantanosas. El diseño había sido enviado hacía varios años, por el citado técnico español, al Departamento de la UNESCO para que allí se tuviera en cuenta como un proyecto que podía ayudar al desarrollo. La investigación tuvo como resultado que el vehículo usado por los americanos era igual al que había diseñado y registrado años antes el ingeniero, quien pudo iniciar un procedimiento judicial contra la empresa responsable.

En *La Rioja*, el 11 de abril de 1972, se documentaron otros dos casos. En el primero, una prestigiosa firma de moda de París pudo constatar, a través de algunas revistas españolas, la aparición de sus propios diseños como parte de una colección lanzada por unos grandes almacenes bar-

Fig. 30. El detective Francisco J. Hernández.

celoneses. Esta situación se repetía periódicamente cada vez que se presentaba una nueva colección. Para investigar este fenómeno, la firma contrató a detectives de la Ciudad Condal que lograron descubrir el vínculo detrás de esta situación. En esta ocasión, un empleado interno de la firma parisina era quien vendía los diseños a la empresa de Barcelona. Para llegar hasta él, un detective tuvo que infiltrarse dentro de la compañía. Cabe destacar que las ferias internacionales de la industria eran puntos de interés para el espionaje industrial, por lo que era común encontrar a numerosos investigadores privados durante su celebración.

El segundo caso, descrito en el mismo periódico, trataba sobre otro detective que recibía múltiples encargos de un cliente extranjero para adquirir objetos específicos en el mercado español, los cuales debía enviar como muestra. Estos objetos podían ser cámaras fotográficas, botes de pintura e incluso botellas de *whisky*. La tarea del detective era localizar el producto en el mercado convencional o en el mercado negro, según las instrucciones recibidas, y solicitar una factura por la compra. Su trabajo se limitaba a eso. La empresa original, fabricante del producto, utilizaba el objeto adquirido y la factura como prueba en los tribunales en caso de iniciar un litigio por fraude. En algunas ocasiones, se utilizaba una patente o fórmula sin autorización de los propietarios y con una marca diferente. Esto ocasionaba perjuicios a la fábrica original debido a la pérdida de ventas en un mercado que absorbía productos obtenidos de manera fraudulenta.

Por último, según un artículo publicado en *La Prensa* del 17 de septiembre de 1964, una prestigiosa tienda de lujo ubicada en la Gran Vía de Madrid comercializaba un bolso de señora por 2.600 pesetas. Se trataba de un bolso elegante y con un diseño excepcional. La sorpresa para los comerciantes llegó cuando observaron que muchas más mujeres llevaban el mismo bolso que las que lo habían adquirido en su exclusiva tienda del centro de la ciudad. Para resolver el enigma, contrataron a un detective privado, quien descubrió que un gran número de señoras había comprado el bolso no por 2.600 pesetas, sino por tan solo 480. Se trataba de una modesta fábrica ubicada en el barrio madrileño de la Concepción, la cual había copiado el diseño y lo fabricaba con materiales más económicos.

El rol de los detectives en el ámbito laboral

Hemos mencionado que uno de los servicios solicitados por parte de las empresas estaba relacionado con el ámbito laboral, que iba desde investigaciones para verificar bajas fingidas por parte de empleados hasta investigaciones preventivas en la contratación de un nuevo directivo o la comprobación periódica del rendimiento de empleados que, sobre todo, trabajaban en la calle como viajantes, representantes o visitadores médicos.

Sin embargo, este tipo de pesquisas puede abarcar otras muchas necesidades distintas por parte del cliente. Resaltamos un caso del periódico *Pueblo* del 15 de febrero de 1974, bajo el titular «Detectives *amateurs* en el Deportivo Las Palmas: Un grupo de hinchas vigila a los jugadores», donde se cuenta cómo José Espín, un detective de Alicante, fue contratado por la directiva de un equipo de fútbol de su ciudad debido a los malos resultados y bajo rendimiento del equipo: la cúpula estaba incluso preocupada por la posible falta de control del entrenador sobre los jugadores. El investigador privado descubrió que varios de los que se enfundaban la camiseta del club llevaban una vida nocturna desenfrenada que afectaba a su rendimiento físico en el campo. Después de recibir el informe del detective, el presidente habló individualmente con los jugadores, lo que llevó a una mejora en la productividad del equipo, que estaba en riesgo de descender de categoría. Este tipo de investigaciones, según narra el periódico, se volvió común entre otros detectives, que empezaron a ofrecer sus servicios a equipos locales. Se habla también del caso del investigador Tomás Aneyros de Las Palmas de Gran Canaria, quien había ofrecido sus servicios al equipo que se menciona en el titular; el presidente del equipo le respondió que, aunque la propuesta era interesante, ya contaban con un grupo de hinchas que realizaban la labor de «Sherlock Holmes balompédicos», vigilando a los jugadores por las noches a cambio de entradas gratis para los partidos. Por suerte este tipo de intrusismo no sería posible hoy en día debido a las leyes de protección de datos y la necesidad de ser profesionales acreditados.

En la actualidad, más allá del mundo del fútbol, al que volveremos con el caso de Diego Armando Maradona, este tipo de investigaciones sobre trabajadores es uno de los más comunes, proveniente tanto de los departamentos de recursos humanos de empresas, asesorados por sus abogados, como de las mutuas.

La lucha contra los fraudes en seguros

Para las compañías de seguros los casos más frecuentes eran las bajas fingidas, siendo la Seguridad Social la otra gran perjudicada. En esta línea, se descubrían cosas tan surrealistas como que un contable de baja por lesiones físicas trabajara como lechero, según se cuenta en *La Rioja*, con fecha del 11 de abril de 1972.

Asimismo, eran muy habituales los fraudes por siniestros fingidos en el ámbito automovilístico: los conductores de dos vehículos que ya tenían una estética dañada pactaban una colisión para que el seguro se hiciera cargo de las reparaciones, y en muchas ocasiones se fingían también lesiones corporales por las que se cobraba una indemnización. En el periódico recién mencionado, con fecha del 11 de abril de 1972, se refieren casos de personas que hacían rozar su automóvil contra una pared, aprovechando que la pintura del coche estaba en mal estado, para así obtener un nuevo enlucido por parte de la aseguradora.

Las investigaciones más destacadas para las compañías de seguros estaban relacionadas con incendios provocados en fábricas al borde de la quiebra o con el hundimiento intencionado de barcos, por estar viejos o anticuados; el dinero obtenido podía ser utilizado para adquirir uno prácticamente nuevo. En estos casos, los detectives llevaban a cabo su labor con amplias redes de colaboradores. Se conoce, por ejemplo, el caso del hundimiento de un barco, sobre el cual se sospechaba con bastante fundamento que había sido intencional. Durante una borrachera a la que lo llevó el propio investigador privado, un marinero confesó haber participado en el naufragio, abriendo grandes agujeros en el casco con pequeños explosivos y tapándolos luego con barro para que se disolvieran al llegar a alta mar. Aunque la confesión del marinero no pudo ser utilizada, se logró obtener fotografías del pecio gracias a un equipo de buceadores. Estas imágenes fueron suficientes para que el naviero renunciara a cobrar la indemnización, evitando así una querella por poner en peligro las vidas de sus empleados. También es cierto que, en ocasiones, estas investigaciones concluían sin encontrar ningún indicio de fraude.

En la actualidad, la gran mayoría de las compañías de seguros en todo el mundo nos contratan para verificar situaciones sospechosas. En España, los fraudes más comunes están relacionados con los seguros de automóviles. También se llevan a cabo simulaciones de robo de diversos artículos u objetos asegurados, así como fraudes en seguros del hogar, donde se simulan daños que no han ocurrido realmente, incluyendo casos de incendios provocados. Los seguros de vida no están exentos de estas prácticas: hay individuos que fingen su propia muerte para que sus beneficiarios puedan cobrar una indemnización, llegando incluso a presentar certificados de defunción falsos en el caso de personas extranjeras. Hace un tiempo, conocí la historia de un colombiano residente en España que fingió su muerte en su país de origen para que su familia cobrase la indemnización de su seguro de vida. La compañía aseguradora sospechó y contrató, por ende, a un detective privado español, el cual colaboró con un detective de Colombia. Juntos descubrieron que Juan estaba vivo, llevando una nueva vida con una identidad falsa. Al demostrar el fraude, la aseguradora evitó el pago y los implicados enfrentaron consecuencias legales. Este tipo de estafa, basada en la simulación de fallecimientos, es frecuente entre extranjeros que buscan aprovechar la distancia y la falta de control internacional, fingiendo su muerte en su país de origen.

¿Hasta dónde estás dispuesto a llegar?

Un caso flagrante en el que unos detectives fueron protagonistas apareció en una noticia que fue publicada por diversos medios de comunicación en el año 2016, entre ellos *El Mundo*, el 17 de febrero: un hombre provocó un accidente con su automóvil, llegando a prender fuego al vehículo y a amputarse su propia mano, reclamando después las indemnizaciones de múltiples pólizas de seguro que había firmado previamente. Las aseguradoras estimaron el fraude entre 1,9 y 3,5 millones de euros. La sentencia determinó que el acusado había perpetrado un plan para engañar a las compañías aseguradoras y lo condenó a cuatro años de prisión y a devolver el dinero recibido de manera fraudulenta.

En el año 2017, la Unión Española de Entidades Aseguradoras y Reaseguradoras (UNESPA) llevó a cabo el estudio *El fraude al seguro español*, en el cual participaron treinta y ocho empresas que representaban más del 50 por ciento de la cuota de mercado. Las conclusiones publicadas en su página web resumen dos puntos importantes: en primer lugar, se detectaron 165.959 intentos de estafa en el año anterior y, en segundo lugar, el seguro recuperó cuarenta y ocho euros por cada euro dedicado a investigar estas estafas.

Mi hijo ya no es el mismo

Profundicemos ahora un poco en las investigaciones encargadas por padres preocupados por conocer las rutinas y hábitos de sus hijos, que están enmarcadas dentro de los casos familiares. Aunque revelan parte de la vida privada de los adolescentes, los detectives están amparados por la Ley de Seguridad Privada: los padres tienen un interés legítimo para contratar a detectives privados debido al vínculo familiar. En estas indagaciones, los progenitores, ante sospecha de comportamientos extraños, desean conocer las amistades de sus hijos, sus actividades fuera de casa, si consumen drogas, posibles acciones delictivas o, incluso, la posibilidad de que estén involucrados en alguna secta. Leemos en *La Rioja*, fechado el 8 de abril de 1972, el titular «El caso del hijo pródigo»: un padre preocupado contrató a un detective para investigar la vida de su vástago. El chico, que antes era un estudiante modelo con una beca por sus excelentes calificaciones académicas, había cambiado repentinamente su comportamiento, sin que se supiera cómo ocupaba su tiempo o en qué gastaba su dinero. El detective contratado lo siguió durante una semana y descubrió que, influenciado por compañeros universitarios, había caído en las drogas y estaba involucrado en reuniones donde se promovía la violencia y la subversión política entre un grupo de doce jóvenes. El inspector privado informó a la policía, que logró detener a los responsables, quienes fueron arrestados.

Este tipo de asuntos, como tendremos ocasión de comprobar, continúan siendo solicitados. Además, en la actualidad los detectives especializados en investigación digital desempeñan un papel fundamental al analizar los hábitos en redes sociales, visitas a páginas web y participación en foros.

Ojos atentos: seguridad y vigilancia

La protección y seguridad es otra de las líneas de actividad del oficio en varios países del mundo. Ya conocimos el modelo de Estados Unidos, pero se pueden encontrar noticias curiosas relacionadas con el mismo en Europa, como el caso publicado por *Pueblo* con fecha del 14 de junio de 1961 que, con el titular «Cientos de detectives vigilan a los caballos», narraba cómo durante las carreras de equinos en el Royal Ascot de Londres se contrataba a detectives privados para vigilar las cuadras donde los corceles aguardaban antes de una competición. Todo para prevenir, junto a una brigada especial de Scotland Yard, la injerencia de grupos criminales que intentaban dopar o inyectar narcóticos a los animales.

También tenemos el caso de la protección llevada a cabo por detectives privados del material y alimentos durante el Tour de Francia de 1961, destacado en el periódico español *Deportes* del 23 de junio de ese mismo año. El artículo detallaba la lista de material, alimentos y servicios transportados por la caravana oficial para el evento.

Además de proteger lugares físicos, los detectives podían proporcionar seguridad a personas concretas, normalmente famosas. Dejamos constancia de ello en tres casos. El primero el de la actriz británica Joan Collins, conocida por su trabajo en películas como *Tierra de faraones* y la serie de televisión *Dinastía*. Collins tenía el hábito de desaparecer sin dejar rastro durante el rodaje de sus películas, lo que podemos imaginar preocupaba a los productores, quienes recurrían a detectives privados para localizarla. Tal y como indicaba uno de los inspectores privados en sus informes: «La hemos visto tomar un avión en compañía de un caballero de aspecto simpático». El segundo caso, el de la actriz Rita Hayworth, quien siempre iba acompañada por tres detectives en sus desplazamientos, según lo informaba el periódico *Pueblo* del 23 de julio de 1947, durante su gira por Londres. Por último, sobre la protección del primer ministro Winston Churchill, el periódico *La Prensa* publicaba el 12 de enero de 1950 que, cuando regresaba a Londres desde Madeira, «en el viaje le acompañaron sus secretarios y detectives privados». Más recientemente, han salido a la luz algunos casos controvertidos, como el de Britney Spears, Whitney Houston, Brangelina o Depp-Heard, que resumiremos a continuación.

Britney, la loca indefensa

Dentro de la tutela que el padre de Britney Spears ostentaba, además de varios controles, se incluía la contratación de detectives privados. Esto se menciona en el documental *The New York Times Presents: Controlling Britney Spears*, lanzado en 2021. Según este, además de una empresa de seguridad encargada de su protección física, el teléfono de la cantante estaba monitoreado y grabado. Además, su equipo de seguridad instaló un dispositivo de grabación en el dormitorio de la estrella del pop, ya que su padre estaba obsesionado con los posibles pretendientes masculinos de la cantante, quienes tuvieron que firmar acuerdos de confidencialidad y contratos. Según un informe obtenido por el *New York Times*, basado en un investigador designado por el tribunal que entrevistó a Britney en 2016, su padre debía aprobar a todos sus amigos, especialmente a los hombres. Estos eran investigados por detectives privados para conocer sus rutinas y hábitos y asegurarse de que «su comportamiento fuera aceptable» para él, según escribió el investigador en el informe.

Whitney Houston: el misterio del detective y la sospecha de asesinato

El investigador privado de Hollywood y expolicía Paul Huebl (Jiubol) afirma tener evidencias que contradicen la teoría sobre el suicidio de la cantante y actriz Whitney Houston, de cuarenta y ocho años. Recordemos que, horas antes de los Premios Grammy, su cuerpo fue encontrado desnudo y boca abajo en una bañera; enseguida se optó por el suicidio porque oficialmente el informe forense indicaba que su muerte se había debido a un ahogamiento por los efectos de enfermedades cardíacas y el uso de cocaína. Sin embargo, este detective especializado en defensa criminal —hoy en día director de la agencia Paul (Jiubol) Investigations— defiende tener las pruebas que respaldan que fue asesinada por traficantes de drogas que buscaban cobrar una deuda, sosteniendo poseer un vídeo del circuito cerrado de televisión del hotel Beverly Hilton de los presuntos atacantes entrando a la suite de Houston, la habitación 434, alrededor del momento de su muerte. Además, Huebl señala heridas defensivas en el cuerpo de la cantante como evidencia de un forcejeo en su lucha por la vida. Según sus afirmaciones, Houston recibió un envío de cocaína el día antes de su muerte y expresó ser acosada para saldar su deuda, de 1,5 millones de dólares, con traficantes de drogas de alto nivel.

Brad Pitt y Angelina Jolie: intrigas y detectives

He elegido a estos dos actores como ejemplo de la contratación de investigadores privados en temas relacionados con la (des)confianza de pareja y con la protección de la seguridad financiera. Durante la filmación de la película *Aliados* (2016), Angelina Jolie, sospechando que entre Brad Pitt y su coprotagonista había más que una relación laboral, recurrió a un detective que confirmó las infidelidades de su entonces marido. Por otra parte, el actor decidió emplear los servicios de un inspector privado, en esta ocasión para abordar un asunto diferente relacionado con la madre de sus hijos: se trató de una investigación sobre un oligarca ruso, Yuri Shefler, que, según él, había adquirido la participación de Angelina Jolie en una propiedad en Francia que ambos compartían, valuada en 164 millones de dólares. Pitt argumentó que la venta era inválida porque habían acordado no vender sin la aprobación mutua.

El Caso Depp-Heard: una investigación para desacreditar

He seleccionado esta conexión como un ejemplo en el que una de las partes en un juicio contrata a un detective privado con el propósito de desacreditar a la otra parte. En el año 2022, las redes sociales y televisiones en todo el mundo fueron testigos del juicio del exmatrimonio entre Johnny Depp y Amber Heard. En resumen, Heard acusó a Depp de abuso físico, emocional y sexual, vinculado al consumo de alcohol y drogas, y llegó a aparecer en una columna de *The Washington Post* presentándose como víctima de abuso doméstico y solicitando 50 millones de dólares como compensación, tras lo cual el actor la demandó por difamación. En respuesta, Heard contrató al detective privado Paul Barresi para fortalecer su caso. Barresi realizó una exhaustiva investigación —viajando a Estados Unidos, Francia, Italia y Gran Bretaña y llevando a cabo más de cien entrevistas— y se presentó como testigo en el juicio. A pesar de sus esfuerzos, no encontró evidencias de maltrato; el jurado determinó que ambos actores se habían difamado mutuamente. Sin embargo, destaca la labor meticulosa del detective, cuyas entrevistas y viajes fueron fundamentales en el juicio.

Hasta el año 2014 los detectives privados en España también realizaban tareas de seguridad y protección sin uniforme, similar a lo que actualmente conocemos como vigilancia de seguridad. Un ejemplo que ilustra esta actividad lo encontramos en la *Hoja Oficial de la Provincia de Barcelona*, publicada el 22 de septiembre de 1958, donde se puede encontrar una nota de los directivos de la empresa Almacenes Tívoli[5] que, durante su «sensacional liquidación», ante las varias instrucciones para acudir a sus rebajas, indicaba: «El orden y vigilancia será mantenido dentro del local por detectives privados. Para el orden exterior se solicitará la colaboración de la Guardia Urbana, caso de ser necesario».

En cuanto a vigilancia y seguridad, la presencia de mujeres en la profesión sigue creciendo. Un buen ejemplo es el artículo publicado por el periódico *Pueblo* del 28 de mayo de 1962, con motivo de la IV Asamblea Nacional de Detectives:

> Otro aspecto que en general se desconoce es la vigilancia de los detectives, especialmente de los detectives femeninos, en las grandes casas de moda, donde es frecuente el plagio de modelos y diseños. A veces una señora que está camuflada entre el público, como si fuera una clienta más, es un detective, pendiente de observarlo todo.

Durante las décadas de los años cincuenta y sesenta, se observa el declive y desaparición de los detectives con pasado policial. Como hemos visto, era un requisito según la nueva regulación que no hubieran sido funcionarios del cuerpo policial durante al menos dos años. Vamos a hablar de aquellos que, en 1951, llevaban un tiempo ejerciendo como civiles pero que tenían experiencia previa en servicios especiales como el Cesed (hoy CNI), la Guardia Civil, la Policía Armada, el Somatén parapolicial catalán o la Falange.

Dentro de este grupo debemos destacar a algunos detectives fundamentales. El primero de ellos es Agustín Cerezo Garrido quien, siendo funcionario del Ayuntamiento de Madrid, llegó a ser teniente en la 250.ª División de Infantería, conocida como la División Azul. Su contribución, una vez dedicado a la profesión de detective, es digna de recordar. A finales de la década de los años cuarenta fundó en Madrid la agencia Cisa Detectives, ubicada en la calle Preciados 35, y una vez habilitado tuvo la licencia número 4. Llegó a ser presidente de la Agrupación de Detectives.

Fig. 31. El detective Alfredo Alier.

El segundo detective dentro de esta categoría es Alfredo Alier, un gestor administrativo que obtuvo la licencia número 5 y fundó su agencia, Alier Detectives, también a finales de los años cuarenta en la calle Espoz y Mina, número 13.

Otro detective que pertenece a esta clasificación es el valenciano Vicente Alonso Domenech, que fundó la agencia APIISA; en el momento en que escribo estas líneas aún vive y es memoria viva de la profesión. Por último, señalar a Francisco de Asís García Garrido, que fundó en Madrid la agencia Aaron Detectives y saltó a la fama en 1971. Según *El Mundo*,[6] que recupera esta información en un ejemplar del 7 de junio de 2003, John Lennon y Yoko Ono lo contrataron para vigilar las actividades del exmarido de Ono, Anthony David Cox. El documento oficial firmado por la famosa pareja, con sello de la Policía Judicial de Palma de Mallorca, fue subastado durante la Feria del Disco de Coleccionista de Reus, el 15 de junio de 2003.

Otra clasificación distinta incluiría a los reporteros que se formaron en agencias de informes comerciales, como Antonio Castilla, fundador en Granada de Detectives Hispania, que adaptó su agencia de informes comerciales a una de investigación privada; o Antonio Corcoy, quien trabajó en la empresa de informes Informaciones Corliz en 1962, antes de crear su propia agencia, Detectives Ipe, en Barcelona en 1964.

En otra categoría, encontramos al pequeño empresario que funda su agencia de detectives atraído por el potencial y atractivo de la profesión, a pesar de no tener experiencia previa. Entre ellos destaca el inspector privado de origen manchego, radicado en Barcelona, Eugenio Vélez-Troya, que sobresale como una figura icónica en la profesión. Fundador de la agencia Detectives Vélez-Troya, también fue el primer presidente de la Agrupación de Detectives. Su influencia trascendió hasta tal punto que, en su pueblo natal, Torre de Juan Abad (Ciudad Real), tiene una calle con su nombre. Además, dejó como legado dos libros fundamentales: *Los detectives o investigadores privados*, de 1979, y *Las otras huellas*, de 1996. También se incluyen en esta categoría Jaime Cabanach, con su agencia en Palma de Mallorca Detectives Cabanach; Juan María Santos y su agencia Detectives Napoleón, una figura emblemática entre los detectives gallegos, apasionado por los coches

Fig. 32. Recorte de prensa: la atención a la tecnología detectivesca.

antiguos y que llegó a ser presidente de la Asociación Gallega de Detectives; o Sergio Oliver Monteso, un reconocido profesional de Zaragoza al frente de la agencia Detectives Montes.

Las marcas comerciales

La importancia de generar una marca distinguida, dentro de cualquier sector comercial, es evidente hoy para cualquiera. Al inicio de esta nueva etapa, la mayoría de las agencias optaron por denominaciones que incluían los apellidos de sus directores o combinaban letras o partes del mismo, para conservar el prestigio de sus fundadores, como Detectives Pedrajas de Jaén, dirigida por Rafael Pedrajas, o Targo Detectives de Madrid, dirigida por José Antonio Tovar Argota.

Otros profesionales más arriesgados optaron por crear sus propias marcas comerciales —siguiendo la tendencia ya establecida en generaciones anteriores y en otros lugares del mundo— utilizando nombres de animales que representaban las características de los detectives, como la agudeza visual o astucia. Encontramos así Detectives Lince, dirigida por José Antonio Guisado, en Madrid, y Detectives Azor en Barcelona, dirigida por Juan Antonio Viñuales. Otros optaron por nombres que transmitieran cobertura de servicios a nivel nacional, como Detectives Ibéricos en Murcia, dirigida por Manuel Paredes, así como cobertura fuera de nuestras fronteras, como Detectives Internacional, o cierto aire de *poderío* extranjero, como Detectives AD Monopol en Madrid, Investigaciones Morgan de Barcelona, Detectives Unipol en Málaga o Detectives Private en Jaén. Algunos emplearon el nombre de la calle donde operaban para una sencilla localización del despacho, como Detectives Almirante, dirigida por María Luisa Gallego, por la calle del Almirante en Madrid. También encontramos detectives que emplearon nombres vinculados con la simbología griega o romana, como Detectives Mercurio, Omega Organización y Detectives Delfos en Barcelona, Investigaciones Alfos en Madrid o Detectives Kronos en Las Palmas de Gran Canaria.

Además de por la elección del nombre comercial, algunas agencias se dieron a conocer por su imagen corporativa, símbolos o logotipos que las identificaban, de los que ya hemos visto algunos ejemplos y que podemos ampliar con la agencia Detectives Informa de Barcelona, que en los años setenta utilizaba el símbolo de una diana con una flecha, incorporándola como la letra «o» en su nombre; la diana simbolizaba la precisión y el éxito en las investigaciones, apuntando directamente al objetivo y obteniendo resultados certeros. Por otro lado, tenemos el caso de la agencia Behar Investigación Privada, también ubicada en Barcelona, cuyo símbolo era un dibujo de Sherlock Holmes con una lupa en busca de pistas; además, la agencia adoptó como emblema una huella dactilar, que sugiere una capacidad tecnológica y científica, en este caso en referencia a la dactiloscopia.

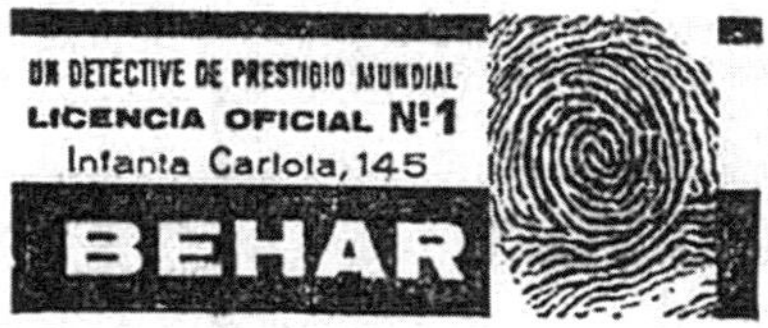

Fig. 33. Anuncio agencia Behar.

Fig. 34. Anuncio sobre papel secante.

Otro cambio notable que se observa en este período es que los detectives abordan nuevas formas de publicidad. Comienzan, por ejemplo, a utilizar *merchandising* en sus folletos publicitarios, incluyendo papel secante, calendarios, mecheros o bolígrafos para regalar a sus clientes.

Por su parte, la agencia Aaron Detectives de Barcelona supo destacar a través de la prensa. Dos titulares nos ayudan a entenderlo. El primero aparece en la *Hoja Oficial de la Provincia de Barcelona* del 29 de junio de 1970:

> Por primera vez en Europa, una red privada de radiotelefonía móvil. Una visita a la poderosa antena instalada en el Monte Tibidabo para servir a los equipos emisores-receptores en VHF y UHF, propiedad de la prestigiosa agencia de investigación privada Detectives Aaron.

La otra noticia es del mismo periódico, con fecha del 5 de julio de 1971: «La aviación ligera, al servicio de la investigación privada». La fotografía de una avioneta ilustraba el titular y, debajo de la fotografía, se podía leer: «Avioneta Piper Cherokee Arrow 200, que está siendo utilizada para el adiestramiento personal del director de Detectives Aaron y que es gemela de la que ha sido adquirida por la prestigiosa agencia de investigación privada».

Otro detective de carácter mediático es, por ejemplo, Jorge Colomar, director de la agencia Investigator Detectives. En 2003 colaboró con Elena Pradas en la escritura del libro *La gota de mercurio: cosas y casos del detective Jorge L. Colomar*. Además, fue narrador y presentador del programa de Televisión Española *La noche de las mentes criminales* en el año 2017, donde se repasaban todos los detalles, testimonios y recreaciones de algunos de los crímenes más violentos ocurridos en España. Otra emisión destacada fue *Guardianes del patrimonio*, realizada en colaboración con la división de Patrimonio Cultural de la Policía Nacional y la Guardia Civil, donde se reconstruían los mayores robos de arte sucedidos en la península. Su participación más reciente como presentador ha sido en 2022, en *Anatomía de un crimen*, tratando algunos de los asesinatos más destacados del país. Durante el programa, llevaba a cabo las investigaciones y acompañaba a los familiares de las víctimas en un intento por resolver el caso.

Crecer como colectivo

Los detectives empezaron a reconocer poco a poco la importancia de unirse y coordinarse para promover los beneficios de la profesión y presentar una postura unificada ante las autoridades en busca de mejoras legislativas. Como hemos mencionado, durante años solo un colectivo agrupaba a todos los detectives de España. Desde 1958 hasta finales de la década de los ochenta, hubo cuatro legislaturas: los detectives Eugenio Vélez-Troya, Agustín Cerezo Garrido, Alfredo Alier y, en la última etapa, de nuevo Agustín Cerezo Garrido fueron los tres presidentes de la Agrupación de Detectives.

Anualmente, la Agrupación celebraba asambleas en la Casa Sindical, las cuales recibían cobertura mediática a través de entrevistas y noticias. Entre las diversas iniciativas que promovió dicha asociación, una fue adherirse a dos colectivos internacionales: en una primera etapa a la estadounidense World Secret Service Association (Asociación Mundial de Detectives) y años más adelante a la europea IKD (Comisión Internacional de Asociaciones de Detectives Privados).

Con la colaboración de estos dos colectivos, la Agrupación de Detectives logró organizar y celebrar tres congresos internacionales de gran relevancia en España. El primero de ellos fue la convención anual de la World Secret Service Association (WSSA) en Barcelona en 1961, lo que marcó un hito, ya que era la primera vez que esta asociación norteamericana celebraba su encuentro anual en Europa, evento que atraía a detectives de diversas partes del mundo. La elección de esta ciudad como sede se debió en gran parte a la labor de Eugenio Vélez-Troya, quien, a pesar de no dominar el inglés, estableció relaciones importantes durante la conferencia anual de la WSSA en Miami (Florida) en 1951. Su carisma y trayectoria lo llevaron a ser nombrado director general de esta asociación en Europa, en la reunión celebrada en 1956 en Omaha (Nebraska), pero fue en el congreso celebrado en Detroit (Míchigan) en 1960 cuando se decidió la sede española, un privilegio que solo había sido otorgado, fuera de Estados Unidos, a la capital de Cuba en 1946 y a Ciudad de México en 1955.

Se celebró, finalmente, del 1 al 4 de septiembre con la denominación Convención Internacional de la WSSA y dejó numerosos titulares, como el aparecido en *Pueblo*, en su edición del 6 de septiembre de 1961:

PERTENECEN A LA ASOCIACION MUNDIAL DEL SERVICIO SECRETO

Los detectives privados más famosos del mundo llegaron a Madrid

FUERON EN SU MAYOR PARTE AGENTES DEL F. B. I.

George E. Hardgrave, jefe de la Policía de Chicago, combatió a Al Capone

LLEGARON en avión a Madrid. Estos son los más astutos sucesores de aquel famoso Sherlock Holmes. Todos ellos son norteamericanos. En España se han reunido durante unos días para tratar de asuntos referentes a su profesión.

Puede decirse sin lugar a dudas que ellos son los más capacitados detectives privados de los Estados Unidos. Representan a cientos y miles de detectives norteamericanos que trabajan en todos los Estados y en varios países del mundo.

La mayor parte de ellos pertenecieron al F. B. I. y fueron jefes destacados de esta organización, una de las más completas e instruidas del mundo en materia policíaca.

Entre los que han venido a España se encuentra el que fue jefe de la Policía de Chicago durante los años de la depresión, George E. Hardgrave. El fue quien combatió contra Al Capone y los demás famosos gángsters de aquella época.

Aquí, en España, han mostrado a los detectives de todo el mundo los más modernos sistemas de investigación. Han traído una colección de aparatos especiales que facilitan la labor y el trabajo de localización: micro-radios, detectores, etc.

Su estancia en Madrid durará varios días, en el transcurso de los cuales cambiarán impresiones con los detectives privados españoles. La Asociación Española de Detectives Privados les obsequió, a su llegada a Madrid, con un vino de honor.

Fig. 35. Detectives internacionales en Madrid.

De esta forma, el evento congregó en Madrid a más de sesenta detectives de todo el mundo, incluidos representantes de Estados Unidos, Canadá, Hawái y Bélgica. La parte de ocio quedó cubierta con visitas a Sitges, a Montserrat y a la fábrica de cava Canals & Nubiola, y la del negocio con clases teóricas, según indicaba *La Vanguardia* del 3 de septiembre de 1961, acerca del «uso de los perros como auxiliares de la investigación y la seguridad» y de «equipos electrónicos durante las investigaciones». El evento contó con la participación de detectives destacados, como Lyle Catlin, director general de The Kane Service Ltd.,[7] que contaba por aquellos años con 1.200 agentes privados, Lee A. Enoch, presidente de la WSSA, y el mencionado en la noticia de la figura 35 George E. Hardgrave.

El segundo simposio internacional fue el IV Congreso Internacional de Detectives Privados, celebrado en Madrid en 1970 en colaboración con la organización europea IKD. Este congreso no solo sirvió como plataforma para discutir temas relevantes, sino que también contribuyó de manera destacada a impulsar importantes cambios legislativos de la época, como la Orden Ministerial de 1972, la cual representaba la segunda legislación significativa para los detectives desde el año 1951. Asimismo, se consiguió dar visibilidad y notoriedad al colectivo ante colegas internacionales, medios de comunicación e incluso apareció en el Noticiario Cinematográfico Español, conocido como NO-DO,[8] el 12 de octubre de 1970, bajo el título «IV Congreso Internacional de Detectives Privados en Madrid». La duración del segmento en el NO-DO es de algo menos de un minuto, pero es una joya, pues posiblemente sea uno de los primeros registros audiovisuales de un congreso de detectives en el mundo.

Al evento asistieron más de trescientos detectives procedentes de dieciocho países diferentes, incluyendo naciones de Europa occidental, Japón, Canadá, Israel y Estados Unidos. Una curiosidad: se le entregó la distinción «detective de honor» al periodista Julio Camarero, redactor jefe de *Pueblo*, por los varios artículos publicados sobre la profesión que ayudaron a divulgar nuestra actividad, además de por ser la persona encargada de las relaciones públicas durante esta cumbre mundial de detectives. Otra distinción notable fue la Golden Star, la máxima condecoración que otorgaba la IKD a sus asociados, que se entregó a Juan García Carrés, presidente del Sindicato Nacional de Actividades por la Defensa de los Detectives Españoles a nivel internacional. Esta condecoración se reservaba exclusivamente para inspectores privados profesionales, y fue la primera vez que la IKD hizo tal excepción. Además, la misma distinción también fue otorgada a la Agrupación Nacional, en representación de la figura del detective español.

La impresión positiva que dejó España fue tal que, seis años después, Madrid fue nuevamente seleccionada como sede mundial para el VI Congreso Internacional de Detectives,[9] celebrado entre el 4 y 7 de noviembre de 1976, coincidiendo con el vigesimoquinto aniversario del Decreto Ministerial de 1951. Celebrado en Florida Park, contó con la presencia de personas famosas de aquel tiempo, que dieron notoriedad al evento en los medios de comunicación, como la ventrílocua y humorista Mari Carmen, la cantante y actriz Rocío Jurado y el boxeador Pedro Carrasco. Con destino Madrid viajaron quinientos detectives de diecinueve países distintos, en su mayoría de Europa, como Alemania, Chipre, Dinamarca, Finlandia, Grecia, Holanda, Italia, Malta, Noruega, Suecia o Suiza; también de Estados Unidos, Israel y Japón, incluso de asociaciones de algunos países de África. El periódico *Diario de Burgos*, en su edición del 23 de noviembre de 1976, anunciaba con el siguiente titular: «Se celebró en Madrid el VI Congreso Mundial de detectives privados. Asistieron más de medio millar de detectives de diecinueve naciones».

Las propuestas y conclusiones quedaron registradas en un documento titulado *Propuestas de convenio bilateral entre los distintos países*, abordando diversos aspectos relacionados con las atribuciones del detective privado, la colaboración con las autoridades y la implementación de nuevas técnicas de trabajo, entre otros temas clave. En aquel momento, la regulación española en materia de inspectores privados era admirada a nivel internacional, y era considerada un referente por otros países que aún no contaban con una legislación similar.

Hubo otros encuentros internacionales donde España fue elegida para celebrar las reuniones y albergar las asambleas de la World Association of Detectives (WAD) o la IKD. Por parte de la WAD: Marbella en 1981, Madrid en 1995, Tenerife en el 2000, de nuevo Marbella en 2008 y Barcelona en 2018. Sin embargo, estos eventos no recibieron tanta atención en los medios debido al contexto de los años en que se llevaron a cabo. En el caso de la IKD, se celebraron —además de los mencionados en Madrid en los años 1970 y 1976— en Zaragoza en 2007, Barcelona en 2015 y Valencia en 2024. Cabe destacar el evento celebrado en el año 2003 en Jerez de la Frontera, organizado por la Asociación Profesional de Detectives Privados de España (APDPE), fundada en 2001, al que asistieron muchos delegados internacionales de la IKD, a pesar de no estar, oficialmente, organizado por ellos.

Otro grupo nacional fue la Asociación Profesional de Detectives Privados de Cataluña y Baleares (ACBDP), fundada en 1978, un colectivo imprescindible en la trayectoria de nuestro oficio, pues durante años fue la asociación con más detectives, algo que terminó cuando, a partir de la década de los años ochenta, surgieron otros colectivos y asociaciones, la mayoría de ellas a nivel autonómico.

El detective no nace, se hace

Los primeros detectives de esta generación daban mucha importancia a estar habilitados legalmente y buscaban diferenciarse de los detectives intrusistas, así como de las agencias de informes comerciales. También se distinguían de aquellos que poseían diplomas expedidos por centros y academias particulares o cursos a distancia, tanto en España como en el extranjero, los cuales carecían de valor legal al no estar reconocidos como oficiales.

Entre esas academias destacaron los anuncios del Centro para la Cultura y el Conocimiento y del Centro de Cursos por Correspondencia (CCC). Uno de ellos lo encontramos en el periódico *ABC* con fecha 19 de septiembre de 1971; entre los ochenta y tres cursos por correspondencia que ofrecía, que incluían guitarra, dibujo y matemáticas, nos encontramos con la imagen de una mujer realizando una fotografía con una cámara con un gran objetivo y el siguiente texto:

> La vida del detective privado no es como las demás.
>
> A un detective le basta un día para vivir las experiencias que a una persona normal le ocurren en un año. Para llegar a serlo,

son necesarios muchos conocimientos especializados. Pero vale la pena; es una profesión fascinante y con futuro a tu alcance. CCC lleva treinta años ayudando a que personas tan emprendedoras como tú puedan dedicarse a la profesión que más les atrae.

Es importante reconocer que decenas de detectives privados obtuvieron su formación y diploma gracias a los cursos por correspondencia del CCC. Esto debe entenderse en el contexto de la época, donde había pocas opciones de estudio. Aquel curso, anunciado en prensa y revistas, estuvo en funcionamiento desde 1962 hasta 1977, año en el que falleció su director, Carlos Caba Landa, zaragozano y comisario principal jubilado del Cuerpo General de Policía. Caba Landa tuvo una larga carrera, destacándose como comisario principal jefe de San Sebastián, jefe regional de Investigación Criminal de la Jefatura Superior de Policía de Granada y en servicios policiales en París, Roma y Ginebra. También fue director de la Academia Caba Peñalver y jefe de estudios de la Academia Gimeno.

Una curiosidad lingüística relacionada con los detectives que cursaron estos estudios por correspondencia es el uso de la palabra «informado». Este término, en un primer momento, parece referirse a la persona que recibe la información, es decir, el cliente; sin embargo, se empleaba en referencia al investigado, sentido que varios detectives de esas primeras generaciones continúan utilizando. Este error lingüístico resulta interesante, ya que puede generar confusión. En el Boletín Oficial del Estado número 30, con fecha 4 de febrero de 1977, en la resolución de la Dirección General de Trabajo que homologa el Convenio Colectivo Sindical de ámbito interprovincial para la Agrupación de Detectives Privados, se menciona esta palabra. En el apartado «faltas muy graves», el punto sexto hace referencia al término al hablar de la persona investigada: «La falta de veracidad en los informes o connivencia con el informado por parte del auxiliar detective». Sin embargo, el error parece haber surgido mucho tiempo antes. En archivos comerciales de la segunda década del siglo XX ya se emplea «informado» para referirse al titular del informe, es decir, al investigado. Nuestra teoría sugiere que este uso proviene del ámbito militar o policial, posiblemente de finales del siglo XIX o principios del XX, cuando se utilizaba «informado» para referirse a una persona prisionera o detenida.

Cabe recordar que hasta 1981 no se estableció la obligatoriedad de contar con estudios específicos para ejercer como detective privado. Inicialmente, estos estudios se impartieron en el Instituto de Criminología de la Universidad Complutense de Madrid. Además, existían libros que complementaban la formación, como el *Curso de detective privado* de Manuel Mourelle Pita, publicado en 1983, bajo el seudónimo de Peter T. Dempsey, aunque cabe aclarar que estos libros no otorgaban la habilitación legal, sino que solo brindaban formación.

En este sentido, uno de los grandes referentes en el mundo de la formación de investigadores fue la primera Escuela de Detectives de Argentina, que desde 1953 ofrecía cursos tanto presenciales como por correspondencia. A través de este método, enviaban cuadernos, libros y prácticas, otorgando diplomas a detectives de todo el globo, principalmente en Hispanoamérica. El curso constaba de cincuenta lecciones con una duración de diez meses, con la opción de realizarlo de manera acelerada en seis. El reclamo era un llamativo anuncio que presentaba el icono de la escuela: un detective de perfil, con pipa y sombrero, que se hizo familiar para los lectores de revistas de historietas e información general. En el anuncio se incluía un cupón de inscripción, con una propuesta difícil de rechazar: «Sea un aliado de la causa de la justicia y la verdad. Sea justo, triunfador, admirado. Ingrese al fascinante mundo de los detectives privados». Miles de agentes, gracias a estos diplomas, eran reconocidos como válidos para ejercer en muchos países de Hispanoamérica y

Estados Unidos, donde la profesión no contaba con regulación específica. La escuela cerró sus puertas en 1995 tras el fallecimiento del director.

En una entrevista en el periódico *Baleares*, del 9 de diciembre de 1971, el detective Jaime C. Cortella, que ejercía en Palma de Mallorca, dijo que, en España, para actuar como detective era necesario estar en posesión del título y tener autorización del Gobierno Civil. Él cumplía con ambos requisitos: obtuvo su título en el Club de Detectives, donde el curso tenía una duración de un año, con doce asignaturas, una al mes, de tipo técnico. Cortella se refería a la conocida como Escuela de Detectives, creada en 1960 por la Agrupación Nacional de Centros de Investigación Privada. El director de la escuela era el prestigioso policía Florentino Santamaria Beltrán,[10] además del forense Blas Aznar González,[11] Francisco Aguilar y Paz,[12] el periodista de sucesos Julio Camarero Custance[13] y el detective Alberto Aguilera Campos. Entre las asignaturas que había que estudiar se encontraban Psicología Social, Derecho Civil y Administrativo, Investigación Criminal, Investigación de Documentos, Historia de la Delincuencia y Dactilografía. La Escuela tuvo poco recorrido: cerró en 1961, pero los motivos nunca quedaron aclarados.[14]

La figura del auxiliar: el surgimiento de nuevos detectives

Durante las primeras décadas, después de 1951, los despachos de detectives contaban con un director titular de la licencia y varios trabajadores que desempeñaban la figura de «auxiliar de detectives». Aunque carecían de licencia y habilitación, estos auxiliares eran responsables de llevar a cabo tareas de campo y brindar apoyo en las investigaciones, acumulando experiencia a lo largo de los años. Esta figura desapareció con la promulgación de la Ley 23/1992 del 30 de julio. Muchos de estos auxiliares tuvieron la oportunidad de convertirse en detectives privados mediante una habilitación especial proporcionada por dicha ley, siempre y cuando cumplieran con los requisitos, siendo el principal un certificado de acreditación como auxiliar de detective, expedido por el Servicio Central de Seguridad Privada de la Dirección General de la Policía.

Esta regulación también se extendió a los conocidos como investigadores mercantiles, especializados en informes comerciales y, en ocasiones, en investigaciones más complejas. Su inclusión generó críticas por parte de muchos detectives, ya que al obtener la acreditación se igualaban profesionalmente.

En total, doscientos ochenta y tres aspirantes fueron los nuevos acreditados que se sometieron a una prueba de aptitud en Madrid, para adaptar su figura de auxiliar o investigador mercantil a detective. El programa de estudio se detalló en una resolución de 1996 de la Secretaría de Estado de Interior e incluyó materias sobre derecho constitucional, derecho penal, derecho civil, registro civil, derecho laboral, derecho mercantil, derecho administrativo, deontología y técnicas de investigación privada. Doscientos veintidós fueron los que superaron las pruebas.

Testimonios de detectives en primera persona

Es habitual que en esta etapa los detectives ganaran visibilidad en los medios de comunicación mediante entrevistas, noticias con la resolución de casos de gran repercusión y, más adelante, participando en tertulias televisivas. Esto ayudaba a sensibilizar a la sociedad sobre diversos tipos de fraude o delitos y, al mismo tiempo, ayudaba a difundir una imagen más precisa de la profesión, desmitificando los estereotipos basados en novelas, películas, series radiofónicas y televisivas. Es interesante leer algunas de estas entrevistas.

La primera de ellas fue publicada en el periódico *Libertad* del 14 de junio de 1975, presentando a José Gutiérrez Pérez, un investigador privado de Valladolid con la licencia número 92, que instaló su agencia Atlanta a principios de la década de los años setenta. El interés de la entrevista es por su perspectiva sobre los servicios de espionaje industrial, las colaboraciones internacionales y cómo proyecta la imagen de un ejecutivo de una empresa.

No, no se parece a Mannix,[15] ni por supuesto se comporta como el cínico James Bond y tampoco tiene la apariencia del epicúreo Canon.[16] Don José Gutiérrez Pérez es, al otro lado de su mesa de trabajo, como un ejecutivo más de una empresa actual, de esas que, a los mandos o jefes intermedios, por aquello del *establishment*, les llaman eso: ejecutivos. Pero el señor Gutiérrez Pérez es detective privado y algo más que simple detective, pues es el director de la única agencia, creemos, que funciona en nuestra ciudad. Una profesión como otra cualquiera, aunque se necesitan, claro, unas dotes y, sobre todo, vocación, porque, al parecer, tras el riesgo, el secreto profesional, que se exige a ultranza, ¡faltaría más!, y las mil y una dificultades, la compensación no va más allá de lo muy normal, según dicen.

La agencia está instalada en la parte más céntrica de nuestra ciudad; pero nuestro personaje comienza disculpándose por lo reducido de sus dependencias:

R. Ya apenas si estaremos aquí unos días, porque nos trasladamos. Esto es demasiado pequeño.

P. Eso quiere decir que el negocio prospera.

R. No nos quejamos, pero tampoco se trata exactamente de un negocio, o al menos yo no lo entiendo así.

P. A usted le gusta el riesgo, la aventura, la acción, en una palabra...

R. Mejor sería empezar por desmitificar un poco. Lo nuestro tiene poco que ver con esos detectives de los telefilmes, aunque tampoco quiere decir que, en ocasiones, no haya que afrontar un riesgo. Digamos que es una profesión concreta y especializada.

P. Su agencia, ¿qué clase de trabajo realiza normalmente?

R. El que nos encargan, claro, aunque lo más frecuente es la búsqueda de personas, el espionaje industrial y lo que se conoce por asuntos de faldas.

P. ¿Qué es eso de espionaje industrial?

R. Se trata, por ejemplo, de seguir la pista y localizar la procedencia de piezas o modelos falsificados o hechos con patentes de una determinada industria, pero al margen de esta.

P. Parece que siempre será bastante más fácil a esa industria el localizar la falsificación.

R. No es así, porque las industrias para su trabajo suelen tropezar con muros insalvables, que para nosotros no lo son. Nosotros entramos en contacto con talleres o fábricas, seguimos la pista de la pieza o la máquina y acabamos por saber de dónde procede.

P. ¿Y en los asuntos de faldas?

R. Empleamos los métodos clásicos: seguir a la persona y obtener pruebas por medio de fotografías, películas o *videotape.*

P. ¿Qué clientes abundan más, mujeres u hombres?

R. Está bastante igualada; pero más las mujeres. Digamos que están en una proporción de un sesenta y un cuarenta por ciento.

P. Será muy embarazosa la situación si el espiado descubre al detective...

R. No suelen enterarse; pero algún caso se ha dado, claro.

P. ... y caso fallado, ¿no?

R. Qué va. Se cambia de procedimiento y, por supuesto, de persona y antes o después se logra el objetivo.

P. ¿Siempre hay éxito?

R. Digamos que casi siempre, y hasta podría añadirse que, en un cien por cien, siempre que el cliente disponga de los medios económicos necesarios.

P. ¿Tan caro es contratar a un detective privado?

R. No, no es eso; pero los gastos son inevitables y, a veces, grandes. Mire, el año pasado una búsqueda de una chica que había desaparecido de casa nos llevó más de un mes y tuvimos que recorrer media Europa hasta que la localizamos. Por lo demás, el contratar nuestros servicios está al alcance de cualquier familia media.

P. ¿Y cómo se desenvuelven cuando salen fuera de España?

R. Estamos en contacto con las agencias de detectives de todo el mundo. Si yo, por ejemplo, para seguir una investigación tengo que ir a Alemania, o a Japón, o a cualquier parte, encuentro la colaboración de los detectives de aquellos países.

P. ¿A través de una organización mundial?

R. Exactamente, la IKD, que es la Asamblea Internacional de Detectives, a la que pertenecemos. Hace poco se ha celebrado un congreso mundial, con asistencia de más de cuatrocientos detectives.

P. Y aquí, en España, ¿su agencia tiene relación con las que existen en otras ciudades?

R. Sí. Aunque con autonomía propia, puede decirse que todas formamos una red, y está la Agrupación Nacional de Detectives, cuyo presidente es presidente de la IKD.

P. ¿Qué hay que hacer para ser detective privado?

R. Para dirigir una agencia, como es mi caso, tener un título académico medio, hacer unas oposiciones bastante fuertes y luego un cursillo.

P. ¿Qué tal las relaciones con la Policía?

R. Muy buenas, como es lógico. Nosotros colaboramos con ellos, claro, y por supuesto nuestra licencia nos la da la Dirección General de Seguridad, así que...

P. ¿Qué hace un detective cuando, siguiendo una investigación, al final tropieza con un delito?

R. Si es un delito público, dar cuenta inmediata a la Policía y al juez de instrucción. Si es privado, ya depende del cliente.

P. Oiga, aunque esto no resulte tan espectacular como las carreras de Mannix o las trompadas de Canon, sí tendrán ustedes que cuidar lo de la defensa personal y esas cosas.

R. Es lógico. Yo ahora quizá haya descuidado un poco lo del gimnasio, pero me defiendo en kárate. Antes de iniciar mis actividades realicé un cursillo, muy fuerte, en Estados Unidos.

P. ¿Qué tiempo lleva de detective privado?

R. Cinco años.

P. Los mismos que lleva establecida la agencia, ¿no es así?

R. Sí.

P. ¿No le han surgido ofrecimientos para cambiar [de empleo], por ejemplo, de algunas de las industrias a las que haya resuelto casos de espionaje?

R. Bastantes. He podido convertirme en ejecutivo de varias industrias; pero a mí lo que me gusta es ser detective. Es mi vocación.

Otra entrevista fue publicada en el periódico *Mediterráneo* del 3 de noviembre de 1977, y presenta a Antonio José Ramón Rubiño, un detective de Granada que obtuvo su habilitación número 189 en Castellón en 1966. Esta entrevista nos ofrece una perspectiva valiosa sobre las preguntas habituales de los periodistas y el entorno de la profesión en aquellos años.

P. ¿Cómo son los detectives españoles?

R. Debido a que exigen un nivel cultural bastante elevado y unos antecedentes intachables, los detectives privados españoles se han confirmado a través de varios congresos internacionales como los mejores.

P. ¿Qué misión tiene exactamente?

R. Custodias, vigilancias, informes prematrimoniales, infidelidades conyugales, espionaje, etc.

P. ¿Campo de acción?

R. Cualquier parte del mundo excepto Castellón. Aquí es el único lugar donde no trabajo.

P. ¿Qué diferencia existe entre un policía oficial y un detective privado?

R. Prácticamente, fuera de la oficialidad, no existe ninguna. Además, nos llevamos muy bien. Las rivalidades que estamos acostumbrados a ver en las películas no existen.

P. ¿Pueden las mujeres ser detectives privados?

R. Claro que sí. Yo conozco a tres, que además son muy jóvenes.

P. ¿Tienen carrera universitaria?

R. Son licenciadas en Derecho que han visto más porvenir en esta profesión que la que en principio habían elegido.

La respuesta sobre abarcar investigaciones en todas las partes del mundo menos en Castellón me parece muy divertida. En otro momento de la entrevista, el detective explicaba que el motivo era que había mucho intrusismo en esa ciudad.

En el periódico *Hoja del Lunes* de Madrid del 1 de enero de 1979, nos encontramos una entrevista al detective Manuel Martínez, director de la agencia Monopol. Era asociado de «la Mundial de detectives, la británica, francesa e italiana».

P. ¿Cuáles son las investigaciones que les suelen encargar?

R. Yo divido en cuatro partes el tipo de trabajo: la investigación laboral, la comercial, la técnica y la investigación privada. En la laboral entra todo lo que se refiere al ámbito de trabajo, desde la investigación del empleado que tiene un cargo de responsabilidad en la empresa hasta la información prelaboral; este es el caso de la empresa que quiere admitir a unos señores y quiere saber de antemano quiénes son, su capacidad de trabajo, su conducta, etc. La investigación de tipo comercial suele correr a cargo siempre de las empresas, para localizar bienes de clientes que no han pagado y así poder pleitear contra ellos, o la empresa que va a coger nuevos socios, etc. La investigación de tipo técnico suele correr a cargo de las compañías de seguros para alguna investigación sobre algún siniestro. Y, por último, la investigación privada. En ella es corriente el caso de una madre que sospecha que su hijo toma drogas o que quiere saber el tipo de amigos que tiene, qué hace cuando sale por las noches..., o el caso de una mujer que quiere saber lo que hace su marido, o al revés. De todas ellas, las más corrientes son las de tipo comercial y laboral. Las empresas siempre tienen algún problema y nunca mueren como clientes.

P. ¿Existe cierto reparo por parte de los clientes a dirigirse a una agencia de detectives?

R. Se va quitando; antes quizá existía más, sobre todo en lo concerniente a los asuntos particulares. Hoy la gente ya se va acostumbrando a que lo que tienen que hacer cuando surge un problema es resolverlo a toda costa.

P. A lo largo de todos los años que lleva en la profesión, ¿cuál es el caso más curioso con el que se ha encontrado?

R. Hace ya muchos años estaba siguiendo a una persona, a petición de su mujer; entró en una cafetería y yo me senté a su lado. Cuando me vio, dijo: «¿Qué, Martínez, se te da bien o mal la investigación?». Me quedé de piedra, y es que dio la casualidad de que ese mismo hombre, dos años antes, me había encargado una investigación sobre su mujer, que entonces era su novia, y yo ya no me acordaba de su fisonomía. A excepción de esto, que puede resultar anecdótico, la profesión de detective, aunque todavía no es peligrosa en España, es indudable que, sin embargo, resulta sacrificada.

LAS PRUEBAS

Preguntas frecuentes

Antes de iniciar este capítulo, dedicado a los servicios que ofrece un detective privado a la sociedad en la segunda década del siglo XXI, así como a nuestro reglamento, formación y una representación de noticias donde nuestra figura ha sido protagonista y que representan una selección de casos reales, voy a resolver las cuestiones más comunes que suelen hacerme cuando digo a qué me dedico, las dudas de los asistentes al finalizar una conferencia o las preguntas que suelen hacernos los periodistas, incluso las que no suelen hacer pero que resultaría relevante responder.

¿Cómo se llega a ser detective privado?

Existen varios caminos para convertirse en detective privado. Por un lado, hay un perfil de detective que ha heredado la agencia de sus padres, siendo parte de una segunda o tercera generación. Por otro lado, nos encontramos con aquellos que eligen estudiar el oficio debido a la influencia de algún conocido en la profesión, como un amigo detective que les ha mostrado el potencial de esta carrera, y aquellos que tienen decidido ser inspectores privados años antes de iniciar los estudios universitarios. Todos deben completar los tres años de estudios obligatorios; después, los que no la heredan suelen realizar prácticas en una agencia para adquirir la experiencia necesaria y luego establecer su propia marca comercial.

¿Por qué te hiciste detective privado?

La respuesta va dirigida a una de las preguntas frecuentes sobre si el detective nace o se hace. Reconozco que no tengo recuerdos de la infancia donde soñara con ser inspector privado, ni tampoco en mi adolescencia. La novela negra no era de mis temas favoritos y cuando me preguntaban qué quería ser de mayor, detective no estaba entre mis respuestas. Creo que es importante que el lector me conozca un poco mejor, ya que compartimos una de mis pasiones: el mundo de la investigación. En mi caso, mi padre es detective privado y fundador de una empresa que alcanzó su apogeo en los años ochenta y noventa. Cuando tuve que decidir mis estudios universitarios, opté por formarme en el mundo empresarial y adquirir los conocimientos necesarios para contribuir al negocio familiar. Así pues, estudié Dirección y Administración de Empresas, y un complemento en Estados Unidos para obtener un título similar. Después de finalizar mis estudios, y tras algunos años adaptándome al mundo de la gestión empresarial, el traslado a una delegación en Cataluña cambió mi vida.

La primera vez que se me despertó el investigador que llevo dentro fue en mi pasado como informador comercial; este es el episodio que quiero que conozcáis de primera mano, para que descubráis cómo era una agencia de informes a mediados de los años noventa.

Antes de ser detective privado en el año 2008, trabajé durante mi formación profesional, durante el año 1996, en las oficinas de Barcelona de Interpres Cataluña, especializada en informes comerciales y de la que guardo muy gratos recuerdos. Uno de mis referentes profesionales era su gerente Carlos Melendo. Carlos había sido investigador en Catalana d'Informes i Registres y tenía mucha experiencia en el sector de los informadores comerciales.

Mi hueco estaba en el Departamento de Investigación, con otros seis profesionales más. Éramos los que realizábamos cualquier tipo de pesquisa sobre una empresa, utilizando el teléfono como herramienta principal. La compañía tenía otros departamentos con los que manteníamos un contacto directo y que giraban alrededor del nuestro. Desde el Departamento Comercial, los vendedores nos daban instrucciones de lo que necesitaba el cliente; el Departamento de Atención al Cliente nos trasladaba las consultas o las peticiones de aclaraciones sobre los informes ya enviados. Los informes comerciales tenían un formato estándar y tan solo cambiaba la urgencia con la que se servía. En ocasiones, el cliente tenía la necesidad de ampliar un apartado concreto. No era lo mismo realizar un informe comercial sobre un hotel, en el que se hacía hincapié en conceptos como el número de habitaciones que, sobre una empresa de transportes, donde era importante obtener el dato de los vehículos en flota, o sobre una empresa de muy reciente constitución, que ni siquiera tenía sus datos disponibles en el Registro Mercantil.

El Departamento de Redacción convertía en «formato de informe» los datos que habíamos obtenido los investigadores. Se los pasábamos de dos maneras: de forma manuscrita, con nuestras notas, y en cintas de audio que habíamos registrado con nuestras grabadoras. Los redactores utilizaban para reproducirlas un gran aparato con pedales, que accionaban para parar, continuar o poner la cinta en «velocidad lenta». Así transcribían textualmente todas las gestiones que habíamos realizado.

Durante aquel período sentí la gran satisfacción que se obtiene haciendo una buena investigación basada en técnicas como la empatía y la elicitación —que se usa para preguntar y responder de un modo fluido—. Nuestras llamadas nunca tenían que parecer las de los encuestadores. Y es que no era lo mismo preguntar «Señor Torres, ¿cuántos empleados tiene en la actualidad?», que hacerlo del siguiente modo: «Señor Torres, me consta que en el último año tuvieron veinte empleados. Imagino que en este han ampliado plantilla, ¿verdad?». Tampoco era igual decir «Señor Torres, ¿quiénes son los partícipes de la sociedad?», que mostrar que ya se dispone de datos del negocio: «Señor Torres, usted es el administrador único, por lo que seguro que es el partícipe mayoritario, ¿no es cierto?».

Eran tiempos en los que las llamadas telefónicas de las empresas de información comercial eran muy habituales. Incluso en muchas empresas existían responsables encargados de facilitar dichos datos; teníamos que preguntar por ellos cuando realizábamos la investigación.

La media de un investigador estaba entre los diez y los veinte informes al día. Las llamadas empezaban más o menos así: «Buenos días, soy Óscar Rosa. Le llamo de la empresa de informes comerciales Interpres. ¿Me puede pasar con la persona encargada de facilitar los datos de la compañía?». Una vez que pasaban la llamada, el siguiente paso se iniciaba con un: «Buenos días, el motivo de mi llamada es que tenemos un cliente que nos ha solicitado un informe comercial sobre su empresa. Espero que no tenga inconveniente en comprobar una serie de datos de los que ya dispongo y en facilitarme otros que no tengo».

A partir de este momento las reacciones y las respuestas se podían clasificar en cinco grupos. El primero era el de aquellos que accedían a facilitar la información y que, por tanto, transmitían transparencia. Era lo mejor que te podía pasar. Los otros cuatro grupos se correspondían a otros tantos tipos de respuesta. Había dos recelosas —«¿Quién le ha solicitado el informe?» y «¿Esto para qué es?»— y otras dos negativas —«No damos informes de nuestra empresa» o, una variante menos tajante, «No damos información por teléfono».

La primera de las reacciones de recelo, la relacionada con el peticionario del informe, se solventaba con una serie de respuestas estándar, que en un porcentaje alto los convencía y accedían a colaborar, aunque sabías que no disponías de demasiado tiempo para entretenerlos. Más de veinticinco años después, cada vez que tropiezo con una de esas llamadas, mi respuesta ante esa reacción es más firme y experimentada. Para la segunda pregunta recelosa se necesitaban dotes de consultor, trasladando confianza al interlocutor y explicándole para qué servía un informe comercial. Con los años he aprendido, incluso, a aprovechar estas dudas para vender servicios de investigación económica. Cuando la empresa se cerraba a facilitar información, nos obligaba a obtenerla por fuentes indirectas, como entidades bancarias, negocios vecinos de la misma calle o zona industrial, empresas del mismo sector, organismos oficiales, etc. Lo necesario dentro de los límites legales para cumplimentar el informe. Para la otra respuesta negativa, los que se negaban a facilitar datos comerciales por teléfono, contábamos con el señor Coll, curtido en mil batallas de informes y que se encargaba de visitar personalmente a aquellas empresas que preferían ponerle cara a quien hacía las preguntas.

Cuando los comerciales nos hacían llegar la solicitud de un informe, esta contaba con los datos de la empresa a investigar que el cliente había facilitado. En teoría, al menos: si constaban los de contacto teníamos suerte, puesto que no era raro que solo apareciera el nombre.

En resumen, gracias a aquella labor se despertó en mí un investigador que se ha ido curtiendo con el paso de los años y al que le ha gustado, y le sigue gustando, transmitir técnicas, experiencias y conocimientos a mis alumnos y a los equipos comerciales e investigadores que he tenido a mi cargo.

Una vez me convertí en detective, y desde el año 2008, he tenido la fortuna de asistir a varios congresos internacionales que me han brindado la oportunidad de conocer a otros investigadores privados de diversos países. Estos encuentros no solo me han permitido establecer amistades, sino también solicitar colaboraciones en investigaciones donde contar con ayuda resultaba indispensable. Además, formo parte de varios colectivos nacionales que me han dado la oportunidad de conocer a la gran mayoría de los detectives de mi país. Muchos de ellos también se han convertido en amigos.

Durante las investigaciones que he realizado o coordinado con compañeros, he experimentado una variedad de emociones, desde la frustración de no alcanzar los resultados esperados hasta la adrenalina de dirigirme hacia la puerta del domicilio de un investigado sin saber qué situación desconocida me espera. También he sentido la satisfacción de haber realizado un trabajo bien hecho y el agotamiento mental de no poder desconectar de una investigación, incluso durante las madrugadas y los fines de semana.

Me hice detective, profesión de la que me siento muy orgulloso, y ahora sé que, de alguna forma, nací para serlo.

¿Cuál es el objeto indispensable para un detective?

Si un detective tuviera que elegir un único objeto para sus investigaciones, optaría por el teléfono móvil, ya que además de estar conectado, puede utilizarlo como cámara fotográfica y grabar vídeos, y así capturar la evidencia crucial en un instante único. Antiguamente supongo que el bloc de notas y el bolígrafo hubieran sido sus inseparables.

¿Qué herramientas lleva encima un detective?

Aparte del teléfono móvil y las cámaras fotográficas profesionales, en algunas ocasiones, si la investigación lo requiere, también se utilizan cámaras de vídeo e incluso cámaras ocultas. Además, se emplean esos dispositivos detectivescos —como cámaras de visión nocturna, minicámaras y aparatos de seguimiento— que tanto llaman la atención de los periodistas, lectores y espectadores.

¿Cómo es la relación entre los detectives privados?

Se caracteriza, desde luego, por la cooperación y el compañerismo profesional. Hay algo de hermanamiento, diría, a pesar de que pueden ser competencia por, por ejemplo, coincidir con el mismo cliente, e incluso tener diferentes puntos de vista. Al ser muy pocos en España, menos de 1.500, nos solemos encontrar en los mismos congresos, encuentros y eventos organizados por las diferentes asociaciones y colegios profesionales, lo que hace que más que compañeros o colegas de profesión muchos seamos amigos.

¿Cómo es la relación de los detectives y la Policía?

La relación entre la Policía y los detectives privados es cordial y respetuosa y no se parece en nada a esa figura del detective del imaginario cultural que tiene un contacto en las fuerzas del orden que le facilita información sobre una persona, ni tampoco a esa especie de rivalidad porque el detective se ha entrometido, por ejemplo, en un caso de asesinato y lo ven como un estorbo. Ya hemos mencionado que en España el detective no puede investigar delitos públicos y si durante el transcurso de una investigación se encuentra con alguno, tiene que comunicarlo a las autoridades que correspondan: Policía Nacional, Guardia Civil, Mossos d'Esquadra o Ertzaintza. Hay casos en los que se establece una colaboración, como en la búsqueda de personas desaparecidas. En estas ocasiones, las Fuerzas y Cuerpos de Seguridad son los primeros en intervenir, pero, a veces, debido a limitaciones de medios o recursos, las familias solicitan nuestra ayuda. Si es así, se establece una colaboración, no actuamos de manera independiente.

El organismo del que dependemos es Seguridad Privada y este, a su vez, del Ministerio del Interior, de modo que todos formamos parte del mismo sistema. Seguridad Privada se estructura con una Jefatura de Unidad, dos Brigadas Operativas, la Brigada Central de Empresas y Personal y la Brigada Central de Inspección e Investigación, además de ocho secciones. En todas las capitales de provincia y en algunas localidades importantes existen grupos o secciones dedicadas a la Seguridad Privada, dependientes de las respectivas Brigadas de Seguridad Ciudadana. Se encargan de habilitarnos como detectives y de llevar un registro. También realizan el control y una inspección anual de nuestros despachos para verificar que todos los encargos, contratos e informes se realicen conforme a la normativa vigente. Seguridad Privada ha experimentado cambios muy positivos en los últimos años, gracias a iniciativas como Red Azul, una plataforma de comunicación de información creada en 2012 por la Policía Nacional, que promueve la colaboración entre ambas partes.

Ocurre que, después de varias horas de vigilancia dentro de un vehículo en un mismo lugar para, por ejemplo, determinar cuándo entra o sale una persona de un domicilio, los vecinos, que no saben quién está dentro del vehículo ni qué está haciendo, suelen ponerse en contacto con la Policía para alertarlos. En esos casos, si el agente de la ley nos pregunta qué estamos haciendo, podemos mostrar nuestra identificación como detectives y así aclarar la situación.

¿Los detectives privados en España tienen pistola?

A diferencia de otros países como Estados Unidos, el porcentaje de detectives que no llevan armas es altísimo, pues para disponer de una debemos cumplir los mismos requisitos que cualquier ciudadano. Según la página web de la Guardia Civil: «No se puede portar ni poseer armas de fuego en territorio español sin la correspondiente autorización o licencia expedida por las autoridades competentes».

Incluso hay una sentencia de la Sala de lo Contencioso-Administrativo con fecha del 31 de enero de 2012 que en esencia indica, ante la solicitud por parte de un detective privado, que:

> La mera condición de profesional de detective privado no es suficiente para acceder a la concesión de licencia de arma de fuego corta tipo B, que se refiere a pistolas y revólveres, y por no haberse justificado que precisara portar armas en el ejercicio de su profesión ni para la defensa de su persona.

Cualquier español, y no tiene que ser detective para ello, tiene que justificar en la solicitud los motivos por los que requiere la posesión de un arma corta, así como adjuntar los documentos que considere oportunos. La razón de defensa de personas o bienes, por sí sola, no justifica la concesión de la licencia B para disponer de una pistola o un revólver. Distinto es que haya detectives que no por su profesión, sino más bien por ocio, soliciten otras licencias, las cuales también requieren justificación de motivos, como la licencia tipo D (armas largas rayadas para caza mayor), licencia tipo E (armas para tiro deportivo y escopetas de caza) o la licencia tipo F (armas para uso en campos, polígonos y galerías de tiro).

¿Es peligrosa la profesión de detective?

Sí, nuestra profesión puede ser peligrosa en ciertas situaciones y circunstancias. Dependiendo del tipo de casos que investiguemos, podemos encontrarnos en confrontaciones con individuos que reaccionan de forma violenta. En varias ocasiones, la persona investigada ha logrado localizar al detective privado que la perjudicó, según su punto de vista, como resultado de una investigación. Por ejemplo, personas que han estado de baja laboral fraudulenta.

Un trágico ejemplo, aún sin resolver, es el del detective Luis Bustamante en el año 2006 en Madrid. Su cuerpo fue encontrado en la mañana del 26 de noviembre en un descampado cerca de Chamartín, tumbado sobre su flanco izquierdo, sin camiseta y con los pantalones beis bajados hasta las rodillas. Tenía ocho vueltas de cinta para embalar en la boca, seis vueltas de film transparente para envolver alimentos alrededor de la cabeza y una bolsa de supermercado tapando el cráneo. Sus muñecas se encontraban atadas con cable negro y su cuerpo estaba amoratado: había muerto por asfixia. Además de detective, Luis era el director de seguridad del recinto ferial Ifema. Pocas horas después de hallar su cuerpo, se celebraba la feria de arte y antigüedades Feriarte. A pesar de las varias teorías sobre los autores, nunca se llegó a encontrar a los responsables.

Fue un acontecimiento que marcó mucho al colectivo. Además de varios daños corporales, la autopsia reveló que había sido torturado durante veinte largas horas antes de su asesinato y que la muerte la había producido la asfixia por paro cardiaco. Un detalle es que Luis fue hallado con la piel erizada de frío, lo que indica que sufrió escalofríos antes de su fallecimiento. Esto descartó la posibilidad de que hubiera sido asesinado en otro lugar y su cuerpo trasladado posteriormente: su muerte ocurrió en el mismo sitio donde fue torturado. El forense determinó que Luis estuvo secuestrado durante casi un día antes de fallecer, lo que plantea la pregunta de por qué sus captores esperaron tanto antes de quitarle la vida. El método de tortura que emplearon parecía estar dirigido por profesionales con experiencia. Luis pesaba cien kilos, por lo que como mínimo tuvieron que ser dos personas las implicadas. ¿Fue engañado hacia algún punto, por ejemplo, una casa? ¿Lo sacaron de su coche a la fuerza? ¿Fue su tortura y asesinato un encargo? Si lo fue, ¿de quién? ¿Es posible que Luis fuera confundido con otra persona? El detective estaba vinculado con el mundo de la joyería y el arte. ¿Es posible que quisieran obtener información valiosa de él? Por ejemplo, un modo de acceder a la exposición de Ifema. ¿Con quién pudo haber estado esa noche? ¿Quién se benefició de su muerte?

Pese al impacto de relatos como este, hay que saber que no todos los casos son necesariamente peligrosos; de hecho, la gran mayoría de los detectives españoles realizan su trabajo de manera segura. Aun así, resulta fundamental ayudarse de los años de experiencia y el uso adecuado de algunas medidas de seguridad para mitigar los riesgos asociados con esta profesión, como realizar una evaluación previa de las amenazas de la zona a investigar, trabajar en equipo, tener procedimientos claros para contactar con la policía o servicios de emergencia si la situación se vuelve peligrosa, o practicar tácticas para evitar ser seguido, por ejemplo, usar rutas alternativas, cambiar el ritmo en las vigilancias o terminar el seguimiento si se sospecha que el investigado nos ha detectado.

¿Cuándo es legal contratar a un detective privado?

Es completamente legal para un ciudadano o una empresa de cualquier tamaño y sector contratarnos si tienen la necesidad de verificar una situación o necesitan información que pueda ser aportada en un proceso judicial. Estamos capacitados por ley para realizar investigaciones de carácter confidencial tanto para personas físicas como jurídicas. La normativa de los detectives, en el artículo 48 de la Ley 5/2014 de Seguridad Privada, nos habilita a obtener y aportar pruebas e información sobre conductas o hechos privados. Estas pueden ser relativas al ámbito económico, laboral, mercantil, financiero y, en general, a la vida personal, familiar o social, exceptuando la que se desarrolle en los domicilios y lugares particulares. Además, podemos realizar averiguaciones y obtener información y pruebas relativas a delitos solo perseguibles por encargo de los clientes legitimados en el proceso penal, es decir, investigar delitos encargados por clientes afectados y que sus casos y nuestro informe puedan ser llevados ante los tribunales y tratados legalmente.

Antes de aceptar un trabajo, el detective debe considerar dos preguntas: quién solicita el encargo y qué relación tiene con la persona que quiere que se investigue. La segunda pregunta implica analizar la naturaleza del caso, es decir, responder a dos cuestiones qué se quiere investigar y con qué finalidad.

Con respecto a la pregunta sobre quién solicita el encargo y su relación con la persona a investigar, el detective siempre requerirá que el cliente demuestre esa relación con algún tipo de documento. El vínculo entre ambas personas puede ser contractual (por ejemplo, una empresa que solicita una investigación sobre la solvencia de un cliente deudor), laboral (una compañía que solicita verificar una supuesta baja laboral fraudulenta) o familiar (casos de verificación del cumplimiento de custodias de menores, infidelidades o conocimiento de hábitos y rutinas de un hijo adolescente). Es importante destacar que los casos familiares deben evaluarse en su contexto. ¿Cuál es ese contexto? Por ejemplo, es legal aceptar el encargo de los padres de Carolina, de diecisiete años recién cumplidos, de la que saben que ha caído en las drogas desde hace al menos dos años, desmejorando su aspecto físico y cambiando por completo su carácter y hábitos. La joven desaparece de casa y deja una carta en su habitación en la que expresa el deseo de vivir su vida por su cuenta, por lo que los padres necesitan una investigación para conocer su paradero. Como Carolina es menor de edad, el caso está legalmente justificado. La misma situación no podría ser aceptada por el detective si fueran unos tíos suyos quienes solicitaran la investigación, a no ser que tuvieran la tutela legal.

En relación a la segunda pregunta, sobre qué se quiere investigar y con qué finalidad, es fundamental contar con un motivo válido y debidamente justificado para iniciar el encargo. A esto se le llama «interés legítimo». Nuestra actividad tiene fronteras muy definidas; es decisión del detective traspasarlas o no, arriesgándose a sufrir una sanción económica o incluso perder su habilitación profesional. El límite de una investigación siempre la dictan la legalidad y la ética. En un país democrático como España, existen reglas, las cuales encuentran su base legal en los derechos consagrados por la Constitución en su artículo 18, que establece que:

> 1. Se garantiza el derecho al honor, a la intimidad personal y familiar y a la propia imagen.
> 2. El domicilio es inviolable. Ninguna entrada o registro podrá hacerse en él sin el consentimiento del titular o una resolución judicial, salvo en caso de flagrante delito.
> 3. Se garantiza el secreto de las comunicaciones y, en particular, de las postales, telegráficas y telefónicas, salvo resolución judicial.
> 4. La ley limitará el uso de la informática para garantizar el honor y la intimidad personal y familiar de los ciudadanos y el pleno ejercicio de sus derechos.

Sin embargo, a menudo nos encontramos en la situación de rechazar solicitudes, tras lo que debemos explicarle al cliente los motivos y brindarle orientación sobre qué hacer o a dónde dirigirse. Además, el detective privado en España está limitado a no aceptar encargos relacionados con delitos públicos, como, por ejemplo, el homicidio o los delitos contra la Hacienda Pública, contra la Seguridad Social o relacionados con el tráfico de drogas. El artículo 19.3 de la Ley de Seguridad Privada señala incluso que, en caso de que un detective constate un delito público durante el transcurso de sus investigaciones, deberá denunciarlo inmediatamente ante la autoridad competente, así como poner a su disposición toda la información y los instrumentos que pudiera haber obtenido.

A continuación, expongo algunos ejemplos de casos que no entran dentro de la legalidad y que, por ende, no podemos aceptar, o prácticas que tenemos prohibidas:

- Investigar la vida íntima de una persona dentro de su domicilio o en lugares privados, lo que constituiría un delito por allanamiento de morada.
- Suplantar la identidad de un policía, o utilizar o hacer uso de medios, vehículos o distintivos que puedan confundirse con los de las Fuerzas y Cuerpos de Seguridad del Estado.
- Visualizar movimientos bancarios sin una orden judicial.
- Grabar conversaciones telefónicas o acceder a un historial de mensajería instantánea.
- Desvelar las contraseñas de una persona para acceder a su correo electrónico.
- Dar a conocer el nombre del hotel donde la pareja se ha alojado en el último año.
- Investigar a la pareja de una expareja, ya que no existe relación directa con la persona a investigar.

A continuación, comparto dos casos reales donde se apreciará todo esto mejor: en uno de ellos acepté el encargo, pero nunca entregué el resultado de la investigación, y el otro directamente no lo acepté.

En una ocasión un hombre me solicitó una investigación para localizar a su mujer y a su hijo. Se trataba de Carlos, un indigente al que veía a diario en la calle y con quien establecí una conexión y amistad. Me contó que provenía de una buena familia del norte de España, que alguna vez dirigió su propia empresa, se casó enamorado y tuvo un hijo. Sin embargo, el consumo habitual de alcohol cambió su vida: todo comenzó a derrumbarse. Tuvo que cerrar la empresa al no poder gestionarla y su familia dejó de hablarle debido a su comportamiento impredecible, irritable y descuidado. Lo último que sucedió fue que su mujer se fue un día de casa llevándose al hijo que tenían en común. Carlos quería viajar al norte de España con la intención de reencontrarse con ellos e intentar rehacer su vida. Me mostró varias fotografías de los tres juntos e incluso una fotocopia del libro de familia que confirmaba su relación. Le propuse hacer la investigación sin cobrarle nada, pero con un informe legal, un contrato y dándolo de alta en mi obligado libro de registro de actividades. Cuando localicé a su mujer, decidí hablar con ella primero para conocer su versión de la historia. Me contó que por nada del mundo le revelara su paradero, ya que se trataba de una persona muy violenta y con una orden de alejamiento en su contra. Por lo tanto, tuve que informar a Carlos de que no podía facilitarle la dirección ni el teléfono de su mujer.

El último caso en el que tuve que comunicarle al cliente que su solicitud era ilegal estaba relacionado con una petición bastante peculiar. Un hombre, cansado de las molestias, insultos y acciones deshonestas que le ocasionaba el exmarido de su mujer a ella y a sus hijas, decidió contratarme como detective. Su objetivo era localizar al exmarido y, una vez encontrado, planear algo como venderle grandes cantidades de droga o involucrarlo en situaciones relacionadas con sexo con menores de edad o, incluso, con actividades relacionadas con blanqueo de dinero. Todo con la intención de que fuera arrestado y expulsado del país, dado que no tenía nacionalidad española. Por supuesto, tuve que explicarle que lo que me estaba solicitando era del todo ilegal, y que no podía cumplir con su petición ni a nivel profesional ni personal.

¿Es legal entregar al cliente vídeos o fotos de otra persona que hayan sido tomados sin su consentimiento? Y en caso de una denuncia y juicio, ¿se admitirían como pruebas las grabaciones realizadas sin consentimiento?

Según la regulación de los detectives en España, las pesquisas privadas no necesitan del permiso ni consentimiento de la persona investigada para realizar grabaciones o fotografías, ni para incluir sus datos personales en nuestro informe, siempre que se cumplan los requisitos legales sobre el encargo del cliente. El no contar con el consentimiento también hace exclusiva nuestra profesión y estamos legalmente autorizados para hacerlo de ese modo, a diferencia de otros oficios donde sí tienen que hacerlo para cumplir con la normativa de protección de datos. Hago la matización sobre que en España no es necesario ese consentimiento porque en otros lugares, como Países Bajos, sí es necesario contar el mismo. Imaginemos la situación de una investigación sobre un supuesto fraude a una aseguradora: si solicitásemos el permiso de la persona que va a ser investigada y grabada sería imposible dar con la verdad.

Y, por supuesto, si una investigación cumple los requisitos legales para ser aceptada, nuestro informe puede ser utilizado como prueba en un juicio. En cambio, una denuncia por parte de la persona investigada no tendrá mucho recorrido por haber sido una investigación cien por cien legal.

A nivel económico, ¿es accesible para cualquiera contratar los servicios de un detective?

No se puede decir que sea accesible para todos, ya que el presupuesto depende del tipo de encargo solicitado, el tiempo necesario para completarlo, el material utilizado y la ratificación en el juzgado para confirmar los datos del informe. Sin embargo, consideramos que siempre es una inversión valiosa. Cuando la reparación no es moral o afectiva (la preocupación de unos padres), puede serlo económica (una baja laboral fraudulenta).

A pesar de esto, muchos detectives hemos aceptado encargos de clientes con recursos limitados y nos hemos adaptado a su situación. La Asociación Profesional de Detectives Privados de España (APDPE) lleva trabajando varios años en establecer la figura del detective privado de oficio. Esto permitiría que las personas con recursos económicos limitados accedieran a estos servicios de forma gratuita o subvencionada, similar al sistema de abogados de oficio. Después de todo, en casos como violencia de género, quebrantamiento de órdenes de alejamiento, custodias o pensiones compensatorias, por ejemplo, nuestra investigación es de gran utilidad.

¿Qué valor judicial tienen los informes de los detectives?

El informe de un inspector privado se considera un testimonio documentado e imparcial en procesos judiciales. Generalmente, el detective comparece en los juzgados para ratificar su informe y responder a las preguntas de los abogados. Su labor consiste en recopilar pruebas y datos relevantes para respaldar el proceso judicial, siendo su testimonio altamente valorado como un medio de prueba legítimo y confiable.

¿Es posible contratar a un detective de manera anónima?

No, no lo es. Antes de iniciar la investigación, es necesario formalizar un contrato o una hoja de encargo. En este documento, además de los datos de identificación del detective, también deben incluirse los datos del contratante, es decir, de la persona o empresa que contrata los servicios. Sin embargo, la persona investigada nunca sabrá quién ha contratado los servicios, ya que se garantiza la confidencialidad. Hay una posibilidad para aquellos que buscan la máxima discreción: contratar al detective privado a través de intermediarios, como agencias especializadas. Esto puede proporcionar una capa adicional de protección a la identidad del cliente.

¿Dónde puede contratarse a un detective?

Existen varias opciones disponibles. En primer lugar, es importante tener en cuenta que los profesionales reconocidos no suelen anunciarse en plataformas de cupones de descuento o en la venta de artículos de segunda mano. Hoy en día, lo mejor para encontrar a un detective es utilizar un motor de búsqueda en internet, visitando la página web de un inspector privado de confianza o buscándolo a través de un directorio de asociaciones o colegios profesionales. Una vez contactado y después de proporcionarle detalles sobre el caso, el detective enviará un presupuesto y, posteriormente, un contrato u hoja de encargo de la investigación. Es fundamental que este documento sea firmado por ambas partes antes de iniciar el trabajo.

¿Cómo puedo verificar si un detective está autorizado para ejercer como tal?

Los inspectores privados habilitados poseen un número de TIP (tarjeta de identificación profesional) así como un número de RNSP (registro nacional de seguridad privada) que deben hacer constar en su publicidad, así como en su página web, tarjetas de visita, etc. Una forma de confirmar su habilitación es verificar si están registrados en el directorio de alguna asociación de detectives o colegio profesional, ya que, para ser miembros de estos colectivos, deben presentar la documentación correspondiente y esta ser aprobada para su incorporación. Aunque hay detectives competentes que no son miembros de ningún colectivo; en estos casos se puede solicitar su tarjeta de identificación, donde pondrá que ha sido expedida por la Dirección General de la Policía-Seguridad Privada, junto con su número de TIP y RNSP.

¿Cuánto dura una investigación?

La duración de un encargo es difícil de calcular, ya que varía según el tipo de caso que se esté realizando. Es importante distinguir entre el tiempo dedicado a la investigación en sí y el período que transcurre desde el día A, cuando el cliente firma el contrato con el detective para iniciar el encargo, hasta el día B, cuando el cliente recibe el informe finalizado.

He llevado a cabo investigaciones que han durado menos de treinta minutos, como en el caso de un nuevo directivo que iban a contratar en una multinacional: se trataba de verificar algunos datos de su currículum y los diplomas que había proporcionado. En cuestión de minutos pude descubrir que los diplomas estaban falsificados; como detalle curioso, el individuo era disléxico, por lo que cometió errores evidentes en los documentos, como escribir «erctor de la Universisidad» en lugar de «rector de la Universidad».

Por otro lado, algunas pesquisas pueden extenderse durante varias semanas, como en el caso de investigaciones económicas en las que es necesario analizar detalladamente múltiples empresas, realizar visitas a sus instalaciones y solicitar documentación; o incluso meses, como en el caso de la búsqueda de una persona desaparecida.

¿Está obligado el detective a mantener el secreto profesional?

El inspector privado tiene el derecho y la obligación de guardar el secreto profesional en relación con los hechos de los que tenga conocimiento durante el ejercicio de su profesión. Esto implica no revelar acontecimientos, datos o información confidencial obtenida de su cliente, del investigado o de otros colegas, tal y como dispone la ley. Además, debe garantizar que su personal y cualquier colaborador mantengan también el secreto profesional. Esta obligación persiste incluso después de finalizar la prestación de servicios. Si se obtienen grabaciones u otras pruebas durante una investigación, no pueden divulgarse públicamente, excepto dentro del marco legal. Además, el detective no debe proporcionar a ninguna persona que no sea su cliente información verbal, informes escritos o pruebas obtenidas durante un trabajo sin la autorización expresa de este último.

¿Qué debería proporcionarte un detective una vez que ha resuelto el caso?

El detective está obligado a entregar un informe final que incluya el resultado de la investigación encargada, así como todas las pruebas recopiladas durante el proceso, como grabaciones en vídeo o fotografías.

¿Un detective privado puede investigar a un cargo público o autoridad o, incluso, a un policía?

Podemos investigar a un policía si, por ejemplo, sus superiores sospechan que está realizando actividades no autorizadas durante su baja laboral, si desempeña trabajos no relacionados con su profesión durante su jornada o en investigaciones relacionadas con la custodia de menores, como parte de procesos judiciales o en casos de disputa entre los progenitores.

Asimismo, podemos realizar investigaciones sobre cargos públicos. Son frecuentes los llamados «informes de idoneidad», que se realizan antes de comprometer a un individuo con un cargo público, para evaluar su trayectoria, reputación en redes sociales y uso de lenguaje violento o xenófobo. También se llevan a cabo investigaciones relacionadas con el blanqueo de capitales, en las cuales el Servicio Ejecutivo de la Comisión de Prevención del Blanqueo de Capitales e Infracciones Monetarias (SEPBLAC) presta especial atención a las personas con responsabilidad pública, es decir, cargos públicos o autoridades.

¿Cómo saber si estoy siendo investigado por un detective?

Si notas que estás siendo seguido o te encuentras con la misma persona varias veces al día, podría ser indicio de que estás bajo investigación por un inspector privado. Aunque es legal que un detective te siga siempre que exista un motivo legítimo, es crucial que respetemos tu privacidad y no invadamos tus espacios personales. En caso de sentirte objeto de una investigación injusta, puedes tomar las medidas legales adecuadas.

¿Un detective puede actuar en otro país?

Es posible que una investigación pueda llevar al inspector privado a otro país, como en casos de desapariciones de personas o fraudes empresariales. En tales situaciones, el detective debe decidir si subcontrata la investigación a una agencia local o si actúa directamente, yendo al país en cuestión para completar la indagación. Un detective privado puede operar en otro país, pero debe cumplir con los procedimientos legales del mismo y, en ocasiones, obtener la cooperación de las autoridades. Esto podría incluir la obtención de permisos específicos.

Aquí entra en cuestión la importancia de los colectivos. Los tres más importantes en el siglo XX en España fueron la Agrupación Nacional de Centros de Investigación Privada, la Asociación Nacional de Detectives de España[1] y la Asociación Profesional de Detectives Privados de Cataluña y Baleares (ACBDP).[2] En la actualidad, los más reconocidos por su mayor número de integrantes son la Asociación Profesional de Detectives Privados de España (APDPE)[3], la Asociación

Nacional de Agencias de Detectives Privados de España (ANADPE)[4] y la Asociación de Detectives Autónomos de España (ADAE).[5] También contamos con tres colegios profesionales autonómicos, que son colectivos de derecho público, donde es obligatorio colegiarse si la actividad se ejerce en esa comunidad autónoma, si bien todos ellos permiten la colegiación de detectives de otras zonas. Algunos importantes: el Colegio Oficial de Detectives Privados de Cataluña (CODPCAT),[6] el Colegio Oficial de Detectives Privados de la Comunidad Valenciana (CODPCV)[7] y el Colegio Profesional de Detectives Privados y Privadas de Galicia (CODEGA).[8] Bien, estas agrupaciones son el primer paso para acceder a colectivos internacionales que pueden ayudarnos si trabajamos fuera de nuestro país.

A nivel mundial, los colectivos más reconocidos por número de asociados y la diversidad de países donde ejercen son la World Association of Detectives (WAD),[9] International Intelligence Network (Intellenet, «red internacional de inteligencia»)[10] y la CII o Conference of International Investigators («conferencia de investigadores internacionales»).[11] También hay que destacar a la reconocida IKD, Internationale Kommission der Detektiv-Verbände («federación internacional de asociaciones de detectives privados»),[12] que ha desempeñado un papel destacado en las últimas décadas en la regulación y avance de la actividad en los países que la conforman. Como asociación que forma parte de la IKD destaca asimismo The Association of British Investigators, conocida por sus siglas ABI,[13] que durante años se ha dedicado a promover la regulación de la profesión en Reino Unido, ante las autoridades del gobierno.

Además de los colectivos mundiales, la gran mayoría de los países cuentan con sus propias asociaciones. Estas son especialmente útiles, como he dicho, en lugares donde la actividad de los investigadores no está regulada, como son Alemania, Bulgaria, Chipre, Dinamarca, Estonia, Finlandia, Grecia, Lituania, Luxemburgo, Malta, Noruega, Portugal, Suecia y Ucrania (fijémonos en la cantidad, y eso que solo estamos teniendo en cuenta a Europa).

Existen otras asociaciones igualmente importantes que no forman parte de la citada IKD ni están ubicadas en Estados Unidos, como, por ejemplo, The Investigative Committee of the Russian Federation, Central Nacional Detectives Privados del Perú (Cendeprip), Asociación Mexicana de Detectives Privados, Association of Professional Detectives and Investigators Indi, y Japan Investigation and Detective Services Association, por mencionar algunas. Es importante destacar que en algunos países no está permitido el uso de la palabra «detective» al no considerarse una profesión.

¿Cuáles son las actividades que un inspector privado no realiza en su trabajo?

Un detective privado no aceptará casos ilegales o que comprometan su reputación profesional. No llevará a cabo investigaciones que infrinjan los derechos de honor o intimidad de las personas investigadas. Además, se comprometerá a mantener su objetividad, independencia y honestidad, sin violar su código deontológico ni las normas éticas y profesionales de su actividad.

¿La mala práctica de un detective puede desacreditar el resultado de la investigación?

Sí, esto puede ocurrir, aunque no es lo más común. Si un inspector privado ha cometido una mala práctica, como, por ejemplo, no haber entregado su informe final con el resultado de la investigación o que los datos que aporte no sean ciertos, su cliente puede comunicarlo al colegio profesional o asociación a la que pertenezca el detective, que tomarán medidas disciplinarias. También puede presentar una denuncia ante Seguridad Privada, el organismo encargado de controlar y regular a los investigadores privados. Además, dado que el objetivo final del informe es que pueda servir como prueba en un juzgado, si el detective ha llevado a cabo una mala práctica en su investigación, como haber accedido al interior de un domicilio sin el consentimiento de las personas que viven en él, el informe perderá su validez legal. Por lo tanto, el primer control de calidad de un detective es su cliente, seguido por la evaluación de los abogados y Seguridad Privada.

¿Podrías ilustrar algún caso de posible invasión ilegal de la intimidad?

Pondré dos ejemplos de cómo no podemos realizar invasiones indebidas de la privacidad. Son dos casos de resolución similar, pero por solicitudes distintas.

En el primero, Valentina se pone en contacto con nosotros para contratarnos. El divorcio con Maximiliano le ha provocado un desequilibrio económico tras la ruptura matrimonial y ha visto reducidos sus ingresos y capacidad para generarlos. Tienen dos hijos en común y nos ha llamado porque sabe que el padre tiene más ingresos de los que ha demostrado y con los que el juez estableció la pensión compensatoria. Pero esos ingresos, según nos transmite, no son oficiales: Maximiliano, que trabaja en un restaurante, los recibe a modo de propinas todos los meses en un sobre que le da su jefe. Ella nos asegura que esas propinas superan los ochocientos euros al mes, y, aun perjudicando a sus hijos, él niega recibir ese dinero para no modificar, así, la pensión compensatoria fijada. Durante nuestra investigación no podemos ser testigos de la entrega de ese sobre con dinero, ya que ocurre en un lugar privado. Sin embargo, sí podemos realizar una vigilancia para demostrar que el estilo de vida de Maximiliano es superior al que le corresponde; que el coche que tiene, los restaurantes que frecuenta, los lugares donde viaja no son proporcionales a los ingresos que demostró en su proceso de divorcio.

Otro caso es el de Carolina, responsable del departamento legal de una empresa. Quiere contratarnos porque tiene una deudora llamada Natalia, quien trabaja como comercial en una compañía de azulejos y asegura no poder pagar su deuda debido a ingresos insuficientes. No obstante, Carolina sospecha que Natalia puede hacer frente a la deuda: ha escuchado rumores de que recibe un sobresueldo mensual en forma de comisiones no declaradas. Al igual que en el caso anterior, no podemos ser testigos de la entrega de este sobresueldo, pero podemos aportar pruebas de su estilo de vida no proporcional a los ingresos oficiales.

Aparte de respetar los espacios privados, los medios que se utilicen para desarrollar una investigación deben cumplir el triple juicio de proporcionalidad: deben ser necesarios, es decir, la medida debe ser indispensable para lograr el objetivo de la investigación; idóneos, lo que implica que la medida debe ser adecuada y eficaz para alcanzar ese objetivo; y proporcionales, lo que significa que la medida tomada no debe exceder lo necesario para obtener el resultado deseado.

Imagina que un detective privado está investigando a una persona sospechosa de tener ingresos no declarados. Para cumplir con el triple juicio de proporcionalidad, el detective deberá asegurarse que la aceptación del caso y el plan de investigación sea:

- **Necesario**: La vigilancia es necesaria para confirmar si el estilo de vida de la persona es compatible con sus ingresos declarados. La investigación en este caso debe centrarse exclusivamente en observar comportamientos públicos, como los lugares que frecuenta, sin invadir espacios privados o realizar intervenciones innecesarias.
- **Idóneo**: La vigilancia de la persona en su día a día es idónea para verificar si su nivel de vida es acorde a los ingresos oficiales.

• **Proporcional**: La vigilancia debe estar limitada al tiempo estrictamente necesario para obtener suficiente información, sin extenderse más allá de lo indispensable.

¿Cómo se enfrenta un detective a una nueva investigación y cuáles son las preguntas clave que se plantea?

En una primera fase, el detective elaborará un plan de trabajo para su cliente. Una vez aprobado, procederá a recopilar datos esenciales sobre la persona o empresa a investigar. Las siguientes fases pueden incluir la obtención de información mediante vigilancia, seguimientos, llamadas telefónicas o rastreo de información en la red. En cuanto a las preguntas clave, aunque el detective no necesariamente sigue un cuestionario predefinido de las «siete preguntas de oro» durante la investigación, tanto el cliente como el propio detective deberán poder responder a estos interrogantes fundamentales una vez concluido el trabajo: ¿quién?, ¿qué?, ¿cuándo?, ¿dónde?, ¿por qué?, ¿cómo?, ¿cuánto? Estas cuestiones son cruciales para recopilar información esencial y comprender los detalles relevantes del caso.

¿Un detective es imparcial, o trata de favorecer a quien le contrata?

El detective siempre debe mantener la imparcialidad y la neutralidad en su trabajo, actuando como un notario de la realidad y recopilando pruebas para su cliente. Sin embargo, puede darse el caso de que el inspector privado sea contratado para investigar a alguien con quien tenga algún conflicto de interés, como un familiar o un amigo. En tales situaciones, el detective debe explicar la situación a su cliente y recomendarle que busque a otro profesional, con el fin de evitar que la relación pueda poner en entredicho su imparcialidad y, en caso de llegar a juicio, invalidar las pruebas recopiladas por no ser objetivas.

¿Alguna vez te sientes incómodo por investigar la vida privada de los demás?

Lo cierto es que no. En mi trabajo como detective me enfoco en cumplir con la tarea para la cual he sido contratado, viéndola desde la perspectiva y los objetivos de mi cliente. Por lo general, las personas objeto de nuestras investigaciones están involucradas en actividades que pueden implicar engaños, ocultamientos o fraudes. Nuestro objetivo principal es ser testigos de la realidad para confirmar o desmentir estas sospechas.

Por ejemplo, el año pasado, Alba, una conocida de una amiga, me contrató para vigilar a Ricky, su pareja. Ella sospechaba que él le ocultaba algo y que quizá le mentía al menos una vez al mes, especialmente durante los viernes o sábados por la noche. Ricky solía decirle que quedaba con compañeros de trabajo para cenar en casa de uno de ellos y trabajar en proyectos profesionales, viendo luego una película juntos. Lo curioso era que nunca invitaba a su pareja a acompañarlo, y su hora habitual de regreso a casa era entre las tres y las cuatro de la mañana.

Alba conocía el pasado de Ricky antes de su relación. Había sido un consumidor habitual de alcohol y cocaína, además de tener gusto excesivo por las mujeres. Lo había sorprendido en más de un engaño, especialmente cuando empezaron a salir, pues descubrió que le había mentido sobre su actividad laboral y que tenía varias deudas de tarjetas de crédito. Durante cuatro fines de semana vigilé a Ricky y descubrimos que nunca visitaba la casa de sus supuestos amigos. En realidad, se pasaba las noches de bar en bar, bebiendo alcohol y coqueteando con todas las mujeres que podía. ¿Era su vida privada? Sin duda. Pero nunca me sentí incómodo al estar cerca de él durante horas, corroborando las sospechas de mi conocida, en este caso también clienta.

¿Te reconforta en ciertos casos el pensamiento de que el investigado podría, aunque no es seguro, estar incurriendo en algún delito o falta?

Sí, la sensación es muy similar a sentirte reconfortado. Digamos que cuanto mayor sea el grado del supuesto engaño o fraude, mayor satisfacción sientes al esclarecer y demostrar la verdad. Por ejemplo, hace unos años realizamos una investigación sobre un grupo de quince personas que se organizaron para simular accidentes de tráfico con el fin de cobrar indemnizaciones de compañías aseguradoras, incluso implicando a talleres de reparación.

¿Cuáles son las dudas éticas de un detective? ¿Cómo las enfrentas?

A veces surgen dudas éticas, especialmente en investigaciones relacionadas con la solvencia financiera. Por ejemplo, cuando se trata de personas que no pueden cumplir con sus obligaciones económicas, como pagar una hipoteca, no porque no quieran, sino debido a problemas económicos graves o situaciones familiares difíciles. Estas personas, en algún momento, adquirieron un compromiso con mis clientes al comprar una propiedad bajo ciertas condiciones y obligaciones. Sin embargo, la vida puede dar giros inesperados.

La forma en que abordo estas dudas éticas es mediante el pensamiento lateral, viendo la situación desde otra perspectiva. En mi informe, mi objetivo es mostrar la realidad. En muchas ocasiones demuestro que su situación familiar es vulnerable, y gracias al resultado de mi investigación, el cliente puede negociar nuevas condiciones asumibles. Al reflejar esta realidad, los tribunales suelen tomar decisiones más favorables.

¿Tienen los inspectores privados autoridad para detener a un criminal?

En España los detectives no tienen autoridad para detener a ninguna persona. Puede suceder que, mientras llevamos a cabo una investigación, tengamos que interactuar con alguien que sabemos que es un criminal, pero carecemos de la autoridad para restringir la libertad de nadie. En tales casos, debemos informar a las Fuerzas y Cuerpos de Seguridad del Estado para que puedan intervenir.

¿Qué hay de verdad y de mentira en los clásicos del género negro en cuanto a la figura del detective y su práctica?

El detective, como personaje literario, es un estereotipo dentro del género negro que forma parte del imaginario cultural y social. Suelen ser solitarios, a menudo violentos y descuidados en su apariencia. Visten con gabardina, han sido retirados injustamente de la policía, sufren de alcoholismo y suelen recurrir a una botella de su bebida alcohólica favorita guardada en el cajón del escritorio. Son fumadores empedernidos, con despachos desordenados e insalubres donde, a veces, pasan la noche. Poseen una pistola y tienen una libreta de contactos que les proporciona pistas para resolver casos, que suelen ser asesinatos o desapariciones. Además, tienen la gran suerte de encontrar siempre aparcamiento cerca de su destino.

En contraste, el detective real suele tener una familia a la que ve diariamente y a la que admira por su paciencia. Utiliza gabardina solo en días de lluvia, prefiriendo un chubasquero cuando es necesario. Durante sus investigaciones y seguimientos debe mantenerse lúcido y sobrio, ya que cualquier distracción puede ser crucial para perder a la persona investigada. En España, los detectives cursan estudios durante tres años y luego se habilitan en Seguridad Privada. Si han formado parte de los Cuerpos de Seguridad del Estado, deben pasar alejados de su puesto al menos dos años antes de poder convertirse en detectives, por lo que no es común que sean policías retirados. Su investigación se basa en recopilación de fuentes abiertas, vigilancia, seguimientos, entrevistas y redacción de informes. A diferencia de los inspectores privados de la ficción, suelen manejar varios encargos simultáneamente y sus agendas suelen estar llenas de distintos trabajos; incluso los detectives de campo pueden llevar varios casos a la vez. Y, lo más importante, no investigan delitos de sangre.

¿En qué consiste el día a día de un detective en la actualidad?

Podemos diferenciar entre dos perfiles de detectives: el operativo y el de despacho. Los detectives operativos, también conocidos como «detectives de calle», son aquellos que realizan vigilancias y seguimientos. Su cliente suele ser otra agencia de detectives con la que colaboran habitualmente. Para ellos, cada día es distinto al anterior; pueden comenzar desde muy temprano en la puerta de un domicilio y esperar con paciencia durante horas, con su equipo preparado, como cámaras de fotografía y vídeo, para luego realizar un seguimiento a otra persona —en un caso completamente diferente— por la tarde. No existe una rutina horaria, ya que siempre dependen de su cliente, de la persona investigada y del tipo de caso que estén llevando a cabo. Pueden salir de su casa en cualquier momento, ya sea de madrugada, a la hora de comer o justo antes de irse a dormir. Además, deben dedicar tiempo a redactar informes y seleccionar las pruebas audiovisuales.

El otro perfil de detective es aquel que trabaja desde el despacho, realizando tareas propias de cualquier empresa. Mantienen contacto con el cliente, dirigen las diferentes investigaciones y su día a día es más rutinario. Sin embargo, siempre están atentos a la llamada telefónica de un cliente y a la coordinación con el investigador operativo. En los casos de despachos modestos, el director se convierte en una especie de hombre-orquesta, donde, además de realizar las gestiones administrativas y mantener el contacto con el cliente, también lleva a cabo las investigaciones operativas.

¿Puede un detective realizar una investigación sobre un menor?

Sí, siempre que sean los padres o tutores legales quienes contraten al detective y que, como se mencionó anteriormente, se cumplan las condiciones y la justificación del encargo. Hay diversos casos en los que un detective privado puede llevar a cabo una investigación sobre un menor o con un menor como protagonista. Por ejemplo, la verificación de las custodias en casos de padres divorciados para asegurar que se cumplen las condiciones acordadas y se respeta al menor, o la investigación de casos de acoso escolar, donde el inspector privado puede verificar la situación y proporcionar las pruebas necesarias para que tanto la dirección del colegio como las autoridades tomen las medidas correspondientes.

Veamos tres ejemplos reales de investigaciones familiares. Los dos primeros se produjeron hace unos meses: un amigo y colega de profesión especializado en el ámbito familiar solicitó mi colaboración en un par de casos novedosos para él. En ambos, los clientes eran padres preocupados por sus hijos. En uno, la inquietud respondía a un posible absentismo escolar de un niño menor de edad, Carlos. En el otro, los padres tenían sospechas sobre el comportamiento reciente de su hija Nuria y temían que estuviera involucrada en una secta. Las dos investigaciones concluyeron con éxito. Se confirmó que Carlos consumía estupefacientes con algunos compañeros en lugar de ir al colegio y, tras conocer la verdad, los padres buscaron ayuda profesional para que su hijo superara sus adicciones. En el caso de Nuria, se confirmó su pertenencia a una secta; mi amigo incluso tuvo que infiltrarse como seguidor para obtener información. El resultado permitió a los padres rescatarla del grupo sectario.

El tercer ejemplo está relacionado con fraudes en la escolarización de menores. En ciertos colegios, ante la alta demanda de plazas, hay padres que falsifican los datos que deben aportar en la solicitud o se empadronan en domicilios de familiares o amigos cercanos al centro escolar para que sus hijos consigan más puntos para ser admitidos. Como consecuencia, Miguel quedó excluido, a pesar de tener todos los derechos y cumplir con los requisitos. Sus padres decidieron contratarnos para verificar la situación de cinco alumnos con sospechas de fraude. Nuestro trabajo consistió en comprobar los datos aportados en sus solicitudes, incluyendo la realidad de la cercanía al domicilio, la proximidad al trabajo, los niveles de renta o si eran familia numerosa. En cuatro de los cinco casos, demostramos que la información aportada era falsa. Con nuestros informes, los padres de Miguel tuvieron una entrevista con el director del centro escolar, quien, ante la evidencia, reubicó a los cuatro alumnos cuyos padres habían cometido fraude en otros centros y aceptó justamente a Miguel en el colegio que le correspondía.

¿Puede un detective intervenir un teléfono?

En España es ilegal que un detective intervenga un móvil sin autorización judicial. Solo las Fuerzas y Cuerpos de Seguridad del Estado tienen la capacidad de hacerlo y, aun así, también deben obtener un permiso.

Intervenir un teléfono sin autorización constituye una violación de derechos fundamentales, como el derecho a la intimidad y al secreto de las comunicaciones. Esta práctica está prohibida y conlleva graves consecuencias legales. En estos casos, es fundamental que el cliente comprenda la ilegalidad de dicha acción y se le asesore para lograr el resultado deseado de manera legal.

¿Qué diferencia al detective del pasado respecto al detective del siglo XXI*?*

Es en la información sobre particulares donde encontramos una de las principales diferencias entre el pasado y el presente, a causa de las restricciones actuales para acceder a la información sobre personas físicas y de la normativa sobre protección de datos, en España y Europa, que limitan su obtención salvo que se consigan por fuentes abiertas. A finales del siglo XIX existía mayor libertad de acceso a la información.

Los detectives privados nos hemos adaptado a la evolución de las necesidades de nuestros clientes, siendo nuestros servicios un reflejo de la sociedad de cada momento. Aun así, la tecnología y las leyes, que también evolucionan, han ampliado el alcance de nuestras pesquisas en comparación con, por ejemplo, hace cincuenta años. En la actualidad, una de las investigaciones más comunes de nuestros clientes particulares está relacionada con el ámbito familiar y en concreto con la custodia de los hijos. Nuestros informes evalúan la idoneidad de los progenitores, recopilan pruebas legítimas y respaldan solicitudes de custodia compartida. Suelen ser encargos para aportar pruebas que amparen reclamaciones económicas en pensiones alimenticias y compensatorias en caso de divorcio, o para determinar si la falta de pago de la pensión es deliberada o si el responsable no puede cumplir debido a una verdadera falta de ingresos.

Además, realizamos investigaciones de *mystery shopping* o cliente misterioso, evaluando el modo en el que los trabajadores de una empresa tratan a los clientes o proveedores. También ofrecemos servicios relacionados con ciberseguridad, como análisis de redes sociales, páginas web o correos electrónicos. Otro ámbito en el que nos hemos adaptado es el de las investigaciones forenses, realizando análisis e informes periciales vinculados a la actividad irregular en equipos informáticos, dispositivos móviles o tabletas.

Finalmente, hay detectives especializados en la interpretación de microexpresiones, gestos y comportamientos del lenguaje no verbal, e incluso expertos en peritación de obras de arte.

Pero cada cliente es único, al igual que sus demandas de investigación. Esta es una profesión en la que nunca dejas de aprender; resulta habitual que alguien acuda a nosotros con una necesidad que no habíamos abordado hasta ese momento. La experiencia adquirida a lo largo de nuestra trayectoria es lo que nos permite saber cómo gestionar cada nuevo caso.

¿Qué hay que hacer para convertirse en detective privado en España?

A día de hoy es necesario estudiar durante tres años para obtener un diploma universitario de grado en el ámbito de la investigación privada, que acredite la adquisición de competencias, o bien sacarse el título del curso de investigación privada reconocido por el Ministerio del Interior. Hay varias universidades y centros reconocidos por dicho ministerio que ofrecen el curso de detective, ya sea de forma presencial o virtual. Es crucial que el centro donde elijas realizar la formación esté debidamente acreditado; además, recomiendo a los futuros alumnos que busquen una universidad que les transmita confianza y que se adapte a sus necesidades. Una vez hecha la elección, es importante que consulten con el centro de Seguridad Privada de la Policía más cercana a su domicilio para confirmar que el curso está homologado. Aunque el listado de universidades y centros está disponible en la web de la Policía, no siempre se encuentra actualizado.

El Ministerio del Interior exige una serie de asignaturas mínimas en el curso de tres años; estas también están publicadas en la página web de la Policía.[14] Si has cursado previamente una carrera universitaria, es posible que se te puedan convalidar algunas ya estudiadas. También existe un programa de pruebas compensatorias que reconoce la cualificación profesional de detective privado obtenida en países de la Unión Europea.

Una vez finalizados los estudios, el alumno aún no es un detective privado: tiene que acudir al centro de Seguridad Privada de su ciudad para obtener su habilitación con carácter de autorización administrativa y su correspondiente tarjeta de identificación profesional (TIP), presentando una serie de documentación que también se puede consultar en la página web de la Policía.

Noticias y casos reales

Los medios de comunicación, lectores, oyentes y espectadores sienten una curiosidad especial por la profesión del detective privado, por lo que, prácticamente desde los inicios de su actividad, ha dejado una huella indeleble en la prensa y, sobre todo, en el imaginario colectivo. La gente siempre se sorprende al descubrir que la imagen estereotipada no tiene que ver con la realidad, pero también muestra interés por las características reales de la profesión, los medios y herramientas de última tecnología que utilizamos y por conocer los detalles de un caso que nos haya marcado.

Hay periodistas que, por desconocimiento, utilizan en sus titulares la combinación de palabras «detective» y «espía». Aunque es cierto que ambas profesiones implican la investigación de algo o de alguien, no son lo mismo; además, esta comparación suele emplearse de manera despectiva. En las entrevistas se finge cierta ignorancia que funciona como gancho, por lo que todas comienzan de la misma manera: sitúan al lector en el estereotipo del detective que aparece en películas, series o novelas; una vez te han atrapado en ese relato, el objetivo está cumplido. Después dejarán claro que nuestro trabajo difiere mucho de esos personajes ficticios y que, en realidad, es más cotidiano de lo que se podía imaginar. En este libro hacemos el mismo camino, pero profundizando en él.

Es sencillo encontrar cientos de noticias donde los detectives privados son protagonistas, en investigaciones relacionadas con ámbitos como el deportivo, político, administrativo, bancario, legal, empresarial y de personas famosas, por mencionar solo algunos ejemplos. Aunque es un principio fundamental de la profesión no revelar el nombre del cliente, en ocasiones estos salen a la luz, pues terminan destapándose de forma pública casos de corrupción, estafas, fraude a aseguradoras, chantajes, localización de personas desaparecidas y estudios económicos que revelan complejas tramas empresariales.

A continuación, vamos a repasar dos noticias sonadas en los medios de comunicación.

La primera de ellas es otra prueba más de cómo los equipos de fútbol han contratado a detectives para realizar investigaciones sobre irregularidades laborales de sus jugadores y conocer sus hábitos y rutinas, especialmente los de aquellos que muestran un bajo rendimiento en los entrenamientos y partidos. El caso ocurrió en 1993 y varios medios de comunicación informaron al respecto. Entre ellos, hemos seleccionado el artículo publicado por *Diario 16* del 16 de junio de 1993 y los de los periódicos *Clarín*, *La Nación* y *Voxpopuli.es.* En septiembre de 1992, el archiconocido Diego Armando Maradona, tras cumplir una suspensión de quince meses impuesta por la FIFA por consumo de cocaína a lo largo de su exitoso paso por el equipo de Nápoles, llegó al Sevilla Fútbol Club por impulso del entrenador Carlos Salvador Bilardo, generando gran expectación entre el público general y la afición debido a su prestigio de estrella mundial. Sin embargo, las señales de alarma se encendieron desde su llegada, pues su estilo de vida no era propio de un deportista de élite. La directiva del Sevilla, preocupada por la vida escandalosa que había llevado el astro argentino en el Napoli, contrató a un equipo de detectives para hacerle un seguimiento exhaustivo. En aquel momento, las calles de Sevilla estaban medio vacías y la nueva circunvalación que se había construido para la Expo ‘92 no tenía semáforos. Gracias al dispositivo de vigilancia que pusieron en marcha, los detectives descubrieron que Maradona aceleraba su Porsche hasta alcanzar los 190 km/h. El deportista, que vivía en un chalet de lujo en la urbanización Simón Verde, llevaba una vida que pronto se convertiría en un caos. La casa, que tenía solo una salida, se transformó en un punto de visita de numerosos amigos y allegados. Las noches de Maradona estaban llenas de fiestas y excesos; los inspectores llegaron a registrar hasta veinte coches diferentes en una velada común. En ocasiones, el equipo de detectives infiltraba en estas fiestas a mujeres que se hacían pasar por modelos. Además, el futbolista a menudo regresaba a casa a las seis de la mañana, cuando debía estar listo para entrenar a las diez. La situación se tornó insostenible. A principios de 1993, tras un partido, la relación con la directiva se deterioró. «Me empezaron a perseguir, a inventar historias, contrataron detectives para que les informaran de lo que yo hacía», relató Maradona en su autobiografía. La realidad, no obstante, es que los seguimientos realizados sirvieron para documentar su estilo de vida poco profesional, por lo que, cuando finalmente el club decidió separarse de él, se ahorraron 150 millones de pesetas, pues Maradona no había cumplido con sus obligaciones deportivas contractuales. Así, la experiencia del jugador en Sevilla, marcada por excesos y vigilancia, se convirtió en un episodio que ilustra la lucha entre el mito del futbolista y la realidad de sus decisiones. Al final, aunque su llegada fue sin duda celebrada, su salida dejó una estela de desencanto tanto en el club como en el propio jugador, quien se dio cuenta de que la fama puede ser a la vez una bendición y una maldición.

La otra noticia destacada en medios de comunicación estuvo relacionada con la búsqueda de herederos y herencias. Tuvo lugar en julio de 1961, conocida en la prensa española como el «caso Pastor», seguido de cerca por el periódico *Pueblo* a lo largo de cuatro publicaciones distintas, desde el

24 de julio hasta el 1 de octubre. La historia comienza cuando un vecino de Casas de Don Pedro (Badajoz), de apellido Pastor, contrató a dos detectives para localizar una enorme herencia de 15.000 millones de pesetas (90 millones de euros), datada de 1804, del virrey de Chile, don Vicente Pastor, destinada a aquellos que compartieran su apellido. La leyenda se había extendido por varios países del mundo. Según la misma, el dinero estaba depositado en una caja fuerte del Banco de Londres sin un propietario definitivo. Varios individuos con el apellido Pastor en España, Marruecos y Argelia se consideraban herederos, por lo que se reunieron en Barcelona para llegar a un acuerdo, pero el proceso quedó estancado. Un año y medio después, el vecino de la Siberia extremeña contrató a los detectives, junto a un abogado alicantino con los derechos para activar y gestionar el proceso en España. El objetivo era doble: localizar el documento del legado del virrey y encontrar el dinero. Los inspectores privados viajaron a Londres para entrevistarse con el director del banco, quien les informó que ni el testamento ni el dinero estaban allí. Dado que el señor Pastor (el rico) falleció en 1805 y el banco fue fundado en 1862, les sugirió que el dinero podía estar en el Banco de Inglaterra, que había absorbido a todas las entidades pequeñas. También se entrevistaron con el director de dicha institución, pero, a pesar de los esfuerzos, no lograron encontrar nada. Después del viaje a Londres, no se publicaron más noticias sobre el caso, y el dinero nunca apareció.

Titulares que ilustran la profesión

En este apartado vamos a destacar algunos titulares que reflejan la labor de los inspectores privados. Para empezar, veremos algunos relacionados con el ámbito laboral, ya que son frecuentes en la divulgación mediática y dan cuenta de la intervención de los detectives.

Despedido un trabajador pillado *in fraganti* en la playa y de compras mientras imputaba los kilómetros a la empresa.
El País, 4 de septiembre de 2023

El Supremo avala la vigilancia de un detective a un vizcaíno despedido.
El Correo, 21 de octubre de 2023

Despedido por trabajar en una empresa competidora durante el teletrabajo.
Cinco Días, 6 de octubre de 2021

La Justicia valida el despido de un barman al que un detective grabó robando de la caja.
El Confidencial, 5 de agosto de 2021

De baja y de romería... Las pruebas de un detective avalan el despido procedente.
La Información, 28 de octubre de 2021

Ratifican el despido de la limpiadora de un colegio por confeccionar ropa de bebé en su horario laboral.
ABC, 13 de enero de 2021

Un detective pilla cazando y pescando tres días a un trabajador de baja y lo despiden.
Jara y Sedal, 3 de diciembre de 2023

El Supremo ve ilícitas las fotos de un detective a un trabajador de baja por dolor de cervicales reparando su jardín.
ABC, 3 de junio de 2023

Condenado a pagar al detective que su empresa contrató para despedirle.
El Confidencial, 31 de enero de 2021

Ahora veamos una muestra de otros titulares que representan la diversidad de casos en los que intervenimos, distintos al ámbito laboral. Aunque en algunos la palabra «detective» no siempre aparezca, al leer la noticia en detalle el inspector privado suele ser uno de los protagonistas.

Un gerente del Zoo de Madrid dirigió la estafa millonaria en el parque.
El País, 6 de agosto de 2014

Así funcionaba la trama de las falsas intoxicaciones de británicos en hoteles de Mallorca.
El País, 19 de enero de 2018

Un informe desvela una red de más de cien empresas creadas en torno a iDental.
El País, 23 de julio de 2018

La agencia de detectives que contrató Tomás Gimeno para investigar a la madre de Anna y Olivia entrega el informe a la Guardia Civil.
El Diario, 13 de mayo de 2021

Una abogada, una criminóloga y una detective privada se suman a la búsqueda de Natalia.
Diario de Avisos, 13 de febrero de 2023

Desaparición Lucía García: Los detectives y la Policía encuentran en Málaga a la menor sustraída por su madre.
El Cierre Digital, 22 de junio de 2023

La pandemia dispara la contratación de detectives privados para destapar falsos positivos de COVID y fraudes en el teletrabajo.
El Confidencial Digital, 13 de septiembre de 2021

Un Ayuntamiento de Palencia contrata a un detective para investigar a tres vecinos. El alcalde asegura que es «completamente legal» para saber si son residentes o no y se aprovechan de las parcelas comunales.
TeleMadrid, 23 de febrero de 2022

Cae una red criminal en Ibiza gracias al servicio de detectives de fiestas ilegales del Consell d'Eivissa.
Onda Cero, 7 de noviembre de 2023

Mafiosos del realquiler turístico vuelven a hacerse de oro con pensiones ilegales en Barcelona.
La Vanguardia, 4 de junio de 2023

Simulaban accidentes de tráfico para engañar al seguro: trece detenidos por estafa en Elche.
El Español, 22 de diciembre de 2022

El TSJA falla a favor de los padres de tres niños que se quedaron fuera de un colegio de Algeciras por un fraude escolar.
Europa Sur, 6 de junio de 2023

Basado en hechos reales

Como hemos visto a lo largo de esta obra, los servicios que los detectives ofrecen a la sociedad son variados. A continuación, presentamos una serie de casos, breves y concisos, originalmente diseñados para ser publicados en redes sociales. Estos son ejemplos reales del alcance de nuestras investigaciones, y cada uno de ellos, de una forma o de otra, nos habla de nosotros mismos (nos apelan, nos posicionan) y del mundo en el que vivimos. Están clasificados por diversos ámbitos o tipos de afectados/interesados. Es importante destacar que, al igual que todos los casos relatados a lo largo del libro, los nombres de los clientes y de los investigados son ficticios; se ha cambiado incluso el lugar donde ocurren los hechos para preservar la intimidad de sus protagonistas.

La señora Montesa, viuda de ochenta y dos años, acudió a una agencia de detectives: «Quiero que busquen a un amor del pasado, el de mi juventud en el pueblo. Solo tengo esta vieja fotografía y su nombre». «¡Intentaremos cumplir su deseo!», dijo, emocionado, el director. Sin embargo, después de varias semanas de trabajo, los detectives descubrieron que la persona ya no estaba viva.

Tras un año muy duro, Eduardo, Nuria y la pequeña Julia decidieron irse de vacaciones a una casa rural que encontraron en un portal de internet. ¡Sorpresa! Pagaron por anticipado y la casa no existe. Un detective contratado dio con el estafador.

Camila Mendoza vivía en Reino Unido, pero era descendiente de españoles, con tías y primos a los que nunca conoció. Gracias a la investigación de un detective privado de Toledo, logró contactar con sus familiares y crear un vínculo necesario con ellos.

Martina Arousa, chilena y nieta de un español, vive en Estados Unidos desde hace años. Para obtener la nacionalidad española tuvo que presentar una prueba de la fecha y lugar de nacimiento de su abuelo. El Registro Civil aceptó el informe de un detective privado de Soria.

Maribel Villalta tenía unos ahorros guardados en su casa, pero después de unos años, y de una mala cabeza, olvidó el lugar exacto donde estaban. Gracias a un detective y a un perro especializado pudieron encontrar el dinero.

Ernesto Bernal, CEO de la empresa de frutas más importante de la Axarquía malagueña, era acosado de forma anónima y digital. Un inspector privado experto en informática forense consiguió averiguar y reunir evidencias del acosador, un exempleado despechado.

Un matrimonio riojano con dos hijos menores estaba en proceso de divorcio. Uno de los padres tenía incertidumbres sobre la custodia, transmitiendo que la otra parte no cumplía el acuerdo establecido por el fiscal de menores. Contrató a una detective, cuya investigación demostró que su ex tenía un trato excelente con los hijos y siempre cumplía con la hora de devolverlos.

Asuntos sobre arrendamientos

La señora Piernavieja tenía sospechas de que su inquilino estaba subarrendando su vivienda alquilada de forma lucrativa, incumpliendo una de las condiciones del contrato. Un despacho de detectives le confirmó con pruebas que así era: se trataba de una estudiante a la que tenía alquilada una habitación.

Alberto y Asun, un matrimonio de Alcázar de San Juan, suelen alquilar varios apartamentos por cortas temporadas. Como parte de su rutina, sus detectives realizan una investigación previa de los nuevos inquilinos, que incluye referencias de vecinos anteriores. El mes pasado, se encontraron con información sobre un matrimonio al que describían como ruidoso, violento y que no pagaba las cuotas de la comunidad.

Asuntos sobre aseguradoras

Marcus Valenzuela presentó a su aseguradora un parte por daños en su vivienda a causa del agua de la vivienda de arriba. El tramitador sospechó de aquella historia, por lo que pidió a sus detectives que hicieran algunas preguntas y pesquisas. El resultado fue que todo era un fraude.

Pilar Silvani informó a su aseguradora sobre una enfermedad mental. Los inspectores privados descubrieron que realizaba compras de gran cuantía y que había recibido una gran indemnización anteriormente por la misma razón, e incluso encontraron evidencia de que la documentación presentada a la compañía era falsa.

María Villalta, propietaria de un bar en Almansa, reclamó más de 10.000 euros a su aseguradora por lucro cesante tras un supuesto accidente, argumentando que había dejado de tener ingresos como consecuencia del mismo. Sin embargo, los detectives demostraron que el accidente nunca ocurrió y que el bar no había tenido actividad durante dos meses antes del supuesto incidente.

Aitana Montalvo, responsable de siniestros de una aseguradora, tenía sospechas sobre las facturas presentadas por Jorge Lucientes, quien había contratado un seguro de viaje y afirmaba haber sufrido el robo de sus maletas. Para verificar la autenticidad de las facturas, contrató a una inspectora privada de Jaén. La investigación reveló que cuatro de las cinco facturas eran falsas.

Peter Rous, tramitador de una aseguradora, sospechó desde el inicio de su asegurada. Al leer el informe de una detective de Burgos confirmó sus sospechas y, además, descubrió que el marido «fallecido» por el que había sido indemnizada estaba vivo.

John Stillwell es un detective americano que tiene como cliente a una aseguradora de su país. Hace meses solicitó a un inspector privado de Benalmádena que confirmara si uno de sus asegurados estaba vivo. Así era: en la fotografía se le veía jugando con un perro en su jardín.

Asuntos sobre empleados

«El problema lo tenéis dentro», le dijo la detective Aurora Laforet a los directivos de una empresa de Ibiza, cuando les demostró con su informe que dos empleados hacían compras y gestiones sin control ni supervisión.

Nicolás Sotomayor es el responsable de una gran empresa del país que hace un año tenía un sorprendente 15 por ciento de absentismo laboral. Desde que trabajan con detectives para investigarlo, ese porcentaje ha descendido a un 3 por ciento.

Clarence Piquer estaba a punto de ser contratado como directivo en una multinacional del automóvil. Como parte del procedimiento habitual, la empresa solicitó un informe a un inspector privado para evaluar su reputación, trayectoria profesional y verificar su currículum. Sin embargo, el informe reveló que no era recomendable contratarlo. Los datos incluidos en su currículum estaban alterados, sus estudios falsificados y, en algunos casos, exagerados. Además, omitió una empresa en la que fue despedido por un asunto relacionado con dinero cobrado en efectivo a un cliente, que nunca llegó al departamento financiero.

Manuela Pedruelo es la dueña de un gran restaurante de Navarra. En el año 2020, preocupada por la responsabilidad de sus empleados con las medidas contra el COVID, contrató a una detective para que se hiciera pasar por cliente. Comprobó así que todo se hacía de manera correcta.

Una conocida empresa de fabricación y transporte de mascarillas sospechaba de un hurto interno de material. Tras la investigación realizada por unas inspectoras privadas de la zona, se confirmó que varios empleados estaban aprovechando la descarga de los camiones para robar las cajas y revenderlas.

Vicente Payns, detective asturiano, fue contratado por una corporación municipal con alto absentismo para realizar vigilancias a empleados de baja. Dos meses después de descubrir que varias bajas eran ficticias, la mayoría de los empleados se reincorporaron.

Veintitrés visitas a la semana eran las que reportaba Francisco Santillán, el comercial de telefonía móvil de una empresa del norte de España. A su director comercial no le cuadraban los números, por lo que contrató un detective para comprobarlo. Se demostró que exageraba los resultados y que parte de su tiempo laboral lo dedicaba a la pesca.

Alondra Montenegro, responsable de recursos humanos de una empresa de transportes de Huesca, sospechaba desde hacía meses que alguien de su plantilla no contabilizaba los pedidos. Gracias al informe de una inspectora privada aragonesa confirmó su duda.

Paloma Pedraza, responsable de una compañía en Vigo dedicada al servicio de cuidado de niños a nivel nacional, colaboraba estrechamente con detectives para verificar el historial y la trayectoria de cada nuevo empleado. En una ocasión, esta colaboración fue decisiva para rechazar la contratación de un candidato que representaba un riesgo para los menores. A esta persona se le solicitó su autorización para obtener un certificado de delitos de naturaleza sexual, y los detectives descubrieron que figuraba en el Registro Central de Delincuentes Sexuales y Trata de Seres Humanos. Además, durante las entrevistas realizadas por el Departamento de Recursos Humanos junto a los detectives, el candidato mostró un comportamiento inusualmente agresivo en algunas de sus respuestas, lo que reforzó la decisión de no contratarlo.

Asuntos sobre herederos

Juan Pieldelobo, CEO de una editorial manchega, necesitaba contactar con los herederos de un escritor fallecido para negociar los derechos de autor y reeditar uno de sus libros. Un investigador privado le proporcionó la información necesaria para llegar a los familiares directos. Como resultado, la reedición fue un éxito en ventas.

Asuntos económicos

Un bufete de abogados solicitó un informe patrimonial de una empresa a una detective de Barcelona, a efectos de poder iniciar una ejecución provisional y señalar bienes que pudieran ser susceptibles de embargo.

Desde Polonia solicitaron, a un despacho de detectives de Santander, la localización y solvencia de un ciudadano alemán. Localizaron dónde residía desde hacía tres meses y encontraron dos propiedades.

Un fondo inmobiliario de París contactó con un despacho de inspectores privados de Barcelona. Habían seleccionado a tres contratistas de obra civil para la rehabilitación de un hotel en la Ciudad Condal y necesitaban un informe lo más completo posible.

El alto nivel de vida de un deudor, a una entidad financiera, de más de 700.000 euros, fue demostrado gracias a una exhaustiva vigilancia de detectives privados. Aunque intentaba aparentar lo contrario, la investigación reveló que vivía en una zona residencial de alto nivel y conducía un vehículo valorado en más de 100.000 euros. Durante una semana, comió tres veces con su socio en restaurantes exclusivos, donde las cuentas alcanzaban una media de quinientos euros. Además, era fumador habitual de cigarrillos puros de una marca muy cara, y solía pasar las tardes en un club social, donde bebía coñac *premium* y apostaba grandes sumas de dinero jugando a las cartas. Durante la misma semana, fue visto comprando un reloj de más de 30.000 euros y, en otra ocasión, adquiriendo un traje valorado en más de 5.000.

Gracias a las alertas que incluía el informe financiero que la gerente Gisela Warren solicitó a su detective de Navarra, paralizó en septiembre la venta a crédito del pedido de doscientas cestas de Navidad que había solicitado un nuevo cliente.

Una gran empresa solicitó, a un despacho de inspectores privados, un informe patrimonial de uno de sus clientes para tener las garantías de una sentencia ya ganada por un millón de euros.

Alejandra Paniagua, abogada de una financiera, le solicitó a un detective una investigación sobre un cliente que se había presentado a un concurso de acreedores, pues había asuntos que no le cuadraban. El informe reflejó una amistad especial con el administrador concursal.

El ayuntamiento de un municipio de Murcia creó una central de compras para que el cien por cien de los proveedores y colaboradores fueran honestos, formales y sin amigos o familiares colocados. Desde su instauración, colaboran con un detective que les aporta información diaria.

Ana Aniston era la responsable de compras de una empresa de productos farmacéuticos. Una vez al año, le solicitaba a su inspector privado un informe actualizado de cada uno de sus proveedores antiguos y uno detallado de cada uno de los nuevos.

Carolina Collins es una detective irlandesa que tuvo que investigar la solvencia de una empresa de su país, con filial en Guadalajara, España. Para complementar el informe solicitó a una inspectora privada de la zona que hiciera una serie de fotos donde se viera la puerta, el rótulo y la calle.

Carlos Mir era director del Departamento de Riesgos de un gran almacén de construcción en Granada. Necesitaba información preventiva de calidad, pues los informes comerciales instantáneos que utilizaban no eran útiles. Se reunió con su detective habitual para explicarle su necesidad.

Emma Wilson era directiva de una multinacional. Varias horas al día se ausentaba sin dar explicaciones, por lo que desde la central contrataron a una inspectora privada que la investigó durante semanas. Gracias al informe supieron que esas horas las utilizaba para ir al gimnasio, y fue despedida.

Vicente Díaz era dueño de un negocio de mármoles de Alicante. Sus clientes eran autónomos y no disponía de informes comerciales sobre ellos, hasta que empezó a solicitárselos a un detective y por fin pudo disponer de información preventiva.

Asuntos sobre comunicación no verbal

En una gestoría de un pueblo de Extremadura sospechaban que Alberto Navarro mentía en sus explicaciones sobre varios documentos perdidos. Contrataron, pues, a la detective Amanda Salazar, experta en lenguaje no verbal, que detectó en la entrevista nerviosismo y falta de sinceridad.

Asuntos sobre propiedad industrial

Una prestigiosa marca de zapatos de mujer detectó que sus productos se vendían en una tienda del País Vasco, a un precio 80 por ciento menor que el del modelo original. Contrataron a una detective para realizar una compra real y obtener los datos de los propietarios. La investigación confirmó que los zapatos eran falsificados.

Una conocida empresa de perfumes detectó que sus productos se comercializaban en una web a precios muy bajos. El detective contratado realizó una compra *online*, identificó al vendedor y demostró que los artículos eran robados de la cadena de distribución.

Asuntos de informática forense y ciberseguridad

Una plataforma de contenidos digitales perdió miles de euros debido a que sus claves de acceso estaban siendo revendidas a precios considerablemente más bajos. La empresa decidió contratar a un despacho de detectives en Fornalutx, Mallorca, que, tras una exhaustiva investigación, logró descubrir quiénes eran los estafadores.

La señora Rivelles se sorprendió cuando vio los datos de su empresa en una web de alquiler de casas de lujo en Benahavís. Contrató a un inspector privado que descubrió quién estaba detrás de la web, que, además, era un fraude denunciable.

«¡Alguien ha entrado en mi ordenador!», pensó Mario Maroto, director general de una compañía de Barcelona. Para averiguar si era verdad, contactó a un detective experto en informática forense y el resultado fue sorprendente: un empleado de confianza había accedido a su ordenador de madrugada para obtener información confidencial de la entidad. El informe fue utilizado en un procedimiento judicial.

Enrique Sugarman, detective de León y experto en informática forense, se encargó de analizar los dos ordenadores utilizados por el señor Fogerty, quien incurría en competencia desleal desde hacía meses. El informe final de la investigación fue demoledor.

Asuntos sobre cumplimiento normativo y prevención de blanqueo de capitales

El canal de denuncias de una asociación de empresas dedicadas a la fabricación y distribución de galletas estaba externalizado en un despacho de detectives de Galicia. Además, también realizaban las investigaciones internas derivadas de ese canal.

Federico Vargas, responsable de prevención de blanqueo de una entidad bancaria, desmontó, gracias a unos detectives, una red de empresas que blanqueaban dinero y recibían adjudicaciones vinculadas a allegados de una persona con responsabilidad pública.

Asuntos sobre reputación

Cuando el equipo de fútbol de aquel bello pueblo de Valladolid iba a fichar a su nueva estrella, lo primero que hicieron fue pedir a sus detectives un informe de reputación. ¡Menos mal! El chico era xenófobo y utilizaba lenguaje ofensivo en las redes sociales.

Asuntos sobre entrega de documentación legal o notificaciones

Frederika Auttenberg, una investigadora alemana, contrató a una detective de Cádiz para resolver un problema con uno de sus mejores clientes del sector tecnológico, quien estaba perdiendo miles de euros debido a que un joven vendía claves de su principal *software* de manera ilegal. El objetivo inicial era localizar al joven y entregarle una comunicación amistosa para que cesara en su actividad. Sin embargo, al no obtener respuesta por su parte, se procedió a enviar una tercera comunicación informándole sobre el inicio de un procedimiento judicial.

Asuntos sobre peritaciones caligráficas

Silvia Ojeda, sorprendida al ver su firma en un contrato no signado por ella, contrató a un detective privado experto en reconocimiento y autenticación de rúbricas. Este confirmó la falsificación: su hermano la había engañado.

Agradecimientos

No es fácil dar las gracias a todas las personas que me han acompañado, animado y motivado en los últimos años en la ardua labor de investigación y documentación, redacción y revisión que concluye en este libro. Todos ellos han sido esenciales en este camino, desde familiares, amigos, colegas y personas muy cercanas hasta otras gentes que han aparecido de forma casual en mi vida, pero cuyos comentarios me han dado ánimos para seguir hasta aquí.

Como sucede en cualquier existencia, he sufrido altibajos, etapas de motivación y gran productividad que se alternaban con otras de desánimo y falta de creatividad. Por ello quiero dar las gracias a todas y cada una de las personas a las que nombro a continuación, así como a otras que, seguro que me dejaré en el tintero, pero cuyo aliento ha sido fundamental en esta aventura.

A mi compañera de vida, mi mujer, Ana Cabello, por su apoyo y contagio de ilusiones, por aportarme grandes ideas y por su resignación a la hora de comprender que este trabajo necesitaba de muchas horas, las cuales he sacado de mi tiempo libre, sacrificando en muchas ocasiones nuestros momentos juntos.

A mis hijos, Óscar y Mario, por ser fuente de aliento cada día y en cada una de las andanzas en las que me embarco.

A mi padre, Manuel Rosa, maestro de vida y profesión que me abrió las puertas de un apasionante mundo laboral. Y a mi madre, Maribel, por su incondicional amor.

A mis hermanos Alberto, Pedro y Maribel, y al resto de la familia, con quienes he ido compartiendo mi entusiasmo y mis hallazgos. Gracias por entenderme y ayudarme a lograr mis sueños.

A José Luis Ibáñez Ridao, aliado, amigo, cómplice, guía y consejero en todas las etapas de la elaboración de esta investigación. He vivido momentos realmente emocionantes en su compañía.

A todo el equipo de compañeros de mi etapa como investigador comercial en Barcelona, a mediados de los años noventa, del que tengo maravillosos recuerdos; ellos fueron clave en mi formación y experiencia como investigador privado. En especial a Carlos Melendo, del que tanto aprendí. No puedo olvidar tampoco al resto de los compañeros que han caminado a mi lado en todas las etapas profesionales de mi empresa, así como clientes, alumnos y colegas. Soy lo que soy gracias a todos ellos.

A aquellas personas que me han animado, inspirado, motivado y apoyado en la paciente tarea de recopilar documentación e información durante los años que ha durado la investigación y redacción de este libro. Entre ellos: Enrique Arranz Baldomá, David M. Blanco, Ismael Córdoba, Gloria S. de Castro, Joan E. Egea Isern, Jorge L. Espinosa, Maribel Giner, Esther Gómez, Salvador Gamero, Ana Isabel García Alfaraz, Montse Fernández Jurado, Dalio Fuentes Moreno, Rafael Guerrero Maroto, Josep Mª Clavell, Juan Manuel Hurtado, Manuel Moreno Sánchez, Vicente Oroza Barba, Luis y Marisa Pedraza Aguilar, Cristóbal Rosales y Pedro Sánchez Gaspar.

Tampoco puedo olvidar a los familiares de muchos de los detectives históricos que aparecen en esta obra. Sin ellos la historia estaría incompleta, pues me han brindado una valiosa información de primera mano. A Reyes Pineda y a su familia, por los datos aportados sobre The Union; a Susana de Lamor por hablarme de Joaquín de Lamor; a Antonio Freixa por los datos aportados sobre Daniel Freixa; a Eudaldo Melendres y Ana Torras por ilustrarme a Antonio Romero; y a la familia Cazeneuve por la información aportada sobre Enrique Cazeneuve.

También al personal del Departamento de Documentación Histórica del Registro Mercantil de Madrid y Barcelona, al personal de la Biblioteca de Madrid y a todos los coleccionistas y anticuarios que, con sus documentos y artículos, me han proporcionado una información de valor excepcional, iluminando mi trabajo.

También a Caterina da Lisca, mi editora en Ariel, que me ha dado sabios y útiles consejos, junto a Pablo Álvarez y un equipo fantástico de personas. Y, por último, mi agradecimiento a Deborah Albardonedo, mi agente, por confiar desde el principio en mi proyecto.

Notas

Historia mínima (y verdadera) de la profesión

1. En 1960, la actriz Marilyn Monroe fue el personaje escogido para un anuncio de publicidad de esta empresa; sentada en un sillón, con un vestido blanco, sostenía en sus manos el anuario de Dun. Esto es un ejemplo de la importancia de los informes comerciales en el país. Como curiosidad, durante los primeros años de actividad la empresa llegó a contar con hasta cuatro empleados ilustres que posteriormente se convertirían en presidentes de Estados Unidos: Abraham Lincoln, Ulysses S. Grant, Grover Cleveland y William McKinley. Otro apunte curioso: para la sucursal de España y Portugal, la agencia Dun contó con la colaboración como reportero de Fernando Pessoa. Varios detectives de todo el mundo tuvieron su primera experiencia como informadores en esta agencia.

2. Las parroquias en España, desde el Concilio de Trento en 1564, registran en sus libros sacramentales tres eventos clave en la vida de las personas: nacimiento, matrimonio y defunción. Los investigadores privados han recurrido históricamente a estas parroquias para obtener datos, aunque muchos de estos documentos se perdieron en guerras y períodos violentos.

3. Esta expresión se utilizaba para referirse a alguien vago o perezoso, similar a «pegamantas». En este caso, indicaba que el cliente se iba sin pagar de algún restaurante.

4. El término «verano» en el anuncio hace referencia a la creen-

cia de que durante esta época del año aumenta la incidencia de situaciones que podrían derivar en adulterios, lo que, según el detective, genera mayor demanda de sus servicios.

5. Tras pasar varios años huyendo de las autoridades, fue encarcelado y, en 1809, se dedicó a informar a la Policía de lo que escuchaba entre sus compañeros de presidio. Decidió entonces dar un giro de ciento ochenta grados a su vida y cambió de bando, llegando a ser el máximo responsable de la Policía de París. Creó la Brigade de Sûreté (Brigada de Seguridad), embrión de las actuales brigadas de investigación criminal, que más tarde se transformó en la Sûreté Nationale (Seguridad Nacional).

En la Brigade dirigía a doce detectives que, como él mismo, habían sido delincuentes. Gracias a sus técnicas de investigación, clasificación y ordenamiento cambió el rumbo de la Policía francesa, que ganó en prestigio, convirtiéndose en un referente europeo.

En 1833 fundó el despacho Bureau des Renseignements Universels Dans L'Intérêt Du Commerce (Oficina de Informaciones Universales en Interés del Comercio), todo un modelo en su tiempo. Además de realizar información comercial, ofrecía servicios de seguridad y vigilancia para sus clientes. Su sede más emblemática estuvo en el número 13 de la Galerie Vivienne de París. La nueva actividad se centraba en la lucha contra el delito, a través de un concepto novedoso y único hasta ese momento: la «policía particular».

Su lema era: «Conseguimos opiniones e informaciones que pueden prevenir contra todo tipo de engaño». De ese modo aconsejaba a empresas y a comerciantes sobre asuntos financieros, de moralidad, de solvencia y de cobro de deudores. Por veinte francos al año se podía conocer el estado de cualquier negocio, su domicilio, el tipo de propiedad, si el propietario tenía buenas costumbres al formalizar sus pagos, su moralidad, su posición comercial.

Fue un revolucionario en sus métodos de investigación y vigilancia. Introdujo estudios antropométricos y creó uno de los primeros archivos con el molde de las huellas de los pies. También fue un referente por su legado literario y el primer detective en escribir sus memorias, traducidas casi a cualquier idioma.

6. Es un auténtico peso pesado en la profesión de investigador privado a nivel mundial; no fue el primer detective, pero es reconocido por su papel destacado en esta historia y su legado es muy valioso. No tuvo pasado en la Policía, sino que creó la agencia por una de esas serendipias que les ocurren a algunos detectives. Se especializó en servicios de protección personal, seguridad de materiales e instalaciones e investigaciones de estafas económicas. Fundó la Pinkerton Agency en 1850, la cual, después de su muerte en 1884, fue gestionada por sus hijos, convirtiéndose en una empresa global con 250 oficinas y 48.000 empleados. La expansión de la agencia, tanto a nivel nacional como internacional, contribuyó a difundir y reconocer la profesión de detective. Pinkerton desarrolló métodos de investigación innovadores, como la suplantación de personajes y el uso de disfraces. En 1855 creó una base de datos, conocida como la «galería de los pícaros», un archivo que recopilaba información esencial sobre los delincuentes detenidos por la agencia. Incluía descripciones físicas, alias y *modus operandi* de los criminales, convirtiéndose en la precursora de los archivos del FBI. Escribió más de treinta libros, contribuyendo al legado cultural de la investigación privada.

7. The International Secret Service Association era una asociación mundial de detectives que se fundó en 1921. En 1925 se unió a otra asociación similar, World Association of Detectives, para crear la asociación homónima que aún hoy sigue en activo.

Érase una vez... antes de 1951

1. El caso de Detectives Sun es un ejemplo más de una sociedad que se creó para tener una actividad principal basada en los informes comerciales y que, con el paso del tiempo, derivó hacia despacho de detectives privados. Sun se fundó el 1 de junio de 1918 como sociedad anónima, con un capital social de 40.000 pesetas, y con Salvador Antonés Salmerón y Alfonso Veciana Oliver como administradores y gerentes. El domicilio en el que empezaron a ejercer su actividad estaba situado en la calle del Reloj, nú-

mero 12, de Madrid. Empezó como lo indica el objeto social en su inscripción en el Registro Mercantil: «Información comercial, cobro de créditos y registro de marcas y patentes; representaciones comerciales».

A los pocos meses de su constitución ya publicitaban el servicio de «investigaciones privadas por detectives profesionales». Fue una de las ya conocidas siete agencias de detectives españolas que aparecieron en el *International Police and Detective Directory*, de 1922. La imagen que representaba a la agencia, como se desprende de su nombre inglés, era un sol radiante.

Salvador Antonés procedía del sector de las agencias informadas, ya que había trabajado como *reporter* en un despacho de informes comerciales. Su experiencia en este tipo de investigaciones le ayudó a formar al personal de sus distintas delegaciones. Su función en la empresa era la coordinación de todas las oficinas y ser la cara visible de la agencia. El otro gerente, Alfonso Veciana, había trabajado en la administración del periódico *La Publicidad*. Asumió las funciones de director de la delegación principal en Barcelona, en la calle Vergara, número 1; el director de la otra oficina barcelonesa, en la cercana calle Balmes, número 2, era Eduardo Comellas. Otros ejecutivos de peso fueron José Soler Igual, jefe del departamento de informes, producción y corredores, y Ricardo Aleixandre, en la sección de marcas, patentes y créditos.

Sun también tuvo oficinas en Valencia: en un primer momento, en la calle Colón, número 16, para trasladarse, al final de su etapa, a la calle Ballesteros, número 5, entresuelo. Contó con oficinas en Sevilla y Bilbao, de las que no hemos podido averiguar sus señas.

2. La intensidad de su vida y personalidad lo hicieron actor de varios hitos profesionales. Fue inspector de policía en las provincias de Tarragona, Oviedo, Barcelona y Madrid, en las que tuvo un protagonismo especial al estar detrás de centenares de detenciones relacionadas con estafadores, timadores y falsificadores. También tuvo una trayectoria política como diputado provincial en Tarragona. Podemos sumarle otro motivo que lo hace estar en el olimpo de los detectives privados, ya que creó, en 1888, la agen-

cia de investigación más antigua y una de las más especiales de España, La Vigilancia y Seguridad Mercantil, en la calle Riera de San Juan, número 8, de Barcelona.

Años más tarde cambió su nombre por el de La Mutua Urbana y Mercantil. Fue todo un referente en su tiempo en el suministro de informes comerciales, en la gestión de deudas de sus clientes por sistemas de recobro, por crear una infraestructura con colaboradores internacionales y por escribir dos libros que son dos auténticas joyas para la criminología e imprescindibles en una biblioteca detectivesca. No tardó en convertirse en un referente por la calidad de su información comercial, como reflejó el periódico *El Nuevo Busilis,* del 19 julio 1890, en una coplilla:

> Para comer bien: El Suizo.
> Para tomar buen café y buena cerveza: el café de Novedades.
> Para informes comerciales: Daniel Freixa.

La agencia disponía de treinta y cinco empleados, 11.430 corresponsales y *reporters* en toda España, y un archivo con 539.688 informes. Esa gran base de datos le permitió crear el «informe al instante», con el que un cliente podía disponer de un informe en cuestión de horas. En la actualidad, la información es *online* e inmediata, pero en aquella época era todo un mérito ofrecer esa rapidez, por lo que resulta admirable la visión que tuvo Freixa de crear un sistema de fichas, ordenadas y coordinadas, con la información actualizada de las empresas investigadas para entregar los informes (casi) al momento.

Otro de los hitos de la empresa fue el llamado «informe garantizado», un seguro mercantil por el que la agencia hacía frente al pago de la factura en caso de deuda, siempre que hubiera facilitado un informe positivo sobre el deudor. Era un producto similar a la actividad y metodología actuales de las compañías de seguro y caución. Contaron con delegaciones en Madrid, Sevilla, Bilbao, Valencia y en La Coruña.

3. Sus habilidades como investigador, experiencia y contactos adquiridos en sus años de servicio público suponían un valor aña-

dido a los servicios privados que ofrecía. Tresols se convirtió en uno de los más destacados policías privados de la primera generación de investigadores, aquellos que fundaron sus agencias antes de la Guerra Civil española. Durante años, formó una pareja muy temida con su subordinado Antonio Ramírez Casado «Memento», antiguo picador de toros y fundador de una de las primeras agencias de detectives privados en Andalucía.

Tras más de treinta años de servicio, en 1914 se jubiló y fundó un despacho de policía particular con el nombre de agencia Tresols, en la Ronda Universidad, número 35, 1.º, de Barcelona, también conocida como Detectives Tresols.

Uno de sus referentes y maestros, cuando se pasó al ámbito privado, fue Marie-François Goron, aclamado inspector de policía francés y antiguo jefe de la Sûreté de París, que ya había creado un próspero despacho de investigaciones. Tresols lo visitó para pedirle consejo y permaneció varios días en la capital francesa para estudiar el funcionamiento de su agencia. El catalán cuidó especialmente los detalles estéticos y el contenido de sus anuncios publicitarios, incluyendo en ellos fotografías y utilizando técnicas de *marketing* y lemas adecuados para llamar la atención del lector y de los posibles clientes, adelantándose así unos años al resto del sector. Además de pesquisas e investigaciones, ofrecía «informes comerciales, informaciones mercantiles y cobro de créditos». Pese a su aparente rudeza, sobre todo en su etapa en la Policía, era un hombre de una inteligencia despierta y con una gran capacidad para crear relaciones con periodistas y empresarios. Uno de sus yernos, Julián Clapera Roca, casado con Ana Tresols, fue abogado y redactor del periódico *El Progreso*, además de fundador, socio número uno y presidente del Real Club Deportivo Espanyol. Su despacho sobrevivió a la Guerra Civil y mantuvo su actividad hasta mediados de los años cincuenta, gestionado por Manuel Sitjás, y con dos direcciones en Barcelona.

4. Destacó por su gran inversión en publicidad: no hubo provincia donde no apareciera publicado algún anuncio suyo. Es, con diferencia, el despacho de detectives con el que más veces te puedes encontrar buceando en las hemerotecas. Fue un inspector

cesante de la policía de Madrid y fundó la agencia La Actividad en 1908 en la calle Guillermo Rolland, número 1, de Madrid. En 1912 inauguró una nueva oficina en la Puerta del Sol, número 3, en cuyos balcones colgó grandes lemas publicitarios. Tuvo delegaciones en Barcelona, Sevilla, Valencia, Zaragoza y Córdoba. A su oferta sumó por entonces un servicio de recaderos que contaba con el respaldo de una empresa de seguridad.

Muchas agencias de información comercial, además de elaborar y suministrar informes comerciales, cobraban deudas; otras registraban patentes, marcas e invenciones, o intermediaban con las administraciones para realizar trabajos de gestoría en las solicitudes de certificados de penales, defunción y matrimonio, entre otros trámites. Hubo asimismo centros de información comercial que facilitaban hipotecas y créditos, y un grupo más escaso que realizaba, también, investigaciones particulares propias de un despacho de detectives. La Actividad incluyó todo ello en su cartera de servicios.

Durante aquella década amplió su red de colaboradores hasta cubrir las provincias con mayor actividad económica. De forma algo exagerada, en 1923, La Actividad presumía de ser la «única casa que posee en España 88.000 corresponsales garantizados y corrientes».

5. Detective con una visión muy actual de la investigación privada, formaba parte del grupo de profesionales sin pasado policial. Creó y dirigió el Centro Informativo Romal, muy (re)conocido en los años de entreguerras. La agencia, una de las más longevas de nuestra historia, fue traspasada en dos ocasiones y mantuvo su nombre y su prestigiosa marca hasta los años ochenta.

Su principal aportación a la profesión se centró en su especialización en materia económica. Además de realizar una información comercial basada en la investigación meticulosa y en la actualización, ofrecía cobro de créditos y tenía su propia publicación informativa, el *Boletín Romal*. Amante del teatro y de la zarzuela, también fue empresario teatral y productor ocasional en varias compañías; además, se implicó en la búsqueda de inversores para salvar al emblemático Teatro Romea. Por su casa pasaron personajes célebres de la escena, como el tenor Emili Vendrell, los barítonos Marcos Redondo y Manuel Ausensi, y el torero, actor y poeta Mario Cabré, muy popular por sus amoríos con la actriz Ava Gardner, esposa del cantante Frank Sinatra.

En 1926, Joaquín de Lamor impulsó el Centro Informativo Romal, al constatar que era una actividad que prosperaba en España y que, en países de América, contaba con una trayectoria ascendente, por lo que se trataba de una buena oportunidad. Situó el despacho en su sede social de la plaza Universidad, número 5. Para evitar confusiones con la representación comercial, invirtió su apellido al bautizar el nuevo negocio, convirtiéndolo en Romal. Más adelante, añadió la marca Detective Station, con la que quiso insuflarle un aire internacional. Además de investigaciones particulares, Detective Station tenía una amplia cartera de servicios, que incluía la tramitación de asuntos jurídicos y administrativos y la concesión de préstamos hipotecarios. El volumen de negocio alcanzado en unos pocos meses le obligó a trasladarse a un nuevo domicilio. En diciembre de 1926 se instaló en la calle Pelayo, número 62, junto a la plaza de Catalunya.

Detective Station se especializó en indagaciones vinculadas a los informes económicos: evaluaba la posición económica, moralidad y costumbres, aptitud y laboriosidad, vicios, defectos, hábitos, relaciones, ingresos y gastos, opinión pública y privada de los investigados. Consciente de que la mayoría de las empresas del sector ofrecían productos más baratos, quiso dejar claro que sus informes estaban más actualizados y reflejaban mucho mejor la realidad del negocio evaluado. Romal rechazaba los informes procedentes de archivos, más económicos y rápidos, pero de escasa calidad. Utilizó aquel argumento en unos grandes anuncios en *La Vanguardia* en noviembre de 1926:

«Nuestros informes no están basados en archivos más o menos antiguos como los de la mayor parte de los facilitados por entidades de nuestro ramo. Nuestros datos SON RECIENTES Y SE OBTIENEN AL DÍA, única manera de saber con exactitud la situación económica y desarrollo del negocio de la firma consultada. Las continuas evoluciones y variadas fases que en la época actual atraviesan los negocios en general obligan hoy al comerciante experimentado a velar por sus intereses, buscando la máxima seguridad en sus transacciones, y esto solo lo conseguirá utilizando nuestros informes. De nada le servirá a usted obtener informes vagos y antiguos.»

Su inteligencia, seriedad y solvencia lo convirtieron en el detective de confianza de la alta burguesía y de la aristocracia de Barcelona y Madrid. Se llegó a rumorear que el Gobierno lo contrató en alguna ocasión para solucionar problemas de miembros de la familia real en el extranjero. Discreto, él nunca lo confirmó ni lo desmintió.

En sus últimos años de profesión, activo e innovador, como siempre, diseñó un nuevo producto al que bautizó como INPROHO (Información de Protección Hotelera). Se trataba de un servicio de información para los empresarios hoteleros: mediante una suscripción mensual, se les enviaba fichas de las personas que habían abandonado cualquier hotel español sin abonar la cuenta. Buscó algún socio capitalista, pero falleció antes de poder llevar adelante el proyecto.

6. Fue uno de los primeros detectives empresarios sin vinculación previa con la Policía oficial, arriesgado e innovador con experiencia previa en Francia y, quizá, Estados Unidos, con buena formación y conocimiento de varios idiomas. En 1910 fundó en Barcelona L'Humanité en Rambla de las Flores, número 26, pionera por ser una de las primeras agencias de detectives en constituirse como sociedad anónima, lo cual transmitía al cliente legalidad, transparencia y tranquilidad. Su objeto social era las «investigaciones policíacas». Su agencia formaba parte, como delegación en España, de una Asociación Internacional de Detectives que daba a L'Humanité cobertura en Nueva York, Londres, París, La Habana, Génova —quizá Ginebra, Genève en francés—, América del Sur y Centroamérica. A través de esta asociación entró en contacto con el famoso detective William J. Burns, responsable de la central en Estados Unidos, y con Charles Arrow, antiguo jefe del departamento de investigación criminal de Scotland Yard, asociado en Londres.

Julibert fue innovador en su publicidad: quería captar el interés y para ello cambiaba los textos y el diseño de los anuncios de forma periódica. También sabía detectar las necesidades del mercado y, en muchas ocasiones, se adelantaba a ellas. Como director de L'Humanité su mayor virtud fue la de convertir los servicios en productos comerciales y comunicarlos de una forma sencilla y atractiva a los clientes. Un magnífico ejemplo de esta técnica de *marketing* fue el llamado «informe prenupcial», un título simple e inequívoco para la habitual investigación de un candidato o candidata al matrimonio.

En octubre de 1912, L'Humanité abrió una delegación en Madrid. Según las crónicas, contaba con tres detectives españoles con experiencia, un detective inglés y una señorita francesa, además de una unidad canina, con un perro policía alemán de nombre Greif. Aquella fue otra innovación, ya que, además de ser el primer despacho de detectives en utilizar un perro especializado, lo usaba también para realizar exhibiciones públicas en diversas ciudades, garantizándose reportajes de prensa y publicidad gratuita. Años después, L'Humanité inauguró delegaciones en Valencia y Zaragoza, sin dejar jamás de buscar nuevos nichos de mercado y otras necesidades que cubrir, así como nuevos perfiles de clientes. En 1917, Julibert presentó la primera escuela de detectives de nuestro país.

7. Se trataba de un empresario con estudios en derecho y contabilidad, que había viajado mucho y hablaba con fluidez castellano, catalán, inglés y francés. Era una persona elegante y con una enorme ética del trabajo. Fundó en 1919 una agencia moderna, innovadora y profesional, Detectives Office, considerada una de las más importantes del primer cuarto del siglo XX y con domicilio en la dinámica Ronda de San Pedro, número 26, de Barcelona, y llegó a representar los intereses en España del cuerpo policial más prestigioso del mundo, Scotland Yard. Su amor y su respeto por la profesión la aprendió de niño en el despacho de su padre, antiguo funcionario de Hacienda e informador comercial. Formó parte, junto con los hijos de Allan Pinkerton, entre otros, de la selecta primera generación de detectives educada específicamente para este oficio en el seno de la empresa familiar.

Analizó la profesión, teorizó sobre ella y la difundió en la radio —el medio de comunicación más moderno del momento— y en el libro *Detectivismo práctico* (1925), considerado el primer ensayo sobre la investigación privada publicado en el mundo. También creó una escuela de detectives. Hoy en día denominaríamos su tipo de actividad «boutique de investigación», pensada para clientes particulares, entidades financieras, consulados y grandes empresas.

Fue un visionario del *marketing*, como se puede comprobar fácilmente en su publicidad. Consiguió expandirse de forma internacional, con oficinas en París, Londres, Nueva York y Berlín. Presumía de contar con una plantilla de detectives extranjeros innovadores por sus técnicas y métodos, «personal procedente de los grandes centros policíacos del extranjero», según él mismo escribió.

8. Su inclusión en estas páginas no se debe a una extraordinaria trayectoria como investigador —que no la tuvo— ni por habernos dejado en su legado un libro; tampoco por unos hitos profesionales por los que merezca la pena destacar a su agencia La Neutral. Si recordamos su figura es por su forma de ver la profesión, que supo publicitar y vender como ningún otro, gracias a una personalidad carismática, egocéntrica y presuntuosa. De su imaginación surgieron lemas tan grandilocuentes como «Lo sabemos todo» o «Nunca mienten los informes del detective Romero».

Se mudó a Barcelona a finales de la primera década del siglo XX. Trabajó de corredor de fincas hasta que, en 1916, inició su actividad como investigador privado: Detective Mundial, con domicilio en sus antiguas oficinas inmobiliarias, en la calle Bailén, número 119; poco después se trasladó a un despacho en la más céntrica calle Tallers. En 1918, tomando la idea de la neutralidad de España en la Primera Guerra Mundial, cambió el nombre comercial de la agencia a La Neutral, por el que sería conocido. Estableció la sede en la plaza del Teatro, número 6, en las Ramblas barcelonesas.

Romero pronto convirtió La Neutral en un despacho multisectorial. Fue uno de los que mayor continuidad mostró en sus anuncios publicitarios, la gran mayoría en *La Vanguardia*, por entonces el periódico de mayor tirada de España. Incluso en algunos ejemplares del diario se pueden contar hasta cuatro anuncios distintos de su agencia, con las diferentes actividades que desarrollaba.

Entre los servicios relacionados con la investigación económica ofrecía informes comerciales, cobro de créditos, reclamaciones de salarios, cumplimento de exhortos, defensa de desahucios, búsqueda de herederos, reclamaciones ferroviarias y trámites judiciales. Además, gestionaba asuntos administrativos: documentación matrimonial y divorcios, toda clase de asuntos militares, petición de cédulas y de certificados, etcétera, un clásico entre los servicios de las agencias de informes comerciales e investigación privada especializadas en temas económicos. También participaba en la compra-venta de propiedades, establecimientos, minas y minerales, y facilitaba traspasos de pisos.

9. Por este motivo, si alguna agencia no llegó a publicitarse o el medio donde lo hizo no estaba digitalizado, me fue imposible obtener sus nombres ni datos.

10. El crimen de la calle Tudescos de Madrid fue un famoso y misterioso asesinato, el de Vicenta Verdier en 1907, aún sin resolver.

Continúa... después de 1951

1. Personaje de la obra *Don Juan Tenorio: drama religioso-fantástico en dos partes*, publicado en 1844 por José Zorrilla.

2. Don Gonzalo de Ulloa, comendador de Calatrava, es un personaje de la obra de género drama cómico *Don Juan Tenorio*, escrita por Tirso de Molina en 1630 y más tarde popularizada por la versión de José Zorrilla en 1844.

3. A pesar de que hoy en día existe mucha confusión en torno a los conceptos «ocupa» y «okupa», hasta el punto de que en los medios se hace uso indistinto de ellos, realmente la ka va asociada a un movimiento social radical de protesta política contra la especulación inmobiliaria.

4. Este es, precisamente, un uso erróneo de la palabra «okupa» (véase la nota anterior).

5. Almacenes Tívoli estaba situado en calle Caspe número 17 de Barcelona y abrió sus puertas por primera vez en 1925; cerraron en la década de los años cincuenta del siglo XX. Uno de sus lemas era «¿Dónde va la gente? Tras, tras, tras, ¡a Almacenes Tívoli directamente!».

6. Se trata de *El Mundo* en su versión digital.

7. Kane Service, con sede en Chicago, fue fundada en 1911 por el capitán de policía Thomas C. Kane. Estaba especializada en servicios de seguridad en instalaciones industriales e investigación privada para empresas, como controles previos a la contratación de empleados. Al igual que otras agencias, como las de Pinkerton y Burns, el legado de Kane Service fue continuado por sus hijos y nietos, como James McNulty, quien en la década de los años treinta se convirtió en vicepresidente ejecutivo de la compañía.

8. El Noticiario Cinematográfico Español, más conocido como NO-DO (acrónimo de Noticiarios y Documentales) fue un noticiero semanal que se proyectaba en los cines españoles antes de cada película, entre 1942 y 1981.

9. IKD no organizó ningún congreso en el año 1971. En el año 1972 se llevó a cabo el V Congreso Internacional de Detectives en Múnich, del 15 al 18 de septiembre. En esta ocasión, Alfredo Alier fue elegido uno de los cuatro vicepresidentes de IKD, marcando la primera vez que España ocupaba ese cargo, junto con representantes de Inglaterra, Alemania y Noruega. El secretario general de ese año fue el detective italiano Ernesto Mancini. En los años posteriores, desde 1972 hasta 1975, no se celebraron convenciones. El siguiente encuentro tuvo lugar en Madrid en 1976, el VI Congreso Internacional. Luego, pasaron cuatro años más hasta la celebración del VII Congreso Internacional, que se llevó a cabo del 22 al 24 de febrero de 1980 en Viena.

10. Florentino Santamaría Beltrán fue jefe del Gabinete de Identificación de la Policía. Escribió en 1981 el libro *Quiroscopia: clasificación de quirogramas y organización de un archivo para cotejos con huellas palmares recogidas en el lugar del hecho.*

11. Jefe de la Sección de Investigación Criminal de la Escuela de Medicina Legal.

12. Director de la Escuela de Capacitación Social de Trabajadores del Ministerio de Trabajo.

13. Redactor jefe del periódico *Pueblo*, director de *El Caso* y, en los años noventa, colaborador del semanario *Diez Minutos*.

14. El profesor del centro, encargado de la asignatura de Historia de la Investigación Criminal, también periodista, escritor y criminólogo, Francisco Hernández Castanedo, mencionó varias veces en su columna «La policía en acción», en el periódico *Pueblo*, que el motivo fue de «fuerza mayor». Por otra parte, Agustín Cerezo, ya como presidente de la Asociación, indicó en una entrevista para el periódico *Libertad* del 1 de enero de 1969 que la Escuela de Detectives, fundada en 1959, «por diversas circunstancias dejó de funcionar». En la misma entrevista señaló otros datos interesantes, como que los detectives recibían «cursillos» en la Escuela de Medicina Legal y Criminología, o que a la cabeza de la lista de ciudades con mayor número de detectives se encontraba Barcelona, seguida de Madrid, Málaga, Bilbao y Sevilla.

Además, ofrecía otros datos curiosos, como que el número de agencias de detectives que trabajan en España ascendía a ochenta y cinco, o que la cifra de detectives y ayudantes auxiliares que trabajan en ellas superaba los ochocientos en todo el país. Como curiosidad, en febrero de 1962 se inauguró en Madrid el XI Curso Internacional de Criminología, en el que se matricularon cuatrocientos alumnos, entre ellos varias exalumnas de la Escuela de Detectives, como señala el periódico *7 fechas* del 27 de febrero de 1962: «No muchas mujeres en el curso. Al menos, considerándolas proporcionalmente al número de matriculados. Ellas, licenciadas en Derecho o Medicina o estudiantes de dichas carreras. También diplomadas en Investigación Criminal, en Toxicología. Varias exalumnas de la todavía fenecida Escuela de Detectives Privados». La reapertura de esta fue un tema recurrente en entrevistas, artículos, asambleas de la Asociación y congresos, pero nunca llegó a hacerse realidad.

Hubo otras destacadas escuelas de detectives en Europa y en el mundo, estando una de las principales en Bélgica: la École Internationale de Détectives Experts de Lieja, fundada en 1937 por el conocido detective Jules Moureau.

15. Serie de televisión de la década de los años sesenta, protagonizada por Joe Mannix, un detective privado que tiene su propia agencia en Los Ángeles. El papel estuvo interpretado por el actor Mike Connors.

16. Serie de televisión de inicios de la década de los años setenta, protagonizada por Frank Cannon, un expolicía, reconvertido a detective privado. El papel estuvo protagonizado por el actor William Conrad.

Las pruebas: preguntas frecuentes

1. Se funda en 1958, con Eugenio Vélez-Troya como su primer presidente. Esta asociación fue fundamental en la unificación de los detectives en España y formó parte de la World Secret Service Association (actualmente World Association of Detectives), una organización global que celebraba sus asambleas y congresos anuales en diferentes países.

2. Constituida el 20 de diciembre de 1978 con sede en Barcelona. Su primera junta directiva estuvo formada por Antonio Corcoy Serrat (presidente), José María Vilamajó Rosell (vicepresidente), Hugo Sanmartín (tesorero), Juan Cardona Aparicio (secretario) y Juan Jose Mateu Palou y Antonio Pagés Alayor (vocales). En 1988 se le otorga a la Asociación la marca Asociación Catalana-Balear de Detectives Privados. Diez años más tarde, en 1998, se adoptó el identificativo de Intercomunitaria de Detectives para dar relevancia al carácter nacional de la asociación. Estuvo cerca de los quinientos asociados, la gran mayoría fuera de Cataluña y Baleares. Son varios los hitos vinculados a ACBDP en la historia del inspector privado en España. Uno de los principales fue la formación, ya que colaboraron en el diseño del plan de estudios obligatorio para los nuevos detectives desde el año 1981. Además, al tratarse del colectivo con mayor número de asociados, ACBDP fue protagonista en la nueva Ley de Seguridad Privada 23/1992, del 30 de

julio, con la presentación en el Senado de dos proyectos de ley. También lo fue para el reglamento del Real Decreto 2364/1994, del 9 de diciembre, con la presentación de dos proyectos y varias alegaciones. No es extraño, por lo tanto, que fuera la Asociación Catalana-Balear de Detectives Privados la que impulsara la constitución de la APDPE en el año 2001 en un intento por unificar todas las asociaciones del momento. Fue así como en enero de 2002 nació una única agrupación de ámbito nacional, la Asociación Profesional de Detectives Privados de España (APDPE), fruto de la fusión de la Unión Profesional de Detectives Privados (Internacional de Detectives), Asociación Española de Detectives Privados, Asociación Catalana de Detectives Privados, Asociación Gallega de Detectives Privados, Asociación Andaluza de Detectives Privados, Asociación Profesional de Detectives Privados Universitarios de Valencia y Asociación Valenciana de Detectives Privados.

3. Creada en el año 2001 y con sede en Madrid, fue el fruto de la unión de varios colectivos que existían en España. La asociación está compuesta tanto por detectives autónomos como por agencias de diferentes tamaños. Cada año, realizan una asamblea que coincide con su congreso anual, el cual se lleva a cabo en una ciudad diferente cada vez. Javier Iglesias Asuar fue su primer presidente. Puedes visitar su web en www.apdpe.es.

4. Creada en 2009 y con sede en Madrid, la asociación está compuesta en su mayoría por agencias de detectives. Antonio Marín fue su primer presidente. Puedes visitar su web en www.anadpe.org.

5. Es una organización sin ánimo de lucro con sede en Málaga, que agrupa a detectives privados autónomos del país. Su objetivo es defender los intereses del sector y promover la excelencia profesional en la investigación privada. ADAE también busca fomentar la colaboración entre sus miembros y representar al colectivo ante las instituciones pertinentes, siempre priorizando los intereses del detective autónomo, que constituye la mayoría de sus integrantes.

6. Fundada en el año 2000 y con sede en Barcelona, es la institución con el mayor número de colegiados. Realiza jornadas de

formación y desde su inicio celebra un congreso anual que finaliza con una cena conocida como la Nit del Detectiu, donde se entrega un reconocimiento en forma de busto de Sherlock Holmes a estudiantes y detectives destacados. Desde el año 2012, el congreso se transforma en Detcon, iniciativa impulsada por el presidente de turno, Enrique Arranz. Es importante destacar la edición de este congreso durante las primeras semanas de la pandemia por COVID-19. Durante más de un mes, y de manera virtual, se llevaron a cabo conferencias desde diversas partes del mundo, abiertas a todos los interesados. Además, desde el mismo año 2012, la institución imparte una formación llamada Curso Avanzado de Investigación (CAI), dirigida a estudiantes de detectives, que complementa su formación universitaria. José María Vilamajó fue su primer presidente. Puedes visitar su web en www.collegidetectius.org.

7. Constituido en el año 2001 y con sede en Valencia, fomenta periódicamente jornadas de formación y celebra congresos anuales. Eloy de Paco Martínez fue su primer presidente. Puedes visitar su web en www.colegiodetectives.com.

8. Se inicia en el año 2008, con sede en La Coruña. Realizó su primer congreso en Vigo en el año 2023. Armando González Freira fue su primer presidente. Puedes visitar su web en www.codega.es.

9. Con sede en Estados Unidos y fundada en 1921 a través de la unión de dos asociaciones: la World Association of Detectives («asociación mundial de detectives») y la International Secret Service Association («asociación internacional del servicio secreto»). Tiene una media de mil asociados de setenta y cinco países distintos.

La asociación realiza dos tipos de congresos, uno conocido como Annual Conference, cuya primera edición se celebró en Chicago en el año 1928, y otro que denominan Mid-Term Board Meeting, donde la junta directiva se reúne entre un congreso anual y otro. Ha celebrado varios congresos en España. El primero fue un congreso anual organizado en Marbella en el año 1961; además, se han organizado cinco reuniones de Mid-Term, celebradas, respectivamente, en Marbella (1981), Madrid (1995), Tenerife (2000), Marbella (2008) y Barcelona (2018).

España es un destino especialmente atractivo para los detectives internacionales debido a su clima, cultura y gastronomía. Además, nuestro carácter abierto hace que se sientan muy cómodos cuando vienen a los congresos, a menudo acompañados por sus parejas e incluso hijos. Puedes visitar su web en www.wad.net.

10. Con sede en Santa Cruz, California, se funda en el año 1990. Tiene más de seiscientos asociados de setenta países distintos. Ofrece a sus miembros una Certificación de Investigador Acreditado por la Junta (Board Accredited Investigator Certification, BAI), que representa un compromiso con el profesionalismo en la investigación y seguridad. Los certificados BAI se mantienen mediante formación continua. Además, esperan que el certificado establezca estándares de excelencia, permitiéndoles ser reconocidos por su conocimiento, experiencia y ética. La certificación Intellenet ofrece una credencial única para investigadores profesionales. Sin embargo, no es útil para los detectives españoles por las características de nuestra regulación. Puedes visitar su web en www.intellenet.org.

11. Con sede en Beaufort, Carolina del Sur, se funda en el año 1955. En la actualidad tiene cuatrocientos asociados de setenta países distintos. Puedes visitar su web en www.ciinvestigators.org.

12. Fundada en 1964 y con sede en Viena, Austria, no es una asociación donde a nivel particular un detective pueda asociarse, sino una federación que reúne a diversos colectivos de investigadores, principalmente de Europa. En su página web se pueden conocer todas las asociaciones internacionales que forman parte; cada país cuenta con un delegado que representa a su colectivo en las asambleas. La IKD celebra asambleas anuales que coinciden con congresos, a los cuales asisten, además de los delegados, detectives de varias partes del mundo. Cada año se llevan a cabo en un país diferente donde haya uno de los colectivos integrantes. En España se han celebrado en 1970, 1976 y 2005 en Madrid, en 2007 en Zaragoza, en 2015 en Barcelona y en 2024 en Valencia.

Desde 2015 tiene un código ético que sus integrantes deben respetar y aceptar, y sus miembros se comprometen a premisas como ser justos, transparentes, responsables, honestos, cautos, minuciosos, cumplir con la ley, ser conscientes de la confidencialidad y proteger y mejorar la reputación de la profesión y sus profesionales. Puedes visitar su web en www.i-k-d.com.

13. Tiene sede en Hertfordshire, Inglaterra, y se funda en 1910. Actualmente tiene más de cuatrocientos asociados. Al no existir una regulación oficial en Reino Unido, pertenecer a esta asociación da las garantías necesarias, tanto a los clientes como a otros detectives interesados en colaborar con ellos. Además, ofrece cursos de formación para sus integrantes. Puedes visitar su web en www.theabi.org.uk.

14. Dado que el contenido mínimo de cada asignatura es extenso, te recomiendo visitar la página web del Ministerio de Interior y buscar: Servicios al ciudadano → Trámites y gestiones → Personal de Seguridad Privada → Programa de cursos y pruebas compensatorias.

Índice desarrollado

INFORME DEL CASO ESPAÑOL

LAS PRUEBAS

Bibliografía recomendada

Aquino, Israel, *Un decapante para la ignominia*, Valencia, Npq Editores, 2017.

Arias, Juan Carlos, *Conexión detective*, Sevilla, Ediciones JC, 1990.

—, *Confidencias de un detective privado: casos reales españoles*, Madrid, La Esfera de los Libros, 2004.

—, *Detectives Rip*, Málaga, Seleer, 2015.

—, *Sevilla confidencial*, Sevilla, Muñoz Mora Editores, 1993.

Arrow, Charles, *Rogues and others*, Londres, Duckworthy, 1926.

Badía, Mariano, *Psicosis en Torreciudad*, Barcelona, Onix Editor, 2022.

Barrantes, Leopoldo, *Valentina Brown*, Almería, Círculo Rojo Editorial, 2025.

Bird, Lyndsay, *Zena: The housewives' Detective*, Matador, Market Harborough, 2023.

Blanco Toldos, David M., *Historias de un detective, secretos de una vida anónima*, Madrid, Kailas Editorial, 2022.

—, *Investigación privada, teoría y práctica*, Madrid, Delta Publicaciones, 2020.

Breetvelt, Kurt, *How to become a private investigator: Break into the industry with little or no experience*, autopublicado en Amazon, 2017.

Brown, Sam y Gini Graham Scott, *Private Eyes: What private investigators really do*, Bloomington, iUniverse, 2010.

Caesar, Gene, *Incredible detective, the biography of William J. Burns*, Nueva York, Prentice-Hall Inc., 1968.

Carlin, Francis, *Reminiscences of an ex-Detective*, Londres, Hutchinson, 1927.

CASAL GÓMEZ, Manuel, *Delincuentes, hampones y pícaros. Manual práctico*, Ediciones Bistagne, Barcelona, 1933.

—, *Manual del perfecto investigador*, Barcelona, La Educación, 1943.

CAZENEUVE, Enrique, *Detectivismo práctico*, Barcelona, 1925.

CEREZO CAZORLA, Agustín, *Técnicas y prácticas de investigación privada*, Madrid, Editorial Adi, 1996.

CORACHÁN SALINAS, Vicente, *¿Estoy llamando a un detective?*, Barcelona, Edicions Raima, 2012.

CRUZ, Eddie, *El arte de la vigilancia*, Createspace Independent Publishing Platform, 2018.

CUESTA LÓPEZ, José María, *Manual para detectar infidelidades*, Córdoba, Arcopress, 2022.

DARBY, Nell, *Sister Sleuth-Female detectives in Britain*, South Yorkshire, Pen & Sword, 1921.

DEMPSEY, Peter T, *Curso de detective privado*, Salamanca, Finhaxel Editorial, 1985.

DÍAZ RODRÍGUEZ, Juan Miguel, *Detectives y vigilantes privados en el ámbito laboral*, Valencia, Editorial Tirant Lo Blanch, 2013.

ENSS, Chris, *The Pinks: The first women detectives, operatives, and spies with the Pinkerton National Detective Agency*, Essex, Globe Pequot Press, 2017.

ESCAMILLA, David, *Historias de detectives, anécdotas y casos reales de investigadores privados*, Barcelona, Styria de Ediciones y publicaciones, 2009.

FERNÁNDEZ, Fernando, *Paradise Undercover*, Columbia Británica, The Writing Ghost, 2015.

FERNÁNDEZ DE MIGUEL, Maximiliano y Rosa Mary ESCUREDO GUERREIRO, *Detective privado: curso preparatorio*, Centro Cultural Europeo de Estudios Mercantiles, 1996.

FERNÁNDEZ DE MIGUEL, Maximiliano, *Detectives mercantiles: la información comercial*, Madrid, Primera Línea, 1990.

—, *Investigadores mercantiles (Reporters)*, Madrid, Primera Línea, 1988.

—, *Manual de investigación mercantil*, Madrid, Primera Línea, 1990.

FERRO VEIGA, José Manuel, *Delito fiscal y blanqueo de capital*, Jaén, Editorial Formación Alcalá, 2013.

—, *El método técnico-científico en la investigación del delito*, Jaén, Editorial Formación Alcalá, 2013.

Freixa i Martí, Daniel, *El mundo del crimen: reseña típico histórica de la criminalidad moderna*, Barcelona, 1888.

—, *La Policía moderna, secretos de la criminalidad contemporánea*, Barcelona, Seix Editor, 1893.

Galán Gutiérrez, Carlos Javier y otros autores, *La empresa ante las bajas por incapacidad temporal*, Salamanca, FC Editorial, 2024.

García de Prado, José María, *El informe del detective privado. Un ejemplo real*, Amazon Digital Services LLC, 2021.

Goron, Marie-François, *Las memorias de Goron, ex jefe de la Policía de París*, Madrid, Imprenta de Ricardo Rojas, 1908.

Hernández Castanedo, Francisco, *La Policía y la calle*, Barcelona, Timón Editorial, 1959.

Hormigo, Enrique, *El tercer chimali*, Ediciones Nowtilus, 2014.

—, *Los canallas no traen rosas sino espinas*, Ediciones Nouro, 2017.

Hunt, William R., *America´s Sherlock Holmes: The Legacy of William Burns*, Guilford, The Lyons Press, 2019.

—, *Front-page Detective: William J. Burns and the detective profession, 1880-1930*, Ohio, Bowling Green State University Popular Press, 1997.

Ibañez Ridao, José Luis, *Todo lo oye, todo lo ve, todo lo sabe*, Barcelona, Espasa Ediciones, 2020.

Isla, Carlos, *El mejor caso de Valente Quintana. Los «Corta Mechas»*, Ciudad de México, Editorial Fontamara, 2005.

Kalifa, Dominique, *Naissance de la Police Privée. Detectives et Agences de recherches en France 1832-1942*, París, Plon, 2000.

Kaye, Larry, *51 weird private investigator tricks that actually work: How to trick, track, find and follow someone like a pro*, Be Amazing Productions, 2019.

Lafont Nicuesa, Luis, *La investigación física y tecnológica de crímenes por el detective privado y su valor probatorio*, Madrid, Sepín, 2023.

Mackay, James A., *Allan Pinkerton: The First Private Eye*, Nueva York, John Wiley & Sons, 1997.

Mairata Rams, Fernando, *Elemental, querido Sancho: La quijotesca realidad de un detective en España*, Barcelona, Editorial Davinci, 2021.

Marco Fernández, Francisco y David Escamilla Imparato, *El*

control en la empresa: cómo investigar legalmente a la competencia y a los empleados, Barcelona, Ediciones Granica, 2008.
MARCO FERNÁNDEZ, Francisco, *Cazando infieles*, Barcelona, Corre La Voz, 2016.
—, *Detectives S.A., El negocio de la información preventiva en las empresas*, Barcelona, Empresa Activa, 2009.
—, *El método*, Madrid, La Esfera de los Libros, 2013.
MARTÍNEZ, Ángel, *Manual del detective privado: Técnicas psicológicas de investigación criminal*, autopublicado en Amazon, 2019.
MENESES, Evaristo, *Meneses contra el hampa*, Buenos Aires, 1962.
MOROCHO, Paulo César y Manuel HIDALGO MOROCHO, *La filosofía del detective*, Cuenca, Agentes Privados Moch, 2020.
—, *10 módulos para convertirse en detective*, Cuenca, Agentes Privados Moch, 2013.
NAVASQUILLO LORDA, Eduardo y Juan Vicente BONILLA, *Manual práctico del detective privado*, Madrid, Ara Ediciones, 2012.
NAVASQUILLO LORDA, Eduardo y Rubén GARCÍA, *Investigación de activos*, Almería, Círculo Rojo, 2021.
NOLAN, Frederick, *Jay J. Armes: Investigator*, Nueva York, Macmillan, 1977.
OUGHTON, Frederick, *Ten Guineas a day: A portrait of the private detective*, Londres, John Long Limited, 1961.
PERETA, Javier, *Historias reales de un detective privado*, Barcelona, Terra Ignota Ediciones, 2019.
PRADAS, Elena, *La gota de mercurio, cosas y casos del detective Jorge L. Colomar*, Barcelona, Ediciones Obelisco, 2003.
RIFFENBURGH, Beau, *Pinkerton's Great Detective: The rough and tumble career of James McParland, America's Sherlock Holmes*, Londres, Penguin Books, 2013.
RIZZUTO, Francisco Antonio, *Perfiles del informe comercial*, Buenos Aires, Porter Hermanos, 1936.
—, *Radiografía del informe comercial*, Buenos Aires, Porter Hermanos, 1940.
RODRÍGUEZ GONZÁLEZ-MORO, María y Rafael GUERRERO, *Elemental*, Madrid, Círculo Rojo, 2019.
SEMPERE NAVARRO, Antonio V. y Ángel ARIAS DOMÍNGUEZ, *Detectives en las relaciones laborales-Impacto de la Ley de Seguridad Privada (L5/2014)*, Madrid, Lefebvre, 2014.
SIRINGO, Charles A., *A cowboy detective, a true story of twenty-two years*

with a world-famous detective agency, Nueva York, J. S. Ogilvie Publishing Company, 1912.
—, *A Lone Star Cowboy: Being Fifty Years Experience in the Saddle as Cowboy, Detective and New Mexico Ranger*, Santa Fe, 1919.

STAPLETON, Susannah, *Adventures of Maud West Lady Detective: Secrets and Lies in the Golden Age of Crime*, Picador, Hampshire, 2019.

TERNERO, Sergio, *Ser detectives: Apto solo para mentes inquietas*, DW Books, 2023.

VALLS GENOVARD, María Ángeles y Eduardo E. TALÉNS VISCONTI, *La actividad de los detectives privados en el ámbito laboral*, Barcelona, Editorial Bosch, 2023.

VALLS GENOVARD, María Ángeles, *La prueba de detective privado en los procesos de familia. Aspectos sustantivos, procesales y técnico-profesionales de la obtención de la prueba*, Barcelona, Editorial Bosch, 2023.

VÉLEZ TROYA, Eugenio, *Las otras huellas, memorias de un detective privado*, Barcelona, Ediciones Obelisco, 1996.
—, *Los detectives o investigadores privados*, Barcelona, 1979.

VILAMAJÓ ROSELL, José María, *Hombre de invierno*, Barcelona, Dédalo, 2016.

VILLIOD, Eugène, *Cómo nos roban, cómo nos matan*, París, Librería de la Vda. de Ch. Bouret, 1906.
—, *La Machine à voler*, París, Chez L'Auter, 1906.
—, *Mémoires de Vidocq. Chef de la police de sureté jusqu'en 1827, ensuite propriétaire et fabricant de papier à Saint-André*, París, Garnier Frères, 1911.

VON BLOCK, B. W., *Super Detective: The many lives of Tom Ponzi, Europe's Master Investigator*, Chicago, Playboy Press, 1972.

Créditos de las imágenes

Fig. 1. © Collection KHARBINE-TAPABOR / Album
Fig. 2. Colección particular
Fig. 3. Colección particular
Fig. 4. © Collection KHARBINE-TAPABOR / Album
Fig. 5. © Chronicle / ACI
Fig. 6. Colección particular
Fig. 7. © Fototeca Gilardi / Bridgeman Images
Fig. 8. © Collection KHARBINE-TAPABOR
Fig. 9. Colección particular
Fig. 10. © Collection KHARBINE-TAPABOR / Album
Fig. 11. Colección particular
Fig. 12. Colección particular
Fig. 13. Colección particular
Fig. 14a. © Pictorial Press Ltd / Alamy
Fig. 14b. Colección particular
Fig. 14c. Colección particular
Fig. 15. Colección particular
Fig. 16a. Colección particular
Fig. 16b. Colección particular
Fig. 17. Archivo *La Vanguardia*
Fig. 18. Colección particular
Fig. 19. Colección particular
Fig. 20. Colección particular
Fig. 21. Colección particular
Fig. 22. © BNE
Fig. 23. Colección particular
Fig. 24. Colección particular

Fig. 25. © Vicente López Videa / BNE
Fig. 26. © Vicente López Videa / BNE
Fig. 27. © BNE
Fig. 28. Colección particular
Fig. 29. Colección particular
Fig. 30. Colección particular
Fig. 31. Colección particular
Fig. 32. Colección particular
Fig. 33. Biblioteca Virtual Prensa Histórica
Fig. 34. Colección particular
Fig. 35. Biblioteca Virtual Prensa Histórica

ÉCOLE INTERNATIONALE DE POLICE PRIVÉE
Médaille d'or de l'Ordre du Mérite Scientifique
54, rue Marcadet - PARIS-18e
Carte de Légitimation
Nous certific
M r DID
demeurant 6
est inscrit aux
en vue de sa fo
En foi de quoi, il l
LE TITULAIRE,
LE DIRECTEUR GÉNÉR
ASSUREZ
sur la Vie
COLLEZ LE TIMBRE EN HAUT
2fr
DE 40 TIMB
POLIC
L. GUILL
RENSEIGNEMENTS PRIVÉS
Consultations gratuites de 9 à 12 h. et de 14 à 18 h. (ou à domicile)
OFFICE DÉTECTIVE
INTERNATIONAL
DIRECTION DE BORDEAUX: 82, Cours Georges Clémenceau, 82
DIRECTION D'ALGER: 6, Rue Sadi-Carnot, 6
je vois tout...
j'entends tout...
Marque Déposée.
J. LAJARTHE
DIRECTEUR-FONDATEUR, EX-POLICIER D'ÉTAT
BUREAUX DE CONFIANCE
SURVEILLANCES
BORDEAUX
LE TITULAIRE,
le succès
s d'échec;
èves voudr
atique voul
t pas de do
ui ont passé
tre travai
et de
LA MUTUA URBANA Y ME
BARCEL
CENTRO DE INFORMES COMERCIALES y gestión y cobro de CRÉDITOS
BANCO DE ESPAÑA
LE DEBEN A VD. DINERO?
LA «cartera muerta» constituye una calamidad universal. En el comercio moderno, hecho a base del crédito y de aplazamientos, las concesiones a favor del cliente, conducen, de vez en cuando, a aumentar la cuenta de
¿Cuál es el único medio de reducir esa cuenta? Proporcionarse los ser
buena Agencia de Cobros. A esta Agencia hay que remitir las facturas
dilación, por tres razones:
Al cabo de uno, dos, tres o más años, la Ley
olvidada.
peor se cobran.
ADMINISTRATION
Service des Renseignements
Expédition des Renseignements
Timbrage et Imprimerie
Contentieux et Litiges